ヒロイン？聖女？いいえ、
オールワークスメイドです（誇）！
5
あてきち
illust. 雪子
TOブックス

もくじ

イラスト✦雪子
デザイン✦AFTERGLOW

人物紹介

メロディ（セレスティ）

乙女ゲーム「銀の聖女と五つの誓い」の世界へ
転生した元日本人。ヒロインの聖女とは露知らず、
ルトルバーグ家でメイドとして働いている。

ルシアナ

ルトルバーグ家のご令嬢。貧乏貴族と
呼ばれていたが、メロディのお陰で
舞踏会で「妖精姫」と
称されるまで成り上がる。武器はハリセン。

マイカ

元日本人の転生者。前世ではクリストファーの妹。
メロディがヒロインだと気付いているが、
転生者とは気付いていない。

セレーナ

メロディが生み出した魔法の人形メイド。
なぜか母セレナにそっくり。
王都のルトルバーグ邸の管理を任されている。

レクティアス

乙女ゲーム「銀の聖女と五つの誓い」の
第三攻略対象者でメロディに片想い中。
メロディが伯爵令嬢であることを知っている。

マクスウェル

乙女ゲーム「銀の聖女と五つの誓い」の
第二攻略対象者。侯爵家嫡男にして
未来の宰相候補で、メロディとは友人関係にある。

クリストファー

乙女ゲーム「銀の聖女と五つの誓い」の
筆頭攻略対象者。元日本人の転生者でもあり、
王太子としてゲームの行方を見守っている。

アンネマリー

乙女ゲーム「銀の聖女と五つの誓い」の悪役令嬢。
元日本人の転生者でもあり、ゲーム知識で
ハッピーエンドを目指しているが……？

リューク（ビューク）

乙女ゲーム「銀の聖女と五つの誓い」の
第四攻略対象者。記憶を失い、
ルトルバーグ家で執事見習いとして働いている。

プロローグ　王城緊急会議

八月三十一日の深夜。正確にいえば既に真夜中を過ぎ、九月一日を迎えている。

恙《つつが》なく夏の舞踏会が続く最中《さなか》、王城の大会議室に国王ガーナード・フォン・テオラスを筆頭に王城の主だった者達が集まっていた。

議題はもちろん、突如王都に現れたという魔物についてである。

「司会進行は私、宰相《さいしょう》補佐《ほさ》クラウド・レギンバースが担当いたします。ではまず、事の経緯について宰相閣下より報告していただきます」

クラウドに指名され、宰相ジオラック・リクレントス侯爵が立ち上がった。

「魔物の襲撃に遭遇したのは私の息子マクスウェル・リクレントスとそのパートナーであるルシアナ・ルトルバーグ伯爵令嬢、及び同乗していたレクティアス・フロード騎士爵とそのパートナーである平民の少女セシリアの四名です。一応御者も含めて五名ですね」

宰相の嫡子《ちゃくし》が事件に出くわしたことに周囲は一瞬ざわめくが、ジオラックの鋭い視線によってすぐに静けさを取り戻した。

「息子の報告によれば、ルトルバーグ伯爵令嬢を送る途中で狼《おおかみ》の遠吠えのようなものが聞こえ、背後を確認したところヴァナルガンド大森林の魔物、五体のハイダーウルフが馬車に迫っていたそうです。魔物達は馬車を追い抜き、御者を襲おうとしましたが異変を察知したルトルバーグ家の護衛が合流し、御者を助けています」

「ルトルバーグ家の護衛……？　あの家にそんな実力者が？」

また少し周囲がざわめいた。春の舞踏会からルシアナを筆頭に何かと話題が尽きないルトルバーグ伯爵家。少し前まで『貧乏貴族』と揶揄《やゆ》されていたが、最近はそういった声も収まりつつある。ちなみに、伯爵とはいえ宰相府の新人でしかないヒューズはこの場に参加していない。むしろ娘が乗る馬車が襲われたと聞かされて夫婦揃って慌てて屋敷に帰って行った。

「続けます。ルトルバーグ家の護衛は合流時に一体の魔物の急所を剣で貫《つらぬ》いたそうですが、なぜか魔物は無傷だったそうです」

またしても周囲がざわめく。参加者の一人が挙手をし、質問を投げ掛けた。

「その護衛は魔力を使えない者だったのですか」

「いえ、その者は武器にしっかり魔力を籠《こ》めていたそうです」

「だったらなぜ……」

「……その魔物、ハイダーウルフには効果がなかったのですよ。魔力攻撃が」

「そんなばかな！」

「そんなことがありえるのか⁉」

「何かの間違いでは？」

ジオラックの話が信じられず騒ぎ出す者達。世界最大の魔障《ましょう》の地として知られる『ヴァナルガンド大森林』の魔物といえど、魔力攻撃が効かない存在など聞いたこともない。

「静まれ！」

怒気を孕《はら》んだ国王の声が響き渡り、会場に沈黙が戻る。

「続けよ、宰相」

「畏《かしこ》まりました。護衛の魔力攻撃を受けた魔物は何事もなかったように立ち上がり、残りの魔物と合流したそうです。こちらは舞踏会からの帰宅途中、護衛が持つ剣の他にこちらの武器は馬車に隠してあった安全祈願の銀製の儀礼剣だけでした」

「銀製の儀礼剣……？」

「そのようなものが。初耳ですな」

周囲から疑問の声が上がる。馬車にそんなものを隠しておくなどという話は聞いたことがない。

（だろうな。私も初めて聞いたよ）

思わず鼻で笑いそうになるのをジオラックはどうにか堪えた。

「魔物と戦ったのは我が息子マクスウェル、護衛の男、そしてレクティアス・フロード騎士爵の三名です。周囲は当然暗かったようですが、平民の少女セシリアが明かりの魔法を使えたので視界を確保することができたようですね」

「大森林の魔物五体を相手に三人で戦うなど無謀だ。そのうえ、フロード騎士爵は武器を持っていなかったのではないか。無手で魔物の相手を？」

「いや、あの男は確か数年前に大森林を抜け出した魔物を討伐した功績で騎士爵位を賜ったのではなかったか。案外無手でも戦えるのやもしれんぞ」

　前代未聞の事件のせいか、参加者達も興奮が抜けきらないようで雑談を止められないでいた。そんな中、また一人の参加者が挙手をした。

「宰相様、魔物に魔力攻撃は通じなかったそうですが、ハイダーウルフはどうなったのでしょうか」

「結論からいえば倒しました」

「魔力攻撃が効かなかったのにですか？」

「ええ、理由は不明ですが、どうやら奴らには銀製武器での攻撃が有効だったようです。魔力を流した銀の剣での攻撃ならば、奴らに傷を負わせることができたそうです。最終的に全ての魔物を倒すことができました」

「銀の武器……やはり聞いたことがない」

「しかし、対策法があるのは僥倖ですな」

「とはいえ銀だぞ。武器を量産するといってもそう簡単にはいかんぞ」

「宰相閣下、運がよかったですな。まさにその儀礼剣が馬車の安全祈願の役に立ってくれたわけですからな」

「ええ、本当に」

『安全祈願のために座席の下に隠してあった銀製の儀礼剣です。ええ、我が家の慣習ですね』

　笑顔でそう説明した息子の姿が思い出された。

（我が家にそのような慣習はない。つまり、銀製の剣はマクスウェルが予め用意していたということとだ。そしてそれは、息子がこの襲撃を予想していたことを示唆している。だというのに嘘だと分かる言い訳を並べながら笑って誤魔化そうとは……何を知っているのやら、我が息子は）

おそらくマクスウェルの報告内容には、嘘こそないが伝えていないことがあるとジオラックは感じていた。自分には伝えられない何かしらの秘密があるのか、それとも……伝えたところで信じてもらえないと判断したのか。

（つまり私は、息子から信用されていないということか……ククク、舐《な》められたものだな）

「魔物討伐後、当家の騎士が合流し、マクスウェルを除く馬車の同乗者は帰し、息子は私に報告をしに王城へ戻り今に至るといった状況です。私からは以上となります」

「承知した。宰相は今の報告を文書にまとめて提出するように」

「畏まりました」

国王に命じられ、ジオラックは恭しく一礼した。

「次に、筆頭魔法使いスヴェン・シェイクロード様よりご報告していただきます」

「承知しました」

国王の隣の席で立つ男、筆頭魔法使いスヴェンが報告を始めた。

「皆様もご存じの通り、ヴァナルガンド大森林と王都は建国時に建てられたと言われている石壁によって分け隔てられております」

世界最大の魔障の地『ヴァナルガンド大森林』。王都パルテシアはそんな危険地帯に隣接する王国の中心地であるが、何の安全対策も取ってこなかったわけではない。

残念ながらいつから存在するのか正確な記録は残されていないが、王都と大森林の間には南北に延びる巨大な石壁が聳《そび》え立っていた。少なくとも建国した頃には既に存在していたと思われる。

ヴァナルガンド大森林は東と南を海に、北はロードピア帝国との国境となる大河によって囲まれており、大森林の西側を囲う石壁は北の大河から南の海まで延々と続く驚くべき建造物であった。

石壁のおかげか、世界最大の危険地帯が隣接していながら王都パルテシアの魔物被害は驚くほど少ない。石壁は男三人が余裕ですれ違えるほどの厚みと、十メートル以上の高さがある。それを超える高さの木々もたくさんあるが、森の姿を直接見ずに済むことが住民の安心感に繋がっていた。

棲息《せいそく》する魔物は強く、王国の騎士ですら入ることは許されない。石壁の上から常に監視はしているが、決してこちらから干渉してはいけない不可侵の森なのである。

そのため、ヴァナルガンド大森林は王都で最も身近な森であると同時に、最も遠い森でもあった。間違っても野草採取や狩猟に最適な『近くの森』などという感覚で入ってよい場所ではないのである。いやホントマジで。

「これまでも数年に一度の周期で魔物が石壁を越えて王都に迫る事件は発生していますが、それらは未然に防がれてきました」

大森林の監視に使われている石壁には、もう一つ重要な役割がある。それが、感知結界だ。

これも石壁が建造された時から既にあったものと考えられており、石壁の中に造られた一室に大森林の出入りを感知する結界魔法陣が設置されている。

王国の筆頭魔法使いは代々その魔法陣の管理者に任命されてきた。感知結界を維持するには結構な魔力を必要とするため、筆頭魔法使いでなければ役目を果たすことが難しいのだ。

そして、これまでの襲撃も監視兵の目視と筆頭魔法使いによる感知結界の力で事前に石壁からの脱走を察知することができた。そのため、しっかり準備した騎士達が王都に被害が出る前に魔物を討伐することができていたのだ。

しかし、今回は魔物が唐突に王都のど真ん中に現れるという事態に至っている。感知結界の管理者であるスヴェンからの報告は必要不可欠であった。

ちなみに、この感知結界は使用者を一名しか選定できない仕様となっているため、現在はスヴェンのみが結界の使用者である。

「結論から申し上げれば今回の襲撃の際、感知結界は何の反応も示しませんでした。もちろん監視兵もハイダーウルフの脱走を視認しておりません。こちらは真夜中だったので仕方ないですが」

「反応を見逃したということはないのですか」

一人が挙手をしてスヴェンに尋ねる。

「それは私も考えました。そのためすぐに石壁に参じ、結界魔法陣の履歴を確認しております。結果は反応なし。あの時間に感知結界を通り抜けた者はおりません」

「監視兵もスヴェン殿にも見つからないうちに王都に魔物が侵入したということか?」

「一体どうやって大森林から出てきたというのだ」

「もしや石壁ではなく海や河を越えてやってきたのでは?」

「であれば目撃証言の一つや二つあってもよさそうなものだが」

やはり騒がしくなる大会議室。魔力攻撃が効かないうえに感知結界まで誤魔化すことができる魔物が現れたとなると、王都の安全性が大きく揺らぐ事態となる。不安の声が上がっても仕方のないことだった。

スヴェンは報告を続ける。

「監視兵の直近の報告書を確認しましたが、今のところ石壁に異変などは見受けられません。今まで通り石壁に近づいた魔物はしばらくすると森の内部へ戻っていったそうです」

残念ながら現代の魔法技術では全く理解できないが、石壁には大森林の魔物を払いのける効果があるらしい。時折石壁の近くまで魔物が近づくことがあるが、しばらくすると石壁が嫌いな臭いでも発しているかのような素振りを見せて、魔物は森の奥へ逃げ帰っていくのである。

これは鳥型の魔物も同様で、石壁付近を飛んでいると途中で急旋回して森の内部へ消えていくのだ。残念ながらこの原理はいまも解明できていない。

また、石壁には王都に面する一ヶ所だけ大きな黒い扉が設置されている。金属製の両開きの扉で王国の歴史上、この扉が開けられたという記録は残っていない。そもそも開き方が分からないといった方が正しいだろう。外側に鍵穴と思しき穴が見受けられるが、王城ではそれらしい物は残されていない。もともと開けるつもりがないので問題ないのだが、この扉の魔物忌避効果はかなり強力らしい。普通の石壁以上に魔物は近づこうともしないのである。

この石壁はまさに王都にとっての絶対防衛線ともいえる存在なのだが、時折これらの効果を無視して大森林の外へ飛び出す例外的な魔物が存在するわけだ。今回のハイダーウルフのように。

「私からの報告は以上です」

「ご苦労。スヴェンもまた今の報告を書面で提出するように。また、引き続き感知結界の調査を」

「畏まりました」

一礼するスヴェンにコクリと頷《うなず》く国王ガーナード。彼は鋭い視線を会議参加者へ向ける。

「今回の問題は王都の、いや、王国全土の安全を脅《おびや》かす端緒《たんしょ》となるやもしれん。全員、油断せず心して対応してほしい」

「「はっ！」」

「まずは王都内に他の魔物がいないか調査せよ。これは王都全域が対象だ。魔物は我らの身分など考慮しない。貴族区画だろうが平民区画だろうが、魔物が現れたが最後身分の貴賤《きせん》を問わず我らの命を屠るのみ。必要あらば住民の手も借りて早急に対応せよ」

「承知しました」

王都騎士団長が深々と頭を下げた。

「次に、王都の安全を守るためには経済活動の維持が不可欠だ。財務大臣、商業ギルドとの連絡を密にせよ。この騒ぎのせいで商人が王都から離れる事態はなるべく避けたい。対応を協議せよ」

「畏まりました。サイシン伯爵、会議後に商業ギルド長に緊急で連絡を取ってください」

「ぐふふ、承知しました」

財務大臣とその部下サイシン伯爵が対応を話し合う中、国王は外務大臣へ視線を向けた。

「情報の取捨選択は任せるが、シエスティーナ皇女への伝達を忘れぬように。どのみち隠し通せるものではない。実際の目的はまだ分からぬが、関係改善を謳《うた》っている以上こちらとしても最低限の誠意は見せておきたい」

「お任せください」

外務大臣は会議室の雰囲気には場違いなほど柔和な笑みを浮かべた。

「それと、王立学園学園長」

「はいっ」

「残念なことだが、学園の二学期は王都の安全が確認されてからとなる。現時点での二学期開始時期は未定だ。すまぬがカリキュラムの日程調整を頼む」

「仕方がありませんな。生徒への通達はこちらでしておきますが、シエスティーナ殿下への連絡も学園で行いますか」

「いや、それは外務大臣に任せる。よいな」

「畏まりました。私にお任せください、アルドーラ伯爵」

「分かりました。よろしくお願いします」

外務大臣と学園長のやり取りを確認すると、国王は鷹揚《おうよう》に頷いた。

「その他仔細は報告書にまとめ宰相府にて総括するように。宰相、各大臣との連携を怠らぬよう注視せよ」

「承知しました」

ジオラックの返答を聞いた国王は改めてこの場にいる全員に視線を向けた。

「王都で魔物被害など出してはならぬ。それはテオラス王国の威信《いしん》を傷つけるものと知れ。皆、手抜かりのなきようゆめゆめ忘れるな」

「「「畏まりました」」」

「これにて緊急会議を閉会いたします」

クラウドの言葉で会議は締めくくられた。

「……スヴェン、ついてまいれ」

「はい、陛下」

大会議室を退出する国王の後を筆頭魔法使いスヴェンがついていく。国王の私室に入ると人払いがされて室内には国王とスヴェンだけとなった。

一人掛けのソファーに腰掛け、国王は愚痴《ぐち》るように話し始める。

「まさか、そなたの感知結界に反応しない魔物が現れるとはな」

「申し訳ありません」

「よい。悔いても仕方のないことだ。先程命じた通り、感知結界の確認と調査を頼むぞ」

「承知しました」

スヴェンの返事を最後に、室内にはしばし沈黙が訪れていた。やがて痺れを切らしたスヴェンが国王へ問い掛ける。

「あの、陛下。他に何か御用があったのでは？」

「……ああ。スヴェン、春の報告を覚えているか」

「春の報告と申しますと……あの侵入者の件でしょうか」

「ああ、覚えていたか」

「……正直、もしやと考えております」

国王とスヴェンの視線が交差する。二人は同じことを考えているようだ。

「春の舞踏会より少し前、唐突に何者かがヴァナルガンド大森林に侵入したと、そなたから報告が上がったな」

「はい。結界の反応からして、侵入者はまるで空を飛んでいたかのような位置から大森林へ侵入していました。もしくはありえないほどの大跳躍でしょうか」

「……今回の件に関係していると思うか？」

「分かりかねますが、奴の反応があったのはあれ一回きり。つまり、侵入者はずっとヴァナルガンド大森林の中で何かしらの活動をしている可能性があります」

「普通に考えれば死んでいるはずなのだが……」

「今回の件に関係している可能性は否定できません。もしそれほどの実力者であるというのなら、私の感知結界を欺《あざむ》き魔物を外に連れ出すことも不可能ではない……かもしれません」

「……難儀《なんぎ》な話だな」

国王は難しい表情を浮かべて、大きな窓の向こうに広がる夜空を見上げた。スヴェンもつられて空を見やる。

（もし侵入者が今回の首謀者《しゅぼうしゃ》だとするなら、我々は……大森林へ入らねばならぬ。王国の歴史上探

索した者の存在しない、未知にして最悪の魔障の地に）
国王の私室では無駄にシリアスな雰囲気が醸し出されていた……まさか侵入者が森の資源を採取するためだけにやってきた可憐《かれん》なメイドだなんて、誰にも想像できるはずがないのであった。

メロディ大変身

九月三日の早朝。王都のルトルバーグ伯爵邸の調理場は既に稼働を始めていた。室内で作業をしているのはメロディとマイカである。

「メロディ先輩、お湯が沸きそうです」

「ありがとう、マイカちゃん。私はお茶の準備をするからスープを見てもらえる？」

「任せてください！　なんだったら味見もしちゃいますよ」

「ふふふ。じゃあ、一口だけお願いしようかな」

「やったあ！　……ん～、美味しい♪」

スープ一口に満足げなマイカの姿を微笑ましく見守りながら、メロディは紅茶の準備を始める。

片手鍋の水は湯気立ち、今にも沸騰しそうな状態だ。

美味しい紅茶を淹れるうえで、ジャンピングと呼ばれる現象は重要な役割を果たす。

ティーポットの中で茶葉がまるでジャンプをするように上下運動をすることだが、これが起こると茶葉の一片一片からまんべんなく味や香りが抽出されるため、紅茶をより美味しく仕上げることができる。

そして、ジャンピングを実行するにはお湯の沸かし方にも気を付けなければならない。ジャンピングを起こすには、沸かしたお湯に十分な空気が含まれていなければならないからだ。

水を強火で一気に沸かし、水面を波打つほど大きな泡が音を立てて弾けだしたら頃合いだ。沸騰直後から数十秒くらいのお湯が最適だろう。あまり沸かしすぎると空気が逃げてしまうので注意が必要である。

あらかじめ温めておいた丸形ポットに茶葉を入れると、メロディは沸騰したばかりのお湯を勢いよくポットの中へ注ぎ入れた。素早くポットに蓋をするとクルリと指を回して呪文を唱える。

「空気を纏《まと》いてその身を守れ『断熱装甲《アルマトランテ》』」

一見何が起きたか分からないが、メロディは魔法でポット表層の空気を固定したのだ。対流が怒らない空気の熱伝導率は非常に小さい。例えば家屋に使われる複層ガラスは、二枚のガラスの間に乾燥した空気を密閉させることで通常の窓より高い断熱性を生み出している。

つまり何が言いたいかというと、空気の層に覆われたポットの紅茶は大変冷めにくいということである。メロディは満足げに頷いた。

「当たり前のように魔法に頼ってますね、メロディ先輩」

「あっ」

その様子をマイカはスープの味見をしながら呆れた様子で見つめていた。その味見は何口目だろうか？

「王立学園に通いだしたらふとした拍子に人前で魔法を使ってそうで心配になる光景です」

「うう、ごめんなさい。気を付けます。普通のティーコジーを使うより冷めにくいからつい」

ティーコジーとはいわゆるポットカバーと呼ばれる布製のカバーのことだ。ポット全体を覆うことで保温性が高まり、お茶が冷めにくい効果がある。メイド魔法『断熱装甲』はこれの上位互換的な魔法であった。

ちなみに、この魔法を人間に使用すると夏でも冬でも快適に過ごせるエアコンスーツになる！とは言い難い。断熱するために固めた薄い空気の層で全体をコーティングしているので、要するに大気の循環が止まる。つまりこの魔法で人間を覆い尽くすといずれ酸素がなくなり窒息してしまうのである。

目に見えない空気を利用した圧倒的暗殺魔法に早変わり！　意外と恐ろしい魔法なのであった。

メイド魔法で本当によかったよかった……。

数分間茶葉を蒸らし終えると、メロディはスプーンでポットの中を軽く混ぜ始めた。紅茶の濃さを均一にするためだ。そして、あらかじめ用意しておいたもう一つのポットに、茶こしを使って紅茶を移し替える。もちろんそのポットも温めてある。

ポットに茶葉が入ったままだと抽出が続くためだんだんと味が濃く、渋くなっていく。それが好きな人はそのままで構わないが、苦手な者はこのように紅茶を移し替えると最後まで好みの味を楽しむことができる。ルトルバーグ家ではこのやり方が好まれていた。

「よし、お茶の準備完了」

「スープの味も十分だと思います！」

「ありがとう、マイカちゃん。追加した味見五口分は今日の朝食から抜いておくわね」

「あわわわっ、見られてました？　すみません、許してください！」

「ふふふ、次からは気を付けてね」

朝から元気いっぱいなマイカの姿に和んでいると、調理場にセレーナとリュークがやってきた。

「お姉様、屋敷内の清掃が完了しました」

「屋敷の巡回と旦那様の靴磨《くつみが》き、完了した」

セレーナは早朝の清掃を一人で行っていた。執事見習い兼護衛のリュークは、最初に屋敷内外の巡回警備を行い、その後でヒューズが履く予定の靴を磨いていたようだ。

「お疲れ様、二人とも。作業を分担できるから一つの仕事に集中できるのは助かるね……でも、どの仕事も魅力的だから私も掃除をやりたかったな」

「明日はお仕事を交代しましょうか、お姉様」

「ありがとう、セレーナ！」

両手を組んで喜びを露わにするメロディ。なんて素晴らしい妹を生み出したんだと自画自賛していると、リュークが腕を組んで口を開いた。

「……それで、この後はどうするんだ」

「あ、そうだった。それじゃあ、セレーナとリュークで旦那様と奥様にお茶をお出ししてちょうだい。その後身だしなみのお手伝いもお願い」

そう告げると、メロディは用意しておいた二組のティーセットのうち一組をセレーナに預けた。

そう、メロディはあの時、二つのティーポットを用意していたのである。いつの間に！

「お任せください、お姉様。リューク、旦那様のお手伝いをよろしくね」

「分かった」

リュークは執事見習いであるが、仕事を始めて日が浅く技量も足りない。今はセレーナに指導されながら少しずつできる仕事を増やしているところである。

「それにしても、旦那様と奥様は寝室を別々にしてもらえるともう少し出入りが楽なんだがな」

リュークが無表情で嘆息《たんそく》した。セレーナは苦笑する。

「奥様の寝室もちゃんとあるのだけど、結局毎晩旦那様の寝室にご一緒されるから奥様が寝室を移動されてからでないとリュークは入室できないものね」

「こればっかりはお二人の意向だから仕方ないわ。これも使用人ライフの醍醐味《だいごみ》よ、二人とも」

なぜか得意げに語るメロディの姿にセレーナは微笑み、リュークは鼻を鳴らすのであった。

「もう、朝っぱらから何の話をしてるんですか。メロディ先輩、私達はどうするんですか」

「ごめんね、マイカちゃん。ご主人様の我儘《わがまま》への対処法を考えるのはメイドの力の見せどころだからつい。私はお嬢様のところへ行くから、マイカちゃんは朝食の準備に取り掛かってもらえる？」

「了解です。後は盛り付け中心なので任せてください」

「それでは各自作業をお願いします」

「「畏まりました」」

正式な役職はないが、この家では実質的にメロディがメイド長である。三人は恭《うやうや》しく一礼するとそれぞれの仕事に取り掛かった。

メロディもまたワゴンにティーセットを載せてルシアナの下へ向かうのであった。

◆◆◆

「おはようございます、お嬢様」

「ふわぁ、おはよう、メロディ」

ルシアナを起こし、メロディは先程用意した紅茶を淹れてルシアナに手渡した。寝ぼけ眼《まなこ》で紅茶を一口飲むと、ルシアナの目がパチクリと見開かれる。

「……すっごい爽《さわ》やか」

「いつもの森でミントを見つけたので精油したものを一滴垂らしてみました。如何ですか」

「飲み慣れない味だけど喉がすっとして気持ちいいわ」

「では飲みたくなったら仰ってください。一滴垂らすだけですから」

ミント油の小瓶を手にしながらメロディは微笑んだ。簡単に精油したと言っているが、普通は水蒸気蒸留法という、専用器具を使用して作る代物である。もちろん専用器具などルトルバーグ家にはないのでメロディが器具の部分を魔法で代用して精油したことは明らかだった。

「ちょっとびっくりしたけど目が覚めたわ。ありがとう、メロディ」

「お気に召したようでよかったです。では、身支度を整えましょう」

「はーい」

メロディに手伝われてルシアナは身だしなみを整え始めた。

「そういえば、メロディはこれからレギンバース伯爵家に行くんでしょう？」

「はい、今日の午後が伯爵様との面談日ですから」

夏の舞踏会の帰り道。メロディとルシアナが乗る馬車が魔物に襲われた。それはヴァナルガンド大森林の魔物で、本来ならば王都にいるはずのない存在。

同乗者のレクトやマクスウェル、助けに来たリュークと一応グレイルの活躍もあって魔物を倒すことができたものの、メロディの中で王都の安全性が大きく揺らぐ出来事であった。

メロディはルシアナについて王立学園へ入るが、メイドである以上学舎に入ることは原則的に許されていない。

もしも、ルシアナが学園の中で危険な目に遭ったとしたら——。

春の舞踏会でドレスの守りが完璧ではなかったという事実が、メロディに危機感を募らせた。

その結果、夏の舞踏会でレクトの兄ライザックから王立学園へ編入することを勧められたメロディは、セシリアとして王立学園に編入しルシアナの護衛をしようと考えたのである。

（我ながら安直な考えだけど、黒い魔力を帯びた魔物が現れたら私の魔法が必要みたいだし、やっぱり放っておけないわ）

黒い魔力を帯びた魔物が相手では、通常の魔力攻撃でもダメージを与えることができない。襲撃の際はレクトやリュークもかなり苦戦していたことが思い出される。どうやら銀製武器を介した魔力攻撃ならば通じるようだが、複数の魔物を相手にするのはかなり厳しい。

メロディのメイド魔法『銀の風《アルジェントブレッザ》』で黒い魔力を魔物からはがしてから通常の魔力攻撃を行った方が効率的だろう。

メロディの目標にして母セレナとの約束『世界一素敵なメイド』になるためにも、お仕えするお嬢様の安全を守らなくてはならない。それ以前に、ルシアナが危ない目に遭うことをメロディは許容できなかった。

半袖のドレスに着替え、メロディに髪を梳いてもらいながらルシアナは尋ねる。

「午後になったらあいつが迎えに来るのよね？」

「あいつって、レクトさんのことですか？　お嬢様、レクティアス様かフロード様とお呼びください。淑女《しゅくじょ》の礼儀作法として失格ですよ」

「舞踏会でメロディのことを庇《かば》いもしなかった男なんてあいつで十分よ。謝ったからって許されることじゃないんだから。公式の場以外では絶対に敬称なんてつけてやらないわ」

「もう、お嬢様ったら」

普段は素直なルシアナだが、なぜかレクトに対しては頑なな態度に嘆息してしまう。夏の舞踏会にて、帝国第二皇女シエスティーナへ挨拶《あいさつ》する際、うっかりメロディ（セシリア）の順番が飛ばされてしまった時のことを言っているのだろう。確かにあの時、レクトは順番を抜かされたメロディを庇ったりはしなかったが、それはあの場にいた全員に言えることだ。

そう、全員なのだ。

「……お嬢様も、庇ってはくださいませんでしたね」

「あわわわわっ！　ち、違うの！　あの時はどうしたらいいか分からなくて！」

「私、あの時はお嬢様に見捨てられたみたいでとても悲しくて……」

「いやあ！　ごめんなさい、メロディー！」

メロディのシュンとした声を耳にし、ルシアナは思わず振り返ってメロディに抱き着いた。メロディのお腹に顔を埋めてえんえん泣き出すルシアナ。さすがのオーバーリアクションに一瞬虚《きょ》を突かれたメロディだったが、すぐに気を取り直して聖女のような微笑みを浮かべてルシアナの頭をそっと撫でてやった。

「ええ、お嬢様のお気持ちは確かに伝わりました。許して差し上げます」

「本当！」

「はい。ですから、同じく私に謝罪したレクトさんもどうか許してあげてくださいね」

「ぐぬぬぬぬ……分かった」

苦渋の決断のような顔でルシアナは頷くのだった。だが――。

「その件は許すけど、普通にあいつのことは好きになれないから呼び方は変えないけどね！」

「えー、それはどうなんですか、お嬢様？」

「いやよ、メロディの頼みでもこればっかりは聞かないんだから！」

（あいつがメロディに恋してる限り、絶対に認めてあげないんだから。誰があんなヘタレ騎士に我が家の天使をあげるものですか！　一昨日来やがれ、よ！）

メロディが聞いたら『どこでそんな言葉遣い覚えてきたんですか』とでも尋ねられそうなセリフを内心で毒突くルシアナであった。そして相変わらず『嫉妬《しっと》の魔女』の独占欲は半端ない。

「そういえばメロディ、セシリアに変身する魔法を開発したんですって？」

さっき暴れたせいで乱れた髪を整え直しているとルシアナが質問を投げ掛けてきた。

「はい。昨日レクトさんの屋敷にお邪魔した時にポーラと一緒に新しいメイド魔法を開発しました。今後セシリアとして王立学園に通うなら私とセシリアをすぐに切り替えられた方がいいだろうという話になったので」

「面白そう！　ねえ、今見せてもらえない？」

「今ですか？　まあ、すぐできますから構いませんけど」

ルシアナから少し離れたメロディは特に気負った様子もなく呪文を口にした。

「演者に相応しき幻想を纏え『舞台女優《テアトリーテ》』」

「こ、これは！」

魔法が発動するとメロディの全身が白いシルエットに包まれた。光を発しているわけではないので物陰に隠れて行えば発見される危険性は低いだろう。

細部はよく分からないが、メロディのシルエットが変化していく。まとめていた髪はふわりと下ろされ、メイド服のシルエットが波打ち微妙に変貌していく。

所要時間はおよそ五秒。白いシルエットが薄らいでくると、そこには商家の娘風のドレスに身を包んだ金髪の美少女セシリアに変身したメロディの姿が現れた。髪は結っておらず、化粧も舞踏会の時よりも控えめだが、メロディではなくきちんとセシリアと認識できる風貌だ。

「どうでしょう。髪や瞳の色を変える魔法『虹染《アルコバレーノ》』と服を編み直す『再縫製《リクチトゥーラ》』を合成して新たに開発した魔法なんですけど」

軽くスカートを翻してみせるメロディ。ルシアナは口をパクパクさせてとても驚いた様子だ。

「お嬢様？」

「な、なんてことなの……」

動揺を隠さないルシアナに、メロディも不安になる。どこか魔法を間違えただろうかと。しかし、ルシアナが言いたいことはそんな部分ではなかった。

「……あの、見えそで見えない絶妙な変身シーンがカットされるなんて！」

「はい？」

「うえーん！　ポーラのバカアアアアアア！」

「お嬢様、どうしてポーラに罵声を⁉」

変身時に全身を覆う白いシルエット。あれもまたメイド魔法『虹染』を利用したものだが、ルシアナが叫んだ通りポーラの発案であった。初めて変身を見せた時に即行で提案されたのである。

自分の変身シーンを客観的に認識できていないメロディは、ルシアナがなぜ泣いているのか全く理解できないで立ち尽くすのであった……多分、認識できても理解はできないと思われる。

レクトの制止

「わぁ、いい感じじゃないですか、メロディ先輩」

「そう？　ありがとう、マイカちゃん」

「私は元の方がよかったと思うわ。何かこう、今まで自由だったものに急に規制が入ったみたいな窮屈さを感じるのよね」

「……だから変態入ってますって、お嬢様」

「そんなことないもん！」

どうにか泣きじゃくるルシアナを宥め、朝食を取らせることができたメロディだったが、メロディの変身シーンが食休みの話題に上がり、なぜかルシアナの部屋に女性使用人が集まって検証をすることになった。

「お姉様、よくお似合いです」

「ありがとう、セレーナ。今日はこの格好でレギンバース伯爵様のお屋敷を訪問するつもりなんだけど、大丈夫かな？」

変身シーンの白塗り加工について言い合うルシアナとマイカを他所に、メロディはセレーナに服装の是非について尋ねた。

セシリアに変身し、メイド服も庶民の服に切り替わっている。王都の平民区画の中層辺りを意識して作った平民風ドレスである。輝く金色の髪はふわりと下ろしただけで、舞踏会の時よりも控えめだがセシリアだと分かる化粧が薄っすらと施《ほどこ》されている。

クルリと一回転するメロディの姿を、セレーナは目を凝らすと顎に手を添えてメロディの姿をチェックした。

「……服装に関しては特に問題ないと思います。お姉様が演じるセシリアさんは辺境出身の平民ですから華美な装飾は必要ありません。伯爵様にお会いするとはいえ公式の場でもありませんので清潔な服装であれば特にお咎めもないでしょう」

「そう、よかった」

「ですが、髪形は少し手を加えてもよいかもしれません」

「髪形を？」

「あ、私もそれは思いました！　今のメロディ先輩、普段のオフの日の先輩そのままですもん」

「……言われてみればそうかも？」

貴重な（不本意な）休日の自分の格好を思い出す。仕事の時は後ろにまとめていた髪は特にアレンジすることなくサラリと下ろし、服装は一般的な平民用の女性服を着る――以上！　特別化粧もしなければアクセサリーをつけることもない、ナチュラルな美少女仕様である。

つまり、シルエットだけ見れば今まさに姿見に映るセシリアの姿と何ら変わらない格好だった。

「……確かに」

（髪色や化粧で誤魔化せるとは思うけど、なるべく印象を変えた方がいいかも。正体がバレたら大変だもの）

セシリアがメロディだとバレれば、同時に彼女の魔法も露見する。それは最終的にメロディの『世界一素敵なメイド』になるという夢の終焉にも繋がりかねない重要な問題だ。ルシアナを守りたい気持ちは本物だが、メイドを続けたい気持ちも本物なのだ。

王立学園に休日のメロディを知る人間がいるとは思えないが、少しでも身バレの可能性があるのなら対策をしておきたかった。

「でも、どんな髪形がいいのかしら？」

そう呟くメロディの視界の端で、ルシアナの瞳がキラリと光る。

「髪を波打たせる感じはどうかしら。私とお揃いで可愛いと思うわ！」

「ここは思い切ってツインテールですよ。私とお揃いだし、シルエットが激変しますよ」

「ダメよ、マイカ。あなたくらいの年齢ならともかく、セシリアのツインテールはちょっと子供っぽい気がするわ」

「それを言ったらお嬢様と同じ髪形にするのもどうなんですか。お揃いの髪形で一緒に登校なんて子供っぽいと思います」

「うーん、どうしたらいいのかな？　印象を考えるなら舞踏会の時の髪形で行くべき？」

言い合うルシアナとマイカを他所に、真剣に髪形を考えるメロディ。メイドの技能として前世でファッションの勉強もしてきた彼女だが、どうにも自分を対象にした時の良策が思いつかない。

悩みだすメロディの姿にセレーナは苦笑した。そしてそっとメロディに近づく。

「お姉様、舞踏会の髪形は学園生活には少々華美でしょう。そんなに難しく考える必要はありませんよ。ここをこうして、こっちもこうするだけで……ほら、可愛くなりました」

「「おお～」」

セレーナがメロディの髪形に手を加えると、言い合いをしていた二人から感嘆《かんたん》の声が漏れる。メロディが姿見で確認すると、耳の辺りの両サイドに小さな三つ編みが結われていた。

「お嬢様の護衛をするのでしたら、髪形で目立ちすぎてもいけませんし、この程度のアレンジでも十分に印象は変わると思います」

「確かに、結構雰囲気が変わるわね」

「編み込みがあるといつもよりお嬢様感増し増しな気がしますね。いいと思います」

ルシアナとマイカに褒められ、メロディの頬《ほほ》がほんのり色づく。まんざらでもない様子。

「ありがとう、セレーナ。今日はこれでやってみるね。あ、でも、全体のシルエットとしては何も変わってない気がするけどいいのかな？」

「そもそも髪色が違いますから後ろ姿で気付かれる可能性は低いです。ですから、正面に相対した時の印象を優先しました。学園生活であまり派手な髪形にしても貴族の方々の反感を買う可能性もありますから、これくらいがちょうどよいと思います」

「そうね、オリヴィア様とか怒りそう」

「オリヴィア様……確か、この前の舞踏会でお会いしたランクドール公爵家のご令嬢ですね」

「舞踏会の時もセレディア様の無作法を叱責していたでしょう。あまり浮ついた雰囲気がお好きじゃないみたいだから、学園生活に不似合いな髪形をしてきたら注意されるかも」

「学園に編入できたら先日の件は是非お礼を申し上げたいですね」

「う～ん、できるといいけど」

「何かあるんですか？」

「……春の舞踏会で私、マクスウェル様にパートナーをしてもらったせいか凄く注目されちゃったでしょう？」

「ああ、『妖精姫』の件ですね」

「うっ。ま、まあ、どうもそれがお気に召さなかったみたいで一学期は仲良くできなかったのよ。メロディ、というかセシリアも舞踏会で『天使』なんて呼ばれていたでしょう？　オリヴィア様にあまりよく思われていないかもと思って」

腕を組んでう～んと悩むルシアナ。説明を聞いたマイカは思い出したようにポンと手を鳴らす。

「そういえば私がメロディ先輩について学生寮に入った時にそんな話がありましたね。お嬢様がランクドール公爵令嬢に嫌われてるからってメロディ先輩、一部の使用人から遠巻きにされてましたもん」

「えええぇ!?　何それ、初耳なんだけど!?」

「マイカちゃん、し－！」

「メロディ、そんなことになっていたんなら教えてよ！　うぬぬぬ、知っていたらいくらオリヴィア様だろうと容赦なくハリセンツッコミを食らわせてやったのに」

「そんな気がしたから言わなかったんですよ。使用人の事情でお嬢様の学園生活に支障をきたすわけにはいきませんから。それに、ランクドール家の使用人の皆さんとお話できないのは残念ですがこれといって実害があったわけでもありませんし」

「ぬう、メロディがそう言うならしばらく様子を見るけど……」

（二学期も同じことをしていたらメロディが止めても黙っていないんだから。舞踏会でセシリアを助けてくれたオリヴィア様といえど、これぱっかりは容赦しないわ！）

ルシアナは内心で決意するのだった。

メロディのセシリアスタイルが確定し、変身シーンを修正してほしいというルシアナの希望は多数決の結果、否決された。内訳は反対二（マイカ、セレーナ）対賛成一（ルシアナ）である。なお、当事者のメロディは白塗り加工の必要性をポーラから指摘されてもよく分かっていなかったので投票権が認められなかった模様。

マイカとセレーナは仕事に戻り、室内にはルシアナとセシリア姿のメロディの二人だけとなった。そろそろレクトが迎えに来る頃なので、それまでルシアナの部屋でお茶でもしようということになったようだ。

「お嬢様、セシリアの住まいの件、ありがとうございます」

「ん？　ああ、そのこと。大したことじゃないわ。お父様にお願いしたら快諾してくれたもの」

辺境から王都にやってきた設定のセシリアには、当然のことながら王都の住まいなど用意されていなかった。そこで、書類上のセシリアの住まいをこのルトルバーグ伯爵家ということにしてもらったのである。

「春と夏の舞踏会で私達の仲がいいことは見せられたと思うし、辺境から来て住まいがないことは調べれば分かることだから仲良くなった私が屋敷に招待していても不自然ではないわ。そもそもメロディは私を学園でも守りたいから編入試験を受けようとしてくれているんだから、これくらい協力して当然よ。気にしないでね」

ルシアナはニコリと微笑んだ。

「ありがとうございます。編入試験を受けるのに居住地がはっきりしないのは問題でしたから助かりました。住む予定のない部屋を借りるのは不経済ですし、レクトさんのお屋敷に間借りすることも考えましたが、未婚の男性の家に書類上とはいえ私が住まうのはレクトさんにご迷惑が――」

「そうね、本当によくないことだわ。同棲なんて私の目の黒いうちは絶対に許しませんよ！」

「お嬢様の目は最初から黒くありませんよ？　……どこでそんな言葉遣い覚えてきたんですか？」

プンプン怒るルシアナにメロディが苦笑した時だった。扉をノックする音がした。

「お姉様、レクティアス・フロード騎士爵様がお越しになりました」

セレーナが入室し、レクトの来訪を告げた。

「ありがとう、セレーナ。レクトさんは玄関ホールに？」

「いいえ、どうも出発前に少しお話があるそうで、応接室でお待ちいただいております」

「お話が？　何かしら？」

心当たりのないメロディは不思議そうに首を傾げるが、ルシアナとセレーナを伴って応接室に向かうのだった。

「お待たせしました、レクトさん」

「……」

応接室に入るなりレクトに挨拶をしたメロディだったが、対するレクトはぼんやりした瞳でメロディを見つめるだけで返事がない。

（……可憐だ）

顔の両サイドに小さな三つ編みを結わえたことで雰囲気が変わったメロディに見蕩《みと》れてしまっただけなのだが、鈍感なメロディはそんな事実に気が付かない。

「レクトさん？」

「――っ！　い、いや、何でもない。さあ、座ってくれ」

「ええ、言われなくても遠慮なく座らせてもらうわ。我が家のソファーですもの」

「お嬢様、お客様に失礼ですよ」

「ふーんだ！」

ちょっと不機嫌そうに勢いよくソファーに腰掛けるルシアナ。メロディが窘《たしな》めるが、どうやらルシアナはレクトの反応に気が付いたようだ。相変わらずレクトへの当たりが強い。さすがは元『嫉妬の魔女』。お気に入りのメイドに近づく男は漏れなく敵認定である。

春の舞踏会から一貫した塩対応にレクトは苦笑するしかない。腕を組んでプイッと顔を背けるルシアナにメロディも嘆息を我慢できなかった。

「あの、すみません、レクトさん」

「いや、俺は気にしていないから」

「そんなことはいいから本題に入っていただけます？　メロディを迎えに来たんじゃないの？　話って何よ」

「あ、そういえば出発前にお話があるそうですね。どういったご用件でしょう？」

「ああ、そうだな。それは……」

メロディの問い掛けにレクトは答えようとして、すぐに詰まってしまった。何か言いにくいことなのだろうかとメロディは首を傾げ——。

……。

…………。

「——って、あなたまた五分も黙ってるつもりじゃないでしょうね？」

「あ、いや、すまない！」

口籠《くちご》もること約二分。つい先日、ルトルバーグ領を訪ねたときも本題に入るまで五分も待たされた記憶が蘇り、ルシアナはさらに不機嫌そうな顔でレクトを睨んだ。

咳払いをして一旦気持ちを切り替えると、表情を改めてメロディに尋ねた。

「メロディ……君は、本当に王立学園に編入をしてルシアナ嬢の護衛をするつもりか？」

「はい！」

一切躊躇のない快活な答えが返ってくる。迷いのない透き通った笑顔が眩しい。レクトは思わず「分かった」と了承しそうになるが、ここ数日考えていた懸念を無視することはできなかった。

「……メロディの主を守りたいという気持ちは素晴らしいと思う」

「ありがとうございます」

「だが、それはとても危険なことだ。メロディが優秀な魔法使いであることは承知しているが、護衛となるとまた話は違ってくる。メロディ、君は本当にルシアナ嬢の護衛ができるのか」

「そ、それは……」

レクトが向ける真剣な瞳に、メロディは言葉に詰まってしまう。

彼の指摘は尤もだからだ。今まで誰からも指摘されなかったことが不思議なほどに。

メロディがメイドとして、そして魔法使いとして規格外であるがゆえに、それを目の当たりにしてきたルトルバーグ伯爵家の面々は使用人を含めて誰も疑念を抱かなかったのだろう。

「先日魔物に襲われたばかりだから君がルシアナ嬢から目を離したくない気持ちは俺も理解しているつもりだ。しかし、護衛の技術を持たない人間が下手な動きをすれば却ってルシアナ嬢を危険に晒《さら》す可能性もある。もちろんメロディ自身の身も危険になるかもしれないんだ」

「……」

真剣な表情のレクトに、メロディは何も言い返せなかった。

レクトの決意

メロディの前世、瑞波律子はある程度の護身術を習得していたが、さすがに護衛技術を学ぶ機会はなかった。天才とはいえ独学で習得するにはいくら何でもハードルが高いスキルだったのだ。心得だけでどうにかなればボディーガードはいらないのである。

「あんな事件があった後だ。俺から伯爵閣下へ上申して王立学園の護衛を増やしてもらえるよう掛け合ってみる。……セレディアお嬢様も通われるのだからきっと考慮してくださるはずだ」

学園が再開されるのは王都の安全が確認されてからになるが、それでも貴族子女が通う王立学園の安全性を考えれば護衛の増員は十分考えられる対応だ。そうすれば、セシリアなんて人間に化けてまでメロディが無理して編入する必要はない。

「ルシアナ嬢、君はメロディが傷つく危険を冒してまで護衛についてほしいと考えるか？」

「いいえ」

一切躊躇のない真剣な答えが返ってきた。清廉な貴族令嬢の風格が感じられる。

「私はメロディに傷ついてまで守ってほしいとは思っていないわ」

「お嬢様!?」

「フロード騎士爵の言う通りよ。私、メロディが同級生になることばかりに目がいって、彼の言うリスクについて全然考えていなかった。私を守ってメロディを失うなんて、絶対に嫌よ！」

ルシアナは涙目になって声を荒げた。そして記憶が蘇る。ほんの二週間ほど前、故郷の屋敷跡地で遭遇した謎の黒い狼の魔物の存在を。

あの時、メロディは守りの魔法を掛けたメイド服を身に纏っていたにもかかわらず、狼の咆哮《ほうこう》が直撃した彼女は完全に意識を失い、間違いなく呼吸が止まっていたのだ。

最終的に復活したからよかったものの、あの時の感覚は今でも忘れられない。メロディを失ったと感じたあの時の怒りと悲しみと、喪失感は絶対に忘れられるわけがない……！

メロディがあまりにも何事もなかったように普段通りに過ごしていたので、レクトに指摘されるまでこの懸念に気付かなかったことをルシアナは酷《ひど》く後悔した。

「あんな思いはもう嫌よ。絶対に嫌なんだからね！」

「お嬢様……」

スカートをギュッと握りしめて、瞳に涙を溜めるルシアナ。その雫は今にも零れ落ちそうだ。

（一体何があったんだ……？）

想定以上に過剰な反応を見せたルシアナに、レクトはやや困惑した。

（まさか、俺の知らない所でルシアナ嬢があんなに取り乱すくらい危険な目に既に遭遇してしまっているというのか）

伯爵領の戦闘について知らされていないレクトは戸惑うばかりだが、せっかくルシアナが賛同してくれそうなこの機会を逃すわけにはいかなかった。

今にも泣きだしそうなルシアナを宥めるメロディに向かって、レクトは口を開く。

「というわけでメロディ、王立学園の編入の件を考え直さないか」

「レクトさん……いいえ、私の考えは変わりません」

「――っ！　どうして……」

涙目のルシアナの背にそっと手を回していたメロディは、レクトの言葉に逡巡するものの編入の決意を改めることはなかった。

「ダメよ、メロディ！」

「落ち着いてください、お嬢様。レクトさん、これを見てください」

どこから取り出したのか、メロディは手の平に乗った小さな黒い玉をレクトの前に差し出した。

「これは？」

「先日の魔物、ハイダーウルフは自身の魔力の他に、別の黒い魔力を纏っていたんです」

「黒い魔力？」

「はい。この魔力が宿った魔物はなぜか通常の魔力攻撃では倒すことができなくなるみたいです」

「まさか、そんなことが？　……待て。メロディはなぜそんなことを知っているんだ」

「……ルトルバーグ領に滞在中、あれとよく似た魔物と戦ったからです。お嬢様、あの狼にも普通の攻撃は通らなかったんですよね？」

「う、うん。私とリュークが攻撃したけど、全然ダメージにならなかったわ」

「ルトルバーグ領でもそんな魔物が？　まさか、これからこういう魔物が王国中で発見されるようになるとでもいうのか」

「いや、それは分からないけど……」

詳しい状況を見ていないレクトからすれば、メロディ達の話に危機感を抱かざるを得ない。王都とルトルバーグ領、遠く離れた地で似たような魔物が現れたとなると一時的なことではない可能性が出てくる。

「それで、その魔物はどうなったんだ。倒せたのか」

「あれは倒したってことでいいのかしら？」

「あれは『還《かえ》った』んですよ、お嬢様」

「そうか」

（相手は『逃げ帰った』のか。つまり、メロディがいても倒しきれなかったということか。ルシアナ嬢が涙目になるわけだ。おそらくかなり危険な状況だったのだろう。ルトルバーグ領の倒壊した屋敷は魔物の被害によるものだったのか。やはりあの魔物は危険な存在だな）

まさか人間をパクリと一呑みできそうなほど巨大な狼の魔物と死闘を繰り広げたとは考え付かないレクトである。そして屋敷の倒壊は完全に無関係であった。

「そんな魔物が現れて、ルトルバーグ領は大丈夫なのか。護衛は確か一人しかいなかったはずだが」

「それは大丈夫です。あの魔物が襲ってくることはありませんので」

「そうか」

（魔物に逃げられたものの致命傷は与えたということか。一応は安心だな）

微妙に噛《か》み合っていない会話が続くが、それを指摘する者はこの場にはいなかった。

「とりあえず話は分かったが、それでその黒い玉は何なんだ」

「これは先日のハイダーウルフが纏っていた黒い魔力を集めた結晶です」

「魔力の結晶？」

テーブルに置かれた小さな黒い玉を凝視するレクト。一見すると大きな黒真珠のような見た目をしているが、メロディの話によると目に見えるほど凝縮された魔力そのものらしい。

「この前の戦闘で私は、魔物達が纏っていた黒い魔力を魔法の風で吹き飛ばして、こうして一つに固めたんです」

「――っ！　まさか、途中で俺達の攻撃が通るようになったのはメロディの魔法のおかげか」

「そうよ。メロディに感謝してよね」

（あの時なぜ急に攻撃が通るようになったのか不思議だったが、それがメロディの力だったとは。彼女が優秀な魔法使いとは知っていたが、こんなことまでできるとは。メロディには出会った時から驚かされっぱなしだな……はっ！）

レクトは目を見開いた。そしてメロディと視線が重なる。彼女はゆっくりと首肯した。

「……まさか、この黒い魔力に対応できるのは、君だけなのか？」

「はい。だから私は王立学園に編入したいんです」

決意の籠もった視線がレクトを射貫く。

「あの魔物は何の前触れもなく突然王都に現れたと聞いています。侵入方法が分かればまた話は違ってくるかもしれませんが、そうでないなら王立学園にいくら護衛がいても安全とは言えません」

「……それは、そうかもしれないが……そうだ、銀製武器。マクスウェル殿が使っていた銀の武器は魔物に有効だった。あれを護衛に装備させれば」

メロディが魔法を使う前、彼の武器だけが唯一ハイダーウルフに傷を負わせることができた。おそらく王城にもその情報は伝わっているはず。しかし、メロディは首を振る。

「確かに銀製武器は有効でしたけど……レクトさん、銀製武器ですよ？」

「うっ」

黒い魔力を纏った魔物には、銀製武器に魔力を通して攻撃すれば有効打になることは間違いないが、銀は貴金属である。貴重なのだ。武器にして兵士に配備させられるほど量を確保できるとは思えない。せいぜい貴人の護衛に最低限揃えるのがやっとだろう。

「私を気遣ってくださりありがとうございます、レクトさん。でも私、お嬢様が危険かもしれないのに呑気に学生寮でお帰りを待つなんてこと、できないんです！」

胸元で手を組んで、メロディは真摯な思いを声高に告げた。

今の自分とは正反対の、迷いのない芯の通ったメロディの心が表情に表れている。

「メロディ……」

自分が恥ずかしくなる。レクトはそう感じた。メロディに望まれるまま編入の手伝いをしてしまった自分は、それでいいのかと迷い続けていた。だから今こうして彼女に翻意《ほんい》するよう説得しているが、そんな自分とは対照的にメロディの心は目的に向けてしっかりと歩み続けているのだ。

(ああ、きっと俺は君の気持ちを変えられない。こんな俺では無理だ。では、俺は……)

「ううう、メロディ！」

「きゃあああっ⁉」

内心で思い悩むレクトの目の前で、ついに涙腺《るいせん》が決壊したルシアナがメロディに抱き着いた。

「ありがとう、メロディ！　そんなに、そんなに私のことを想ってくれていたなんてえええ！」

「お嬢様⁉　涙だけじゃなくて鼻水が！　とても人前では見せられない顔になってますよ⁉」

泣きじゃくるルシアナの顔を拭きながら、幼子をあやすように彼女を宥《なだ》めるメロディ。困ったようでいて、お世話をする喜びも感じているのか眉尻を下げながら口元を綻《ほころ》ばせている。

つい数秒前までのシリアスな雰囲気はどこへ行ってしまったのか。応接室の中は、既に普段のルトルバーグ家の姿である。

だからこそ、レクトは思ってしまう。

(メロディ、君はこの光景を守りたいのだな)

メロディの思いは出会った頃から何も変わらない。『世界一素敵なメイド』などという漠然とした夢を掲げながらメイドの仕事を楽しんで、仕える主とともに笑い合える日常をつくっていくのだ。

……最初は、自分でも自覚していなかったが一目惚れだった。そして、メロディと過ごしていくうちにレクトは彼女のことをもっと好きになっていった。『世界一素敵なメイド』を目指して人生を謳歌する、セレスティではなく、メロディ・ウェーブという少女のことを。

レクトはそっと目を閉じる。数秒後、ゆっくりと瞼を開けてメロディの方を見た。

「……分かった。レギンバース伯爵閣下のところへ行こう」

「ありがとうございます、レクトさん！」

抱き着くルシアナを宥めながら、メロディは嬉しそうに華やぐ笑顔を浮かべるのだった。

◆◆◆

「……静かですね」

「今の王都は厳戒態勢といっても差し支えない状況だからな」

レギンバース伯爵邸へ向かう馬車が貴族区画の道を走る。普段ならそれなりに馬車とすれ違うものだが、今日はメロディ達が乗る馬車の進む音だけが響いていた。

「皆さん、外出を自粛されているんですね」

「魔物が出たばかりだ。控えたくなる気持ちも分かる。斯《か》くいう俺もこれがなければ外出できないところだ」

「あ、それ、銀製の剣ですか？」

レクトは座席に立てかけてあった剣をメロディに見せた。なかなか装飾の凝った銀剣である。

「伯爵閣下からお借りしたんだ。君を迎えに行くなら持っていくようにと言われて。さっきメロディが指摘したとおり、俺個人でこれを用意するのは少々厳しいから助かったよ」

「……またあの魔物は出てくるんでしょうか」

「分からない。王都の巡回が始まって今日で三日目。目撃報告は届いていないから、このまま何事もなければいいんだが……」

メロディとレクトは車窓から見える王都の町並みを見つめながら、伯爵邸までしばし沈黙するのだった。

「ようこそおいでくださいました、セシリア様」

レクトの馬車でレギンバース伯爵邸に到着すると執事が出迎えてくれた。レクトの隣でメロディが美しい所作で一礼すると、執事は満足げに頷き屋敷の方へ歩き出す。

「それでは伯爵様のお部屋へご案内します」

やがて執務室の前まで来ると、執事は扉をノックして伯爵に声を掛けた。

「セシリア様をお連れしました」

「……入りなさい」

扉の向こうから返事が聞こえ、執事が扉を開けた。室内から張り詰めた空気が伝わってくる。

レクトはメロディをチラリと見た。特に気負う様子もなく普段通りだ。

「執務室へはセシリア様のみお入りください」

「俺が一緒に行けるのはここまでだ。あとはメ……セシリア、君次第だ」

「はい。レクトさん、私、頑張って面談に合格してきますね」

「……ああ、君なら大丈夫だ」

優しく微笑むレクトにメロディもまた笑顔を返して、彼女は伯爵の執務室へ入っていった。

「やあ、レクトじゃないか」

しばし閉まった扉を見つめていると聞き覚えのある声に呼び掛けられた。レクトの兄、ライザック・フロード子爵である。彼は書類の束を抱えていた。

「忙しそうですね、兄上」

「反対にお前は暇そうだね。今日は仕事じゃ……ああ、今日はセシリア嬢の面談の日だったね」

「ええ、ついさっき始まったところです」

「そうか。となると、書類の確認をしていただきたかったが後にした方がよさそうだね。それで、彼女は受かりそうかな？」

「問題ないと思います、彼女なら」

「即答だね。セシリア嬢のことを信じているのだね」

「……はい。俺は彼女を信じています」

（おや？）

ライザックは片眉を上げて驚いた。普段のレクトなら顔を赤くして口籠ってしまうところだが、今回の彼はほんのり頬を染めつつもはっきりと答えた。

（……この短期間で何か心境の変化でもあったのかな？　ふふふ、愛の力は偉大だね）

ライザックは仄かに笑みを浮かべ、レクトの変化を喜んだ。

「では、臨時講師の件はどうする？　以前言った通り、彼女が学園生になれば会える機会はかなり少なくなってしまうわけだが、伯爵閣下にお願いしてみるかい？」

「……いいえ、やめておきます」

少し悩んだ様子のレクトだったが、彼はライザックの提案を断った。

（おやおや？）

ライザックは再び片眉を上げて驚く。てっきり臨時講師の件を頼まれると思っていたからだ。

「いいのかい？」

「はい。俺には他にやることがあるので」

「そうか。お前がそう言うなら仕方がない。後はセシリア嬢が伯爵閣下の面談に合格することを祈るばかりだ。では、私は仕事があるので失礼するよ。結果が出たら教えておくれ」

「分かりました」

自分の仕事場へ引き返すライザックを見送りながら、レクトは考える。

（……確かに臨時講師になれば、学園でメロディと会う機会を増やせるかもしれない。だが、それを喜ぶのは俺だけだ。俺は、俺自身のためじゃなくて、メロディのために何かをしたい）

メロディのために出来る事は何だろうか？

伯爵家へ向かう馬車の中でレクトはずっと考えていた。そして、その答えはとても簡単だった。

レギンバース伯爵家に仕える騎士、レクティアス・フロードにしかできないこと。

それは――。

（……セレディア・レギンバース。あなたは、一体何者だ？）

メロディの、いや、セレスティの本来あるべき場所に突如として現れた謎の少女、セレディア。

それが偽物であると気付いているのはおそらくレクトただ一人。

（何のつもりでその場を奪ったのかは知らないが、たとえ本人が望んでいなかったとしてもそこはセレスティお嬢様の居場所だ。絶対に返してもらう！）

レクトは強い足取りで歩き出した。

父と娘の面談

「本日はお忙しい中、お時間を取っていただきありがとうございます、伯爵様」

緊張するが、レクトに合格宣言した以上失敗は許されない。クラウド・レギンバース伯爵のいる執務室へ入ったメロディは心の内を隠しながら美しい所作で一礼してみせる。

メロディが入室した時、クラウドは硬い表情で書類にペンを走らせている最中であった。挨拶を交わす段になって彼は初めて手を止めてメロディを見た。

「ああ、こちらこそ手間をかける。すまない、仕事が立て込んでいてな。すぐに終わるので少しそちらに腰掛けて待ってもらえないだろうか」

「はい」

クラウドの執務室は存外広かった。正面奥の執務机の他に、メロディから見て左手には向かい合う二人掛けのソファーとローテーブルが置かれており、そこへ着席するよう促される。

メロディはソファーに腰掛け、クラウドの書類仕事が終わるのを待つこととなった。ペンが走る音だけがしばし室内を支配する。

(やっぱり、この前の魔物の事件のせいでお忙しいのかしら)

自分にも目的があるとはいえ、少しばかり申し訳なく思っていると扉を叩く音がした。

「お茶をお持ちしました」

執事がティーセットを載せたワゴンとともに入室し、メロディに紅茶を淹れてくれる。

「どうぞ」

「ありがとうございます」

感謝を述べるメロディに執事はニコリと微笑む。そして伯爵に向かって口を開いた。

「旦那様、淑女をお待たせするなど紳士のすることではございませんよ」

「あの、私は大丈夫ですので」

「いいえ、セシリア様がいらっしゃることは事前に分かっていたことなのですから、このように客人をお待たせするなどあってはならないことです。お分かりですか、旦那様」

「あ、ああ、すぐに終わらせる」

心なしかペンの走る音が速くなった気がした。

(どこの家も執事って凄いなぁ。リュークもいつかはこんなふうになれるかしら)

思い起こされるのはルトルバーグ領の執事ライアンである。領主代理であるヒューバートを正座させていた光景には驚かされたものだが、きちんと主を諫められることは執事に必須の能力なのかもしれない。

紅茶をいただきながらそんなことを考えていると、ペンの音が止んだ。

「すまない、待たせたな」

ようやく仕事に一段落ついたクラウドがメロディの下へやってくる。メロディは立ち上がると改めて一礼した。

「こちらこそ、私ごときに貴重な時間を割いていただきありがとうございます。本日はお手数をお掛けしますがよろしくお願いします」

「ああ、掛けたまえ」

「はい」

向かい合ってソファーに座る二人。執事はクラウドにも紅茶を淹れると執務室を後にした。再び室内にはメロディとクラウドの二人だけとなる。

室内をしばし沈黙が支配する中、クラウドが小さく呼吸を整える音が聞こえた。まるで彼自身も緊張していてそれを解そうとしているかのようだ。

それを少し不思議に思うメロディだったが、上位貴族らしい鋭い視線を向けられると小さな疑問など霧散し、面談を受ける態勢へ気持ちを切り替えるのだった。

クラウドが何に緊張しているのか気が付くこともなく……。

面談内容は基本的にライザックと行ったものとほとんど同じ内容であった。志望動機や学園で学びたい科目などを尋ねられ、メロディは淀《よど》みなく回答していく。

「優しく照らせ『灯火《ルーチェ》』」

二人の周りを蝋燭程度の明かりの魔法が次々に浮かび上がり、クラウドから思わず感嘆の声が漏れる。ライザック同様、魔物襲撃事件の際に使用した魔法を見せてほしいと頼まれたのだ。

「これは、夜にでも見れば幻想的であろうな」

「そうですね……あ、だったらこうした方がもっと綺麗かも」

メロディはパチンと指を鳴らした。すると十個の明かりが赤、青、緑など複数の色の光を灯し始めた。光が明滅するたびに違う色へ切り替わり、現代日本人が見ればちょっとしたイルミネーションのように感じることだろう。どちらかというとクリスマスツリーだろうか？

（ふふふ、今度お嬢様にも見せてあげようっと）

メロディとしてはそんな軽い気持ちで見せた『灯火』イルミネーションバージョンであったが、それを目の当たりにしたクラウドにとってはそうではなかったらしい。

「これは……セシリア嬢は、本当に優秀な魔法使いなのだな。『灯火』の色を自在に操れるとは」

（あ、あれ？　もしかしてこれも一般基準ではアウトなの？）

「……伯爵様、この魔法は珍しい部類に入るのでしょうか？」

「少なくとも私は『灯火』を十個同時に発動しつつ色まで変えられる魔法使いに出会ったことはないな。まあ、必要がないから実践していないだけかもしれないが」

「そ、そうですね。きっとそうだと思います」

（絶対に学園に入学して魔法の一般レベルを勉強しないと！）

建前として用意した『魔法の勉強』というセシリアの編入目的であるが、正直なところメロディにとっても学園で魔法の勉強をすることは魔法バレ対策として必須事項だろう。

強大な魔力と現代知識の融合によってあまりにも自由度の高い魔法を行使できるメロディは、一般レベルの魔法がどの程度なのか全く把握できていないのであった。

一通り面談を終え、履歴書とセシリアをチラチラと見ながらクラウドは考える。

(面談をした限り人格面は問題なし。そもそもあの魔法だけでも十分に編入資格はあると考えてよいほどだ。とはいえ、一応こちらも確認しておかなくてはな)

「セシリア嬢、今からこれらの試験を受けてほしい」

「これは?」

クラウドはローテーブルの上に四枚の紙を広げた。内容を見ると問題文が記されている。

「編入試験の模擬テストだ。今回の面談をした限りでは、私は君の編入を学園に推薦してもよいと考えている。しかし、編入試験は受けてもらわなければならない。だから前提として君に試験に合格できる学力があるか確かめておく必要があるのだ」

「では、このテストの解答をすればよろしいですか?」

「うむ。出題科目は学園で学ぶ共通科目から現代文、数学、地理、歴史の四科目だ。共通科目には他に外国語と礼儀作法、基礎魔法学も含まれるが専門性が高いので編入試験では省かれている。私は執務の続きを行っているので、終わったら声を掛けてくれ」

「分かりました」

メロディがペンを持つと、クラウドは一旦ソファーから離れて執務を再開させた。執務室に二種類のペンが走る音が響く。

メロディは試験問題の用紙を全く淀みなく、ほぼ即答の形で解答を埋めていった。

ルシアナの家庭教師をするために一年生の教科書の内容を完全網羅していた彼女にとってこの程度のテストなど何の問題にもならなかったようである。

メロディ・ウェーブ。魔法がなくても普通に規格外を地で行く少女がここにいた。

結局、メロディは一時間もしないうちに全ての解答を埋め終えてしまう。

「伯爵様、終わりました」

「……早いな。では、採点しよう」

試験問題の用紙を受け取ったクラウドはすぐに採点を行った。そして、大変難しい表情を浮かべる。

(どこか間違っていたかな？)

「……全問、正解だ」

「ほっ、よかったです」

胸を押さえてメロディは安堵の息を零す。

「……これならば編入試験の打診も問題なくできるだろう。これにて面談は終了だ」

「ありがとうございました、伯爵様」

「……優秀な人材を王立学園に送れるのだから何も問題ない」

伯爵はベルを鳴らした。しばらくすると執事がティーセットのワゴンとともに入室してくる。

「面談は終了した。レクティアスを呼んできてくれ」

「畏まりました。すぐに呼んで参りますので、その間お茶をどうぞ」

執事は二人の前に淹れ直した紅茶を置くと、再び執務室から姿を消す。静かになった室内で、メロディは淹れたての紅茶に舌鼓を打った。

（うーん、美味しい。淹れ方次第で安価な紅茶も美味しくできはするけど、やっぱり品質のいい茶葉で淹れる紅茶は一味違うわ。いつもの森に茶畑なんてあったら茶葉も自作するんだけどな）

いくら豊かな森とはいえさすがに茶畑はないよねとクスリと微笑むメロディに、クラウドが声を掛けた。

「セシリア嬢」

「はい、伯爵様」

メロディは首を傾げた。何の用だろうと思ったがそれだけでなく、クラウドが緊張した様子でこちらを見つめていたからだ。

「……」

「あの、伯爵様？」

「その……」

「はい」

……。

「えっとだな……」

………。

…………………五分経過。

「……どうされました、伯爵様？」

「あ、いや、すまない！」

（レクトさんと伯爵様って似た者主従ね）

メロディ、根気強い少女である。よくもまあ五分も無言のまま待ち続けられるものだ。

「今回の面談で何かございましたか」

「いや、違うんだ。その、だな……実は、セシリア嬢に尋ねたいことがあってだな」

「私に尋ねたいことですか？　何でしょう」

「……君はその、知っているだろうか…………セレ……ナ、という女性のことを」

メロディは目をパチクリさせて驚いた。なぜレギンバース伯爵が彼女のことを知っているのだろうか、と。だがそれも一瞬のこと。メロディは質問に答えた。

「はい、存じております」

「――っ！　本当か⁉」

伯爵はテーブルに両手を突くと身を乗り出した。メロディは反射的に身を引いてしまう。

（伯爵様、急にどうしちゃったの⁉　いきなり彼女のことを尋ねて興奮して……）

「は、はい。セレーナはルトルバーグ伯爵家のメイドですので」

「……セレーナ？」

「ええ、私が今お世話になっているルトルバーグ伯爵家にはセレーナというメイドがいて仲良くさせてもらっていますけど……」

「セレーナ……」

クラウドはまるで空気が抜けた風船のように力なくソファーに腰を下ろした。まるで精根尽きたかのような脱力具合である。意気消沈という言葉がぴったりな雰囲気だ。

「あの、大丈夫ですか、伯爵様」

「……ああ、すまない。大丈夫だ……さっきの質問は忘れてくれ。私の勘違いだったようだ」

「そ、そうですか……？」

「ところで、セシリア嬢は何か質問はあるかな」

「質問ですか？　うーん……あ、セレディア様のお加減は如何ですか？　舞踏会ではご挨拶できずに早退されていたので少し心配で」

「ああ……どうやら舞踏会の翌朝から熱を出してしまったらしい」

「まあっ、大丈夫なんですか？」

「もう大分熱は引いたらしいが、今も大事を取って休ませている」

「ならよかったです。でも、まだお辛いようでしたらお見舞いは控えた方がよさそうですね」

「……気持ちだけ受け取っておこう」

クラウドはそう告げるとそっと目を逸らした。メロディは少し不思議に思ったが、特に言及することなくレクトとともにルトルバーグ邸へ帰ることとなった。

「伯爵様、本日はありがとうございました」

「いや、私も有意義な時間を過ごさせてもらった。学園には編入の打診をしておくので、後日試験日の知らせが来るだろう。頑張ってくれたまえ」

「はい、微力を尽くします」

「……レクト、セシリア嬢をしっかり守るように」

「お任せください、閣下。では失礼します。行こう、セシリア」

「はい、レクトさん」

二人はクラウドに一礼するとレギンバース邸を後にするのだった。

帰りの道中、メロディは思う。

（それにしても、伯爵様の最後の質問は何だったのかしら？『セレーナ』を知っているかだなんて。勘違いって仰っていたから別人のことだったのかな？後でセレーナに聞いてみようっと）

……自分のことには圧倒的鈍感力を発揮する少女は、クラウドの質問の意図に全く気が付いていないようだ。そしていまだに実父の名前を思い出さない結構薄情な娘なのであった。

◆◆◆

メロディが去った後、クラウドは執務机に突っ伏していた。

（セシリア嬢はセレナを知らない……セレナではなく、セレーナとはな）

自嘲《じちょう》するように口元を歪《ゆが》ませるクラウド。初めてセシリアのフルネームを知った時、もしやと思ったのだ。

セシリア・マクマーデン。愛するセレナと同じ家名の少女。もし彼女がセレナと関係のある人物であれば、きっとこの名前に反応してくれるのではないか。そんな希望が彼にはあった。

セレディアという実の娘がいるにもかかわらず、ありもしない願望を捨てきれなかった。

セシリア・マクマーデンこそが自分とセレナの間に生まれた娘なのではないかという夢を。セレディアに反応できず、セシリアに心揺さぶられた自分を肯定したくて現実逃避をしてしまったのだ。

（その結果、私は非情なる現実を突きつけられてしまったわけだ。愛する女性との間に生まれた実の娘を愛することができない非道な父親であるという現実を……）

その非情さは、自分とセレナの関係を引き裂いた父親と比べてどれほどの差があるだろうか。突っ伏していた頭を上げて、クラウドは窓に映る空を見上げた。

……まさか歯切れの悪い言い方で質問したせいで『セレナ』が『セレーナ』と聞こえてしまったことに全く気が付いていないクラウドである。

もっと踏み込んだ質問をしていれば何か変わっていたかもしれないのだが、臆病風に吹かれてしまったのか曖昧な質問でお茶を濁してしまった男の自業自得と言えなくもない。

そう考えれば、確かにメロディが考えた通りレクトとクラウドは似た者主従と言えるだろう。

それにしてもこの父娘、優秀な割に絶妙なところで勘が鈍い。もしもセレナがお空の上からこの光景を見ていたら呆れた顔でこう告げたのではないだろうか。

——この、似た者親子め！

クラウドの思いが報われる日は……まだ遠い。

ティンダロスの契約

それは夏の舞踏会を終えた翌日、九月一日の朝のこと。

王都にあるレギンバース伯爵邸の一室にて、一人の少女が床に就いていた。

「お嬢様、お加減は如何ですか」

「大丈夫です、セブレ様。少し熱があるだけですから」

ほんのり頬を赤らめてベッドに入る少女の名はセレディア・レギンバース。

最近、レギンバース伯爵クラウドの一人娘として引き取られた元平民の少女だ。前日に参加した舞踏会で体調を崩し、今朝になって熱が出てきたらしい。

伯爵から護衛騎士を任じられた青年、セブレ・パプフィントスはベッド脇に腰掛けながら心配そうにセレディアの様子を窺っている。

「それで、先程のお話の続きなのですが……王都に魔物が現れたとか」

「はい」

「まぁ、恐ろしい……」

か細い声で声を震わせるセレディアの様子に、セブレはキュッと眉根を寄せた。

「……体調の悪いお嬢様にお伝えすべきか悩んだのですが、命に関わることですのでお耳には入れておくべきかと思いまして。申し訳ありません」

「いいえ、セブレ様のお気遣いに感謝します。それで、どれほどの被害が出たのですか」

「ご安心ください。幸い、襲われた者達が見事に討伐し事なきを得たそうです」

「……そうなの、ですか？」

呆気にとられたように瞳をパチクリさせるセレディア。セブレは少し自慢げに微笑んだ。

「はい。魔物に遭遇したのは舞踏会でも挨拶した同僚のレクト達だったのですが、誰一人怪我することなく倒しきったそうです。レクトは強いですからね。さすがとしか言いようがありません」

「誰一人怪我なく……それを聞いて安心しました」

セレディアは優しくも切なげに微笑んだ。大人とも子供とも形容しがたい成人したての少女の笑みにセブレは思わずドキリとしてしまう。そして気持ちを誤魔化すようにコホンと咳払いをした。

「そういった理由から、王都の安全が確認されるまで王立学園の二学期開始はしばらく延期となる知らせが先程届いたので、お知らせに参った次第です」

「それは残念です。でも、今日から二学期が始まっていたら編入初日から欠席になるところでしたから、ある意味助かったかもしれませんね」

揶揄うようにクスリと笑うセレディアの姿にセブレもつられて微笑む。

「少々不謹慎ではありますが、被害も出なかったことですしこの部屋でだけ同意いたしましょう。外ではそのような発言はお控えください」

「ええ、もちろんです。ありがとうございます、セブレ様」

熱のせいだと理解していても、頬を上気させて微笑むセレディアを美しいと思うセブレだった。

連絡事項を伝え終えたセブレが退室すると、セレディアは部屋の隅に控えていた侍女に「しばらく一人でゆっくり休みたい」とお願いして退室してもらった。

そして部屋の周囲から完全に人の気配がなくなるとセレディアはベッドから起き上がる。先程までの優しげな姿などなかったかのように忌々しげな表情で大きく舌打ちをした。

セレディア・レギンバース。その正体は孤児の少女レアに憑依した謎の存在――本人曰く『第八聖杯実験器ティンダロス』である。

隣国のヒメナティス王国にて邂逅《かいこう》を果たしたティンダロスとレアは、ティンダロスからの一方的な願いの成就という契約を交わされたことで、肉体の主導権を奪われてしまったのだ。

レア本人の精神は心の奥底で深い眠りについている。

「まさか何の被害もなく我が猟犬が退けられるとは。我が魔力を前にどうやって……おっと、『私』はセレディア・レギンバースなのだから『我』なんて言葉は使わないのよ」

そっと口元を押さえながら、セレディアは切なくも儚げな表情を取り戻す。

「レアの願いは『セシリア・レギンバースになりたい』であるならば契約を交わした以上、私自身もきちんとその役割を演じなくてはね」

微笑を浮かべるセレディアだったが、脱力するように再びベッドに体を預けた。

「……昨夜の影響ね。やはり人間の体で力を使うのは負担が大きいみたい」

（本来の我、じゃなかった、私なら全く問題ないのに、人間の肉体って脆いわ。本当なら猟犬と五

感を共有して戦況を把握できるのに、レアの体ではそれも難しいみたい）
ティンダロス改めセレディア。彼女は心の中の言葉遣いにも気を付けているようだ。
（だけど、封印が解けたあの場にレアがいたことは間違いなく幸運だった。まさか人間二人分の自我を納められるほど大きな器を持っていながら、一人分の空きがある人間に遭遇するなんて僥倖以外の何物でもないもの。この程度の制限、不利でも何でもないわ。待っていなさい、レア。あなたの願いはこの私がきっと叶えてあげる）
セレディアはベッドに寝転がりながら、レアに出会った直後の頃を思い出していた。

◆◆◆

八月某日。太陽が傾き、空が橙色《だいだい》に染まり始めた頃。

ヒメナティス王国のとある民家、東に面した壁の影が歪《いびつ》にグニャリと揺らめいた。鮮やかな西日によって黒く染まった影の奥から細い腕とみすぼらしい服の袖が姿を現す。

孤児の少女、レアと無理矢理契約して肉体の主導権を得た自称魔王。

第八聖杯実験器――ティンダロスである。

「……地上に出ようと適当に転移してみたが、ここはどこだ？」

そっと瞳を閉じてレアの記憶に接続する。彼女と契約し、肉体の主導権を得る際にレアの精神はティンダロスの奥深くで眠りについてしまったが、彼女の記憶を探ることは可能だ。

レアの記憶によると――。

「ここはヒメナティス王国というのか。我が知る地名ではないな。それに、随分と文明が後退《こうたい》している気がする。我が封印されている間に一体何があったのやら」

（そもそも封魔球の耐用《たいよう》年数を超えるまで放置されていることがおかしい。研究所の連中はどこへ行ってしまったのか。聖杯計画は、ヴァナルガンドは本当に完成したのか……分からないことだらけであるが……ふん、どうでもよいわ）

忌々しそうに鼻を鳴らすティンダロス。彼にとって自身の生存以外、どうでもよい事だった。

どうやらここはどこかの村の一角らしい。自分の背後には粗末な石造りの家、目の前には干しっぱなしの洗濯物が見える。人の気配がない。どうやら家主は不在のようだ。

ティンダロスは己の服装に目をやった。薄汚い長袖の上着とほつれや穴が目立つズボン姿。

「……こんな格好ではレアの願いを叶えてやることなどできぬ。うむ、契約のためだ」

軽く頷くと、ティンダロスは洗濯物の方へ歩き出した。

それから数分後。村から離れた街道沿いの木の影がグニャリと歪んだ。影の奥から細い腕と白銀の髪が姿を現す。もちろんティンダロスだ。

しかしてその格好は、みすぼらしい孤児の服から多少マシな村人ルックに変身していた。洗濯物として干してあった女性物のワンピースを拝借したのである。

「さて、これからどうす――う？」

視界が歪曲し、平衡《へいこう》感覚が揺らぐ。酷い眩暈《めまい》に晒されて、ティンダロスは近くにあった木に体を預けた。とても立っていられなくてズルズルと木の根元に腰を下ろしてしまう。

ティンダロスは理解した。レアの肉体がティンダロスの魔力の負荷に悲鳴を上げたのだと。だがそれは仕方のないこと。ティンダロスが持つ強大な魔力は人間一人に扱いきれる力ではないのだから。無理に力を行使すればその代償は肉体に返ってくるだろう。

「レアが大きな器を持っていたゆえ大丈夫かと思っていたが、そうでもなかったか」

自在に力を行使できない現実にティンダロスは思わず舌打ちしてしまうが、すぐにため息をついて気持ちを切り替える。

「我ら聖杯の魔力を受け入れられる者などそういるものではないのだから、贅沢《ぜいたく》を言っても仕方あるまい。実際、我はもう限界が近かったからな」

ティンダロスは強大な負の魔力の集合体であり、それ自体が自我を有している。それゆえに魔力の結合を維持できなくなった時、それは自我の消失を意味する。

封魔球から解放されたティンダロスの魔力は既に限界が近く、いつ魔力の結合が解けてもおかしくない状態だった。たとえ力が弱体化することになってもレアという器は必要だったのである。

「……それに、我が器となったからには契約の願いも叶えてやらねばならんしな」

ティンダロスは半ば一方的にレアと契約を結んだ。

無理矢理だろうと何だろうと『契約』という約束を成立させることで、レアから肉体の主導権を奪う隙をつくりだしたのだ。

そのため、この契約は果たされなければならない。契約の破棄は逆にティンダロスに隙をつくることに繋がり、レアの肉体に宿り続けることができなくなるだろう。人間の自我とは本人が思っている以上に強固な力を有しているのだ。強大な負の魔力の集合体であるティンダロスを容易に追い出してしまえるほどに。

レアの願い。それは――セシリア・レギンバースになりたい。

契約を結ぶ際、ティンダロスはレアの記憶と繋がった。それはとても不思議なものだった。

レアとは異なる人物の記憶が垣間見えたのだ。まるでその人物になり切って記憶を追体験しているかのような。そして、その人物にはいくつもの選択肢と未来が与えられていた。

その人物こそ、セシリア・レギンバース。レアは彼女になりたいと、そう願っていた。

レアの記憶を探る限り、彼女とセシリアの間に接点は全くない。レアがどうしてこんな記憶を有しているのか、ティンダロスにも分からない。

そもそもセシリア・レギンバースなる人物が実在するのかさえ不明である。レアには未来予知の力があったのだろうか。既にその意識は心の奥深くで眠っているため、確かめようもない。

とはいえ、契約は契約。肉体の主導権を得た以上、対価はきっちり払ってやるとティンダロスは考える。だから契約を交わした瞬間、その第一段階としてレアの容姿をセシリアに似せて銀髪と瑠《る》璃《り》色の瞳に変身させたのだ。

(くくく、まずは見た目から。誰かに成り代わってやりたいとは、実に我好みの歪な願いよ)

ティンダロスには憧れと嫉妬の違いが理解できていなかった。

レアの願いを叶えてやるにはもう少し情報が欲しい。樹木に寄りかかって休みながらティンダロスはレアの記憶を読み解いていく。

そして、セシリアについてもう少し詳細な情報を得ることができた。

レアの記憶によれば――。

セシリア・レギンバースはこの世界の主人公《ヒロイン》である。

セシリア・レギンバースは、テオラス王国レギンバース伯爵家当主の庶子である。

セシリア・レギンバースは、王立学園の生徒である。

セシリア・レギンバースは、魔王ヴァナルガンドから世界を守る救世主、聖女であ――。

「――るっ⁉　セシリア・レギンバースが聖女⁉」

ティンダロスはカッと目を見開いて叫んだ。聖杯実験器にとって聖女とは救いであると同時に死神のような存在でもある。

ティンダロスのような負の魔力の集合体を強制的に世界へ『還す』能力を持つ。それはつまり、自我の消失――ティンダロスにとっては死と同義。絶対に関わりたくない存在だ。

「……ガルムあたりなら喜んで『還る』のだろうが、我はお断りだ！　そんな聖女が、レアの成り代わりたい相手……？　厄介な」

もう少しレアの記憶を探るティンダロス。そして、確かに彼女の記憶ではセシリア・レギンバースは聖女の力を有しているようだ。その力で以って魔王ヴァナルガンドをこの世から消し去っていた。思わず口元が綻ぶ。

「研究員どもは第九聖杯実験器ヴァナルガンドこそ完成体になると豪語していたが、それすらも屠る力を持った聖女か……くく、世界を救うために生み出されたはずの我ら……いや、奴らが魔王と呼ばれ、聖女に破壊されることになるとは何とも滑稽な話だ。実に愉快愉快」

どれほど長い間封印されていたのか不明だが、この世界は聖女と聖杯の役割などすっかり忘れてしまったらしい。そう考えたティンダロスは自嘲するように笑いだした。

（ふんっ、世界を救うために生み出されたのは奴らであって……我ではない。聖女など我には関係のない存在であったな）

「……しかし、聖女に成り代わるとなるとなかなか難題だ。もう少し情報が欲しい」

ティンダロスは再びレアの記憶に接続した。

記憶の中にあるセシリアの境遇や性格、父親であるクラウド・レギンバースとの関係、王立学園で出会うはずの見目麗《うるわ》しい男性達……ティンダロスは様々な情報を吸い上げていく。

そしてティンダロスはゆっくりと目を開いた。

「……セシリアに成り代わるのだもの。言葉遣いも改めなくてはね」

ティンダロスは寂しげな微笑を浮かべながら、女性らしい口調で小さく呟く。それはゲーム初期のヒロインの雰囲気をよく表していた。

（ふむ。どうやら世界の主人公《ヒロイン》たるセシリアに成り代わるために最も重要なことは、特定の異性と恋愛関係に至りその恋を成就させることらしい）

レアの記憶によれば、テオラス王国王太子クリストファー、王太子の親友の侯爵令息マクスウェル、セシリアの護衛騎士レクティアス、魔王ヴァナルガンドの操り人形ビューク、そしてロードピア帝国第二皇子シュレーディンの五人のうち誰かと恋仲になることが主人公の条件のようだ。

（セシリアに成り代わるために特定の男と番わねばならぬとは、何とも面妖な条件よ……ふむ、成り代わるからには内心の言葉遣いも正さねばならんな……今後気を付けることにしましょう）

一応ではあるが、ティンダロスの目標が定まった。

（レアの記憶が正しければ既にセシリアは伯爵家の娘として王立学園に入学しているはず。彼女に成り代わるためにはセシリアの排除と関係者全員の記憶改竄が必要になるわ）

そろそろ体調も回復したようで、ティンダロスは木の幹に手を添えながら立ち上がった。

「体の負担を考えると、力を使うタイミングにも気を付けなくてはいけないわね」

そう呟いたティンダロスが歩き出そうとした瞬間、レアの体が再び眩暈に襲われ、ティンダロスは地面に膝を突いてしまった。回復したつもりだったがまだ不完全だったようだ。

もう少し回復を待つかと木の幹に体を預けた時だった。

「そこの方、大丈夫ですか」

長い黒髪をポニーテールに結んだ男性が、セレディアに声を掛けてきた。

男は心配そうにこちらを見つめていたが、やがてティンダロスの容姿を捉えた途端に大きく目を見開いた。ティンダロスは内心で訝《いぶか》しむが、男には儚い微笑で対応してみせる。

「お気遣いありがとうございます。少し疲れてしまって……」

「あ、あなたは……セレスティ様、ですか……？」

「……はい？」

唐突な質問に戸惑い、答えに窮するティンダロス。セレスティ？　……いや、誰？

（銀の髪に瑠璃色の瞳……年齢も十五歳くらい……まさか、まさか……！）

黒髪の男、セブレは動揺を隠せなかった。目の前の少女は、彼がここ数ヶ月捜し求めていた人物の特徴に合致していた。心臓が高鳴り答えを待っていると、少女は警戒心を露わにして……。

「……どなたですか？」

そう返されてセブレはようやく正気を取り戻した。あまりに唐突な質問だったと反省する。

「失礼しました。私はテオラス王国のレギンバース伯爵閣下にお仕えする騎士、セブレ・パプフィントスと申します。あなたは、アバレントン辺境伯領のアナバレスの町に住んでいたセレナ様のご息女、セレスティ様ではございませんか？」

「……だとしたら、どうだというのでしょうか」

期待を含んだ視線を前に、ティンダロスは肯定とも否定とも言い難い答えを返す。だが、セブレと名乗る男から齎《もたら》された情報に聞き覚えがあった。

テオラス王国。そしてレギンバース伯爵。それは主人公《ヒロイン》セシリアの父親の名前だ。

それが意味するところは――。

「ああ、ようやく見つけました！　私は貴方様の父君、クラウド・レギンバース伯爵閣下のご命令で貴方を捜していたのです」

「私の、父親……？」

曖昧な返答をセブレは肯定と捉えたらしい。満面の笑みを浮かべた。

ティンダロスは呆然とした表情を浮かべながら内心でほくそ笑む。これが事実であれば何と都合のよい話かと。

確かに、レアの記憶によれば母親の死後、セシリアは母親を捜索していた父親の騎士によって保護され、王都の屋敷に引き取られている。その点はレアの記憶通りだ。

しかし、腑に落ちない点はある。レアの記憶では、その出来事は春になる前のことで、彼女の前に現れた騎士の名はレクティアス・フロードという赤髪の男だったはず。

レアの記憶との齟齬《そご》は気になるが、しかし、これはチャンスでもあった。

「母君がお亡くなりになって隣国へ傷心旅行に行かれてから今日まで、かなり時間がかかってしまいましたが無事お会いすることができて安堵しました」

「……そうですか」

またしてもレアの記憶にない話だ。彼女の記憶では、母の死に泣き暮らしていたセシリアの元に騎士が現れていたはずだが、本物のセシリアは傷心旅行のために故郷を旅立っていたという。

そのせいでいまだに騎士とセシリアの邂逅は果たされていないようだ。

（でも、名前がセシリアではなくセレスティなのはどうしてかしら？）

とはいえ、レアから受け継いだ記憶は不完全で、欠落も多い。名前の違いなど些細な事。成り代わるならこの絶好のチャンスは逃せない。

（今なら聖女を排し、セシリア・レギンバースに成り代わることは容易い！）

「伯爵閣下はお嬢様にお会いできる日を心待ちにしております。私と一緒に王都へ参りましょう」

「私に、お父様が……」

瞳に涙を溜めるティンダロス。少女が新たな希望に感極まったようにセブレには見えた。

セブレが差し出す手に、躊躇《ためら》うような細い手が重なる。彼は安堵するが。

「……セレスティお嬢様、お加減は大丈夫ですか」

その細い腕を見て、表情を険しくする。セレスティがあまりに細い、むしろやつれていると言っても間違いではない様子だったからだ。それに……。

「お嬢様、お荷物はどちらに……？」

セレスティは質素なワンピースを身に纏うだけで、周りには鞄一つ見当たらない。

これではまるで……セブレが目を凝らして見つめる中、セレスティは気まずそうに俯いた。

「……えっと、気が付いたら私、荷物なんて何も持っていなくて」

「まさか盗まれてしまったのですか⁉」

セレスティは寂しそうに微笑むだけであった。なんということだ、とセブレは憤る。おそらく旅の途中、一瞬の隙を狙って荷物を盗まれてしまったのだろう。

そのせいで路銀《ろぎん》も失い、身一つで土地勘もない国を彷徨《さまよ》うことになってしまったのだ。

（こんなに痩せ細るまで一人で旅をするとは、なんと痛ましい。おのれ泥棒め、私がいれば即座に切り伏せてやったところだ！）

もちろんセブレの完全な妄想である。ティンダロスが痩せ細っているのはレアが孤児で十分な食事にありつけなかったからであるし、気が付けば荷物を持っていなかったというのも、封印から解放されたばかりのティンダロスが荷物など持っているわけがないのだから。

とはいえ、そんな真実に辿り着けるはずもないので仕方のない勘違いであった。

そこからは早かった。セブレはティンダロスを抱き上げると、仲間が待つ拠点に彼女を連れて行った。隣国で一人の少女を捜すのだ、単独のはずがない。レクトと別れてしばらくしてから応援としてやってきた者達だ。

セブレがセレスティを連れてくると、その特徴から彼女こそが捜し人だったのだと理解し、仲間達は少女の前に傅《かしず》く。ティンダロスは突然のことに困惑する演技をして、身分の変化に戸惑う少女のように周囲に溶け込んでいった。

セブレはレギンバース伯爵宛てに報告を送り、馬車は一路王都へ――。

「――行く前に、アナバレスに一旦立ち寄りますか、お嬢様」

「……そう、ですね。お願いします」

隣国を抜け、アバレントン辺境伯領に入った一行。セブレに問われ一瞬『アナバレスって何だっけ？』と考えながら、セシリアの故郷であったことを思い出す。

セブレは親切心から王都へ向かう前に故郷に顔を出してはと考えての提案だったが、成り代わりを目論む人間からすれば別人であることが判明してしまうので拒否するところである。

しかし、そこは人間ではないティンダロスの面目躍如《めんもくやくじょ》。

アナバレスに到着したティンダロスは馬車から降りた瞬間、彼女の全身から黒い魔力の靄を噴出した。メロディやアンネマリーのように魔力を視る魔法が使えない限り、認識することの難しい力がアナバレスの町全体を覆っていく。

そして――。

「あら、お帰りなさい、セレスティちゃん！」

「やっと帰って来たのかい、セレスティちゃん。旅行は楽しめたかい？」

「ただいま帰りました、皆さん」

――町の誰もが、ティンダロスをセレスティだと認識してしまうのだった。

（くくく、これでもう、聖女が町に帰って来ても誰も本人だとは気付けまい）

ティンダロスの魔力は他者の意識や認識の一部に干渉する力がある。それを利用し、ティンダロスは自分こそがアナバレスの町で暮らしていた少女セレスティであると町民に誤認させたのだ。

セレスティがこれまで町民と育んできた思い出が、そっくりそのままティンダロスに奪われてしまったのである。

町民の反応で彼女が本物のセレスティなのだと確信したセブレ一行は、意気揚々と王都へ帰還した。しかし、伯爵との対面は少々遅れることとなる。

アナバレスの町で能力を行使した負荷と長旅の影響でティンダロスが寝込んでしまったからだ。

熱に浮かされながら、ティンダロスは肉体に負担を掛けない力の使い方を考えるが、簡単に答えを見つけることはできなかった。

（何かいい方法を考えなければ……）

そしてようやく、セシリアの父親クラウド・レギンバース伯爵との対面である。

「あ、あの、初めまして。セレスティと申します」

貴族の礼儀作法を知らない、緊張気味の平民の少女を演じるティンダロス。ガチガチになってペコリと腰を折る姿は、同行していたセブレを微笑ましい気持ちにさせた。

長年捜し求めた愛する女性との間に生まれた実の娘だ。伯爵閣下もさぞや感動して、思わず抱きしめてしまうのではないかと考える。そうなったらたとえ実の娘とはいえ相手は年頃の少女だ。しっかりお諫めせねばと考えていたが、伯爵の反応はセブレの予想と全く違った。

「……ああ、よく来てくれた。歓迎しよう、セレスティ」

（閣下……？）

執務室の席に座ったまま、眉間にしわを寄せるクラウドはセレスティから目を逸らした。セレスティはチラチラとクラウドの様子を窺うが言葉が出てこないようだ。

この場を取り持とうとセブレが口を開こうとした時、クラウドがセレスティに告げた。

「……今後、貴族社会に出るにあたって今の名前では問題になる可能性がある。セレスティ、セレナが付けた名は心に秘め、今日からは『セレディア』と名乗るように」

「……え？」

「以上だ。まだ旅の疲れも取れていないだろうから、今日はもう部屋に戻って休みなさい」

それきり、クラウドは言葉を告げることはなかった。

「……セレディア」

執務室を出て、セブレを伴って自室に向かう最中、セレスティ改めセレディアは父親から贈られた新たな名前を困惑するように呟いた。

「伯爵閣下はご結婚されていません。その中でお嬢様が娘として現れれば、やはり社交界では注目されます。お母上が平民であることを考えると、貴族として生きるために名を改めるのは珍しいことではないのですよ」

セブレは母から貰った名前を変えることに抵抗を感じているのだと考え、伯爵の考えを代弁したつもりでいるがティンダロスの思考は別のところにあった。

（セレディア……セシリアではなく？　私の名前はセレディア・レギンバース……？）

ティンダロスは内心で首を傾げた。クラウド・レギンバース伯爵の反応は、まさにレアの記憶の通りだった。ようやく対面した娘に素っ気ない態度を示してしまう不器用な父親。本当は愛する女性との娘に愛情を注ぎたいのにどうしていいか分からず、ぎくしゃくした関係がしばらく続く。

レアの記憶通りと安堵したところだったのに、肝心なところで大きな齟齬が発生したのだ。

伯爵の娘の名前が『セレディア・レギンバース』と。

（名前が違うだけといえばそれまでだけど、これはレアの願いを叶えたことになるのかしら？）

「あの、お嬢様……」

考え込む少女を心配するセブレ。彼女はしばらく俯いていたがやがて顔を上げて、切なさを孕んだ笑顔をセブレに向けた。

「セブレ様、今日から私のことはセレディアとお呼びくださいませ」

「……はい！　セレディアお嬢様」

まだ納得しきれないところもあるのだろう。それでも父親から贈られた名前を受け入れようと決断したのだと、セブレは思わず声高に返事をした。

（少々物足りない初対面となってしまったが、そうさ、閣下とお嬢様は初めて出会ったのだからぎくしゃくして当然じゃないか。閣下もきっと戸惑っていらっしゃるだけなのだ、目の前のお嬢様と同じように。であれば、私がお二人の仲を取り持って差し上げなくては！）

前向きに解釈したセブレは、お嬢様をしっかり守ろうと彼女の後に続く。

（まあ、名前なんて後でいつでも改名できるでしょう。父親の態度を見る限り無理に意識誘導をする必要はなさそうだし、しばらくはセレディアとして様子を見ることにしましょう）

そうしてティンダロスは、セレディア・レギンバースとなった。

◆◆◆

『はははは！　とうとう完成したぞ。見ろ、私の研究チームだって聖杯を作れるんだ！　私をメインチームから外したことを後悔させてやる！』

『聖女の研究？　そんなもの必要ないわ。聖杯を量産し、負の魔力を回収すればいいだけだろう。限界が来て聖杯が自壊したところでまた作ればいいだけだ。それよりも、聖杯を使った軍事利用の話が来ていてな』

『さあ、私と契約しようじゃないか……可愛い可愛い、私のティンダロス』


「――はっ！」

セレディアは目を覚ました。いつの間にか眠っていたようだ。

ゆっくりと起き上がり窓を眺めると、空が茜色に染まっていた。もう夕方らしい。

本日は九月三日。熱を出して寝込んでから三日目となる。

無意識に顎のあたりを手で拭った。全身汗だくで額《ひたい》や頬からも汗が滴り落ちている。

「……嫌な夢」

ただ、たくさん汗をかいたおかげか体の熱はもう完全に引いたようだ。火照《ほて》りが治っている。

悪夢で荒れた呼吸を整えると、セレディアはベッドから立ち上がり窓の方へ歩いた。

「……最早どうだっていい事よ。それよりも今後のことを考えないと」

まるで現実から目を背けるようにセレディアはレアとの契約について思考を始めた。

「契約履行の目標は例の五人のうち誰かと恋愛関係になること……いいえ、私が恋に落ちるなんてありえない。だから目標は五人のうち誰かを恋に落とすこと。ふふふ、そうだわ、彼らのことは今後『攻略対象者』とでも呼びましょうか」

そう、私は彼らと愛し合うのではない、彼らを攻略するのだ。魔王ティンダロスの名の下に攻略対象者達を堕としてみせよう。セレディアは邪な笑みを浮かべる。

同時に「だけど……」とも考える。

(周囲の状況がレアの未来の記憶とかなり乖離がある。これは何を意味するのかしら……?)

自分の名前の事もそうだが、そもそも本物のセシリアがこの場にいないのはなぜなのか。傷心旅行とのことだが、レアの記憶ではそんな出来事は起きていない。

それだけではない。先日の舞踏会でもレアの記憶と異なる人物が多数存在していた。

アンネマリー・ヴィクティリウム。レアの記憶では癇癪《かんしゃく》持ちのおバカな令嬢という印象だったが出会ってみれば周囲から『完璧な淑女』などと称賛される優秀な令嬢であった。レアの記憶によれば、彼女がセシリアに突っかかってくることで事件が起き、攻略対象者との仲を進展させるきっかけになる場合もあるのだが、そんな素振りは見られなかった。

シエスティーナ・ヴァン・ロードピア。留学生として王国にやってくるはずの攻略対象者シュレーディン・ヴァン・ロードピアに代わって王国に留学してきた帝国の第二皇女。

その容姿はシュレーディンそっくりであるが、根本的に性別が女性である。彼女を恋に落としたとして、果たしてヒロインの座を手に入れたことになるのだろうか。レアの記憶ではシュレーディンが一番のお気に入りだったようだが……。

そしてルシアナ・ルトルバーグ。ヴァナルガンドの捨て駒として利用され、既に死んでいるはずの少女。その容姿もレアの記憶とは異なり、可憐な妖精の輝きを放っていた。そんな人物が、攻略対象のマクスウェルをパートナーとして舞踏会に現れたのである。レアの記憶では、夏の舞踏会のセシリアのパートナーは彼だったはずなのに。

極めつけはセシリアと名乗る少女の存在だ。金髪赤眼で容姿こそ異なるがヒロインと同名の少女である。彼女は攻略対象者レクティアスのパートナーとして現れた。噂によれば春の舞踏会でもレクティアスのパートナーとして参加したらしい……まさにレアの記憶通りに。

（平民の少女セシリア、一体何者なのかしら？　まさか彼女こそが本物の聖女？　いいえ、それにし

ては魔力を全く感じなかった。聖女であるなら多少はそれらしい気配がするはず）

レアの肉体に宿ることでティンダロスは能力を大きく制限された。魔力の感知能力も同様で、レアの肉体を通した魔力感知では、完全に制御されているメロディの魔力を察知することはほぼ不可能なことであった。

だからだろうか、自身がレアの髪色を魔力で染めたにもかかわらずセシリアの髪色が染められたものである可能性にセレディアは気付いていない。

（まあ、いいでしょう。所詮平民の少女。本人も王立学園生ではないと言っていたじゃない。この前は思わず『猟犬』をけしかけたけど、学園に通わないのなら私の邪魔にはならないはず……）

「それに、邪魔だと判断したら今度こそきっちり処分すればいい話よね」

セレディアはクスリと微笑んだ。それは三日前の夜、ヴァナルガンド大森林でハイダーウルフを『猟犬』に変えた時のような邪悪で蠱惑《こわく》的な微笑みであった――のだが。

「え？」

ポタリと、セレディアの手の甲に雫《しずく》が零れ落ちた。それは一滴に留まらずポタリポタリと、いくつもの雫がセレディアの瞳から溢れ、流れ出ていく。

「何、これは？　どうして私、こんな………レア？」

涙を流しているのは自分ではない。でなければ誰が、などと考える必要もない。レア以外に誰がいるというのか。この涙はレアのものであった。

「……レア、どうして泣いているの？」

心の奥深くで眠りについているはずのレアが、肉体に影響を与えるほど大きく感情を揺らしている。だが、ティンダロスにはなぜレアが涙を流しているのか、その理由が分からなかった。

そして――。

「え？　ちょっと？　レア？　これはいつまで続くのかしら？」

レアの涙が止まる気配はなかった。それはもうポタポタからボタボタへと擬音が変わり、セレディアの意思に反し滂沱《ぼうだ》の涙を流し続けた。最終的に直前の自身の言動に原因があると考え、殺生の意思を撤回するまでこの現象が止まることはなかったという。

ようやく涙が止まった頃にはセレディアは泣きつかれた赤子のようにぐったりとベッドに寝転がっていた。涙を流すというのは意外と体力を消耗するのだ。

「これは……安易に殺すわけにはいかなくなったわね。レアときたら余計なことを」

ベッドの中で脱力したままセレディアはポツリと呟く。

この前の襲撃が成功していたらどうなっていたのか、考えるだけで恐ろしい。折角手に入れたレアという容れ物が涙一つで失われかねない。

「王立学園では、よくよく気を付けて行動しなくては……待っていなさい、攻略対象者達。この世界のヒロインが誰か教え……てあ……げる……わ……」

室内に少女の小さな寝息が穏やかに響くのであった。

編入試験のお知らせ

それはメロディとクラウドが面談を行った日の夜のこと。

王立学園学園長、メイス・アルドーラ伯爵の下にとある客人が訪れていた。

「……あのなぁ、学園が休校になったからって俺は別に暇でも何でもないんだからな。むしろ各種予定の調整で結構忙しいの。俺のこの顔見たら分かるだろう？　見てみろよ、この目の隈《くま》をさ。それをお前、いきなり執務室に突撃してきたと思ったら少女の編入試験をしてほしいって⁉　頭沸いてんのかお前は！」

メイス・アルドーラ伯爵。三十三歳。中肉中背、どこにでもいそうな茶色の短髪に、これまたどこにでもいそうな茶色の瞳を持つ、あまり特徴らしい特徴を感じない男である。唯一の特徴といえば生まれながらのくせ毛だろうか。それも悪目立ちしたくないという理由で髪を短くしているのであまり目立っていないのだが。

そんな彼が怒鳴っている相手は、一目見たら忘れない珍しい銀髪、瞳の色こそ茶色だがその鋭い眼光は心に焼き付き、文官でありながらしっかり鍛えられた長身の体躯を持つ偉丈夫であった。

長い腕と足を組んで椅子に腰掛ける姿のなんと凛々しいことか。

言わずと知れたクラウド・レギンバース伯爵である。彼は無言でアルドーラ伯爵メイスと対面していた。

「大体、お前の娘の編入手続きだって大変だったんだぞ。どこでこさえてきたか知らんが、急すぎるわ！　それでようやく落ち着くかと思ったら次は別の少女の編入試験をしてくれだって⁉　今度はどこでこさえてきたんだよ！　同い年の娘なんて二股か最低だなお前！」

「……セシリア嬢は娘では、ない」

「なーに心の底から傷ついてますみたいな顔してんだよ。娘に認めてもらえなかったのか。二股パパは大っ嫌いってか、ご愁傷様！」

「……本当にセシリア嬢は娘ではない。単純に優秀だから学園で学ばせたいだけだ」

「……ああもう！」

何かバツが悪いことでもあるのか、クラウドはメイスからそっと目を逸らした。メイスは面倒くさそうに頭をかくと、隈の浮かんだ瞳をクラウドへ向ける。

「同期のよしみで手伝ってやるがこれが最後だからな。何度も言うが学園長って忙しいの、暇じゃないの。きちんと二学期開始までに手続きできるようにしといてやるからお前、ちゃんとこの借りは覚えておけよ」

やはり三十三歳の若さで学園長を任されるだけのことはあるのだろう。クラウドの急な要請にも対応できる能力を持っているようだ。クラウドはそれをよく理解しているようで、鷹揚に頷く。

「分かった。お礼によく効く栄養剤を進呈しよう」

「それで借りを返したつもりじゃないだろうな、クラウドさんよっ！　それは必要経費！　ちゃんと後でしっかり請求させてもらうからな」

「ああ、了解した……メイス、ありがとう」

普段いかつい顔のクラウドが、ふわりと笑みを浮かべて礼を告げた。

「……はいはい、任されましたよ。やっぱお前のそれ、ズリーよな」

「ん？」

「何でもねーよ！　それにしてもこんな急に編入させたいなんて、その娘はそんなに優秀なのか？」

「……ああ。試験をしたらきっとお前達は大いに驚くことだろうよ」

「ふーん」

履歴書を読んだだけのメイスは気付いていない。その少女が舞踏会で『天使』と呼ばれた謎の美少女であることを。

編入試験の結果が今から待ち遠しい。クラウドは少しばかり得意げに微笑むのであった。

（……俺に面倒ごと押し付けといて何だあの顔は。くっそー、お前もちょっとは働け！）

どうやらクラウドの微笑はメイスの癪に障《さわ》ったらしかった。

◆◆◆

クラウドと面談をして三日が経った九月六日の午後。

メロディはレクトの屋敷を訪れていた。

「はい、粗茶でごめんね。でもメロディの指導のおかげで前よりは美味しくなってると思うわ」

「元々ポーラのお茶は美味しかったけど、お役に立てたなら嬉しいわ」

応接室にお茶を運んできたのは、レクトの屋敷のオールワークスメイド、ポーラである。三つ編みおさげの茶色い髪を揺らしながら、メロディの前にティーカップを置いた。

「ありがとう、いただきます……うん、美味しい」

「よしてよ、照れちゃうわ」

私服姿のメロディに褒められ、ポーラは後頭部を撫でながら嬉しそうに頬を染めた。

本日、強制ホリデーなメロディである。屋敷には基本的にセレーナがいるし、見習いとはいえマイカとリュークもいるせい……ではなく、三人がいるおかげでメロディは定期的にお休みをもらえることになったのだ。不要だと訴えても休みを強制してくるホワイトな伯爵家である。

「ポーラはお仕事なのにごめんね」

「いいのよ。旦那様には許可をもらってるんだから。ゆっくりおしゃべりしましょう」

「ありがとう、ポーラ」

休日を把握していたので、レクトには事前に訪問の許可を得ていた。具体的には、先日レギンバース伯爵を訪ねた帰りの馬車で確認していたのだ。

『俺もその日は休日なんだ。だから、その……よ、よかったらお、俺も一緒にお茶はどうか、と思うんだが……』

と、なぜか何度も言葉を詰まらせながら尋ねられたことをよく覚えている。もちろんメロディは気にした様子もなく普通に承諾したのだが、相変わらず鈍過ぎる少女である。

「そういえばレクトさんは？　一緒にお茶をしようって話していたんだけど」

メロディは周囲を見回す。応接室にはメロディとポーラの二人しかいない。

「ほぉ、旦那様にしては大胆。でも残念。外出中なのよねこれが」

「そうなの？」

「メロディが来る少し前に、レギンバース伯爵様から呼び出しがあって出掛けちゃったのよ。せっかく頑張ったのに、本当に間の悪い主人だこと」

「でも急な呼び出しだなんて何かあったのかしら。もしかして先日の魔物の件で何か進展でも」

「さあ、呼びに来た人はそんなに慌てた様子じゃなかったけど？　そのうち帰ってくるだろうし、それまで二人でゆっくりおしゃべりでもしてましょうよ」

「……そうね。うちに来てもらっていた時はドレス作りが忙しくてゆっくり話す時間を取れなかったもの。今日は時間の許す限り話しましょう」

「「お化粧について！」」

メイドの仕事を愛するメイドジャンキーなメロディと、他人を着飾らせることが大好きで化粧に関してならメロディと同等以上の議論ができる少女、ポーラ。

レクトの屋敷で熱いお化粧談義が今始まる！　……内容に目を瞑《つぶ》れば二人の少女の姦《かしま》しい声が屋敷から漏れ出ているだけなのだが。

それから一時間ほど経っただろうか。誰かが応接室の扉をノックした。お化粧談義に花を咲かせていた二人の声が止まる。

「レクティアスだが、入ってもいいだろうか」

「あら、旦那様？　いつの間にお帰りになったんですか。どうぞ」

「……玄関から呼んだんだがな」

扉の向こうからため息が漏れ聞こえ、ドアノブがガチャリと音を立てる。扉が開くと少し疲れた表情のレクトが姿を現した。その手に大きな封筒を持って。

メロディはソファーから立ち上がり、レクトに微笑みかけた。

「お帰りなさい、レクトさん」

「ああ、ただいま、メロディ」

（おや？）

同じく立ち上がったポーラは、レクトの反応に少し驚く。これまでの彼であれば顔を赤くして口籠もったりしていたはずが、今日のレクトは素直に返事をし、少し微笑んでさえ見える。

（ふーん、本当にちょっとは頑張ってるみたい。どんな心境の変化があったのやら）

レクトがほんの少しだけ成長したことに気付き、ポーラは内心でニヤリと笑った。

（ククク、まあ、どこまでやれるか分からないけど、ゆっくり見守ってさしあげますよ、旦那様）

「私はお茶を淹れ直してきますんで、旦那様は適当に座ってお待ちください」

「ああ」

レクトはチラリとソファーを見た。ティーカップの位置で空いている席が分かる。二人掛けのソファーに向かい合って座っていたメロディとポーラ。当然、それぞれの隣が空いているわけで、レクトの視線は最初にメロディの隣をロックオンした。

彼は歩き出し、そして腰を下ろす……ポーラの隣に。斜めに向かい合ったメロディとレクト。メロディも腰掛けニコリと微笑むと、レクトは頬を染めてそっと視線を逸らすのであった。

ポーラは思わずジト目を向けてしまう。

（……成長したといってもこんなものよね。まあ、半歩前に進んだだけでもよしとしてやるか）

主に対して超上から目線なオールワークスメイドがここにいた。ポーラが応接室を出ると、レクトはメロディへ顔を向ける。

「今日は出迎えられずすまなかった。急な呼び出しがあったものでな」

「お仕事ですから仕方ありません。私もお嬢様から呼び出しがあったら『通用口《オヴンクエボータ》』ですぐに帰るでしょうし」

「そ、そうか、すぐに帰ってしまうか……」

呼び出しということはつまりメイドのお仕事なわけだから、メロディが断る理由など全くなかった。一切躊躇のない無垢な笑顔に、恋の成就までの道のりの果てしなさを感じるレクトである。

「それにしてもお休みの日に急な呼び出しだなんて、何かあったんですか？　あ、もちろん差し支えるようでしたら聞きませんが」

主に仕える騎士である以上、守秘義務はあって当然である。世間話のつもりで迂闊《うかつ》な質問をしてしまったと、胸の前に両手を上げて慌てる様子のメロディにレクトは思わずクスリと笑った。

「……いいや、むしろ聞いてもらわないと困るかな」

レクトは手にしていた大きな封筒をメロディへ差し出す。

「これは君宛ての書類だからな」

「私宛て？」

レクトから封筒を受け取ると、メロディは中から書類を取り出して内容を確認した。

「……これ、王立学園の編入試験の日程通知ですか？」

「ああ。どうやら閣下宛てに届いたらしい。学園に打診をしたのが閣下だからだろう。俺はそれを君に届けるよう仰せつかったというわけだ」

「それじゃあ、このために呼び出しが？　お手間を取らせてしまってすみません」

「気にしないでくれ。それより、試験日程を確認した方がいいと思うぞ」

「はい。えっと、編入試験の日取りは……え？　明後日？」

通知書には編入試験を九月八日に実施すると記されていた。想像以上に早い日程にメロディは驚いてしまう。

（伯爵様と面談をしたのが三日で、伯爵様が学園に打診をしたのが早くて四日。そして今日六日に通知が来て、明後日の八日には試験実施……これ、相当無理して準備をしたんじゃ）

「あの、レクトさん。編入試験ってこんなに簡単に受けられるものなんでしょうか？」

「普通は無理だな。確か、閣下と学園長は学生時代の同期で親しい仲らしいから、その伝手で少し無理をしてもらったのかもしれない」

「……ですよね」

（当然合格するつもりだけど、これだけ頑張って準備をしてもらっておいて試験に落ちるなんて失態は絶対に犯せない！）

メロディはバッと立ち上がる。

「レクトさん、急で申し訳ないんですが私、今日はお暇します」

「仕方ない。試験の準備をするんだろう」

「はい。お嬢様にお願いして教科書の読み直しをさせていただこうと思います」

レクトは苦笑した。もう少し一緒にいたかったがこればかりは仕方が無い。彼も立ち上がると、紅茶を淹れ直したポーラが戻ってきた。

「お待たせ。あれ？　二人とも立ってどうしたの？」

「ごめんね、ポーラ。私、今日はもう帰らなくちゃ」

「ええ、もう少しいいじゃない。どうかした？　旦那様が紳士にあるまじき暴挙に出たの？」

「暴挙？」

「おい、ポーラ。普通に主に対する暴言だぞそれは」

「はい、ちょっと言い過ぎました。申し訳ありません。それで、もう帰っちゃうの？　せっかくお茶を淹れ直したんだけど」

「ごめんね、学園の編入試験が明後日らしいの。帰って準備をしないと」

「明後日？　随分と急なのね。うーん、残念だけど仕方ないか。またお話ましょうね」

「ええ、今日はとっても楽しかったわ」

「すぐに馬車を準備しよう」

「そんな、悪いです」

「魔物の件もある。送らせてくれないか」

「いえ、こんな情勢ですから今日はこれで来たんです。開け、奉仕の扉『通用口』」

応接室に簡素な扉が姿を現した。

「少しお行儀が悪いんですけど、これで直接私の部屋に帰りますね」

「改めて見ると、メロディの魔法って凄いわねぇ」

「……分かった。そちらの方が馬車より安全だから反対のしようもないな」

感心したように扉を眺めるポーラの隣で、レクトは眉尻を下げて少し残念そうに微笑んだ。

「今日はありがとうございました。それでは」

メロディが扉を開けると、ルトルバーグ邸の自室に繋がる。扉を潜るとメロディは振り返り、手を振りながらレクト達に別れを告げるのであった。

扉は姿を消して、メロディは自室に一人となる。そして封筒を手にして部屋を後にした。

「お嬢様、教科書を貸してくださーい！」

まだ使用人部屋の廊下だというのに、慌てているのかメロディは声を張り上げるのだった。

送迎パパ

「演者に相応しき幻想を纏え『舞台女優』」

全身を白いシルエットに包まれて、少女の髪形や服装が変化する。メロディはセシリアに変身した。セレーナによってアレンジされた両サイドの三つ編みも既にアップデートされている。

本日は九月八日。王立学園編入試験日である。

セシリアに変身したメロディは、迎えの馬車を待つために玄関ホールへ向かった。

玄関ホールには伯爵家の奥方、マリアンナがいた。もちろんルシアナも控えている。この場にいるのはメロディ、ルシアナ、マリアンナ、そしてセレーナの四名のみ。マイカとリュークは朝食の後片付けをしているところだ。

どうやら、これから出発するメロディを見送るために集まったらしい。

「旦那様はもうお出掛けになったんですか」

「ええ。この前の魔物の騒ぎから宰相府はとても忙しいみたい。新人だけど土地持ちの領主だから結構仕事が回ってくるそうよ。おかげで最近は朝早く出勤して帰りが遅いから心配だわ」

マリアンナは困り顔に手を添えてホゥとため息をついた。

「メロディ、王立学園に行く馬車は伯爵家から出るのよね？　またあいつが来るの？」

「お嬢様、『あいつ』だなんてはしたないですよ。レギンバース伯爵様が編入の推薦をしてくださった関係で、今回の送迎もしてくださるそうです。多分レクトさんだとは思いますけど」

一昨日にレクトからもらった編入試験の日程通知と一緒にその旨を知らせる手紙が同封されていたのだ。誰が迎えに来てくれるかは記載されていなかったが、伯爵家で面識があるのはレクト以外ではせいぜい伯爵本人くらい。となると必然的にレクトがやってくると予想できた。

「あれが来るなら私が馬車に同乗しようかしら。二人きりにはしておけないもの」

「お嬢様、ですから『あれ』などと言葉遣いがはしたないですよ」

「ふんだ！　いいのよ、あんなの。あれでもそれでもこれでもどれでも何でも問題なしよ」

レクトのことになると途端に子供っぽい態度になるルシアナ。メロディがどうしたものかと苦笑していると屋敷の奥、調理場の方から少女の大きな声が響いた。

「あああっ！　こらグレイル、待ちなさーい！」

メロディとルシアナが揃って首を傾げていると、玄関ホールへ足音が近づく。想像するまでもなくソーセージを咥えたグレイルである。全員が思わずポカンとその状況を眺めている間にグレイルはメロディ達の前を通り抜けて姿を消してしまった。

それから少し遅れてマイカがやってきた。呼吸が荒れてメロディ達の前で肩を大きく揺らす。

「大丈夫、マイカちゃん」

「うう、メロディ先輩。食材を片付けていたらグレイルがソーセージを持って行っちゃって」

「また？　伯爵領から帰ってから随分と食いしん坊になっちゃったのね。ところでリュークは？」

マイカでなくリュークならば追いつけたはずだ。しかし、マイカは渋い顔を浮かべた。

「もう！　リュークったら『ソーセージくらい別にいいだろ』って言うんですよ。ペットの躾け方を分かってないんですから！」

プンプンと怒るマイカ。メロディはグレイルが消えた先を眺めながら困った表情で嘆息した。同じくため息をついたセレーナがマイカに向かって口を開く。

「マイカさんは少し休んでください。グレイルは私が捕まえてきます。すぐに戻ってきますが、もしお客様がいらしたら対応をお願いしますね」

「セレーナ先輩、ありがとうございます！」

瞳を潤《うる》ませるマイカに見送られ、セレーナは玄関ホールから姿を消した。

そしてマイカの息が整った頃に馬の嘶きが聞こえ、やがて玄関扉のノッカーが音を立てた。

「あわわ、来ちゃいました。ちょっと行ってきます」

この場に使用人はマイカしかいない。メロディはセシリアに扮しているので来客を迎える立場にないからだ。少し緊張気味にマイカは扉へ向かった。

「むっ、来たわね！　ここで逢ったが百年目、今日こそ引導を渡してやるわ！」

「ルシアナ、扇子《せんす》を取り出して何をするつもり？　そもそもフロード騎士爵様には先日お会いしたばかりでしょう。百年目ってどういう意味？」

「気分よ、お母様！」

「お嬢様、そんな言葉遣いをどこで覚えてきたんですか？　じゃなくて、喧嘩はダメですよ」

「あの〜、レギンバース伯爵様がいらっしゃいました」

「ほら、レクトさんからも何か言って……え？」

「「え？」」

扉を開けたマイカが招き入れたのはレクトではなかった。白銀の髪と髭がトレードマークの偉丈夫、レギンバース伯爵クラウドその人である。

「ごきげんよう、セシリア嬢」

「……あっ、ごきげんよう、伯爵様。本日はよろしくお願いいたします」

一瞬動揺したメロディだが、すぐにカーテシーで挨拶を返した。突然の伯爵の登場に面食らっていたルシアナとマリアンナも同じく淑女の礼でクラウドを出迎える。

「ようこそいらっしゃいました、レギンバース伯爵様。ヒューズの妻、マリアンナでございます」

「ごきげんよう、マリアンナ夫人。我が姉とは春の舞踏会以来懇意にしていただいているようで、感謝申し上げます。義兄を亡くして塞ぎがちでしたが今はとても楽しそうにしておりますよ」

「私の方こそ、クリスティーナ様やハウメア様にお茶会に誘っていただいたおかげで王都でも寂しい思いをせずに過ごさせていただいております。夫ヒューズも宰相府でお世話になっておりますし、夫に代わって伯爵様に感謝申し上げます」

「そう言っていただけると嬉しいです。どうぞこれからも我が姉と仲良くしていただけますよう」

「もちろんでございます」

和やかに挨拶を交わす二人。伯爵の視線がルシアナに向くと、マリアンナが紹介した。

「私の娘のルシアナですわ」

「お初にお目にかかります。ルトルバーグ伯爵ヒューズの娘、ルシアナでございます」

メロディの訓練によって洗練されたカーテシーをしてみせるルシアナ。淑女モードに入った彼女はキラキラした笑顔でクラウドに挨拶をした。

ちなみに、春の舞踏会でも夏の舞踏会でも、ニアミスしつつもクラウドと直接言葉を交わすのは今回が初めてである。

「ごきげんよう、ルシアナ嬢。舞踏会の『妖精姫』にして王太子殿下をお救いした『英雄姫』のことはよく存じておりますよ」

「……お、お恥ずかしいですわ」

たまたま（？）手にしていた扇子で口元を隠すルシアナ。かなり恥ずかしかったらしい。

「さて、あまり時間もありませんのでそろそろ行こうか、セシリア嬢」

「はい。奥様、ルシアナ様、行って参ります」

「ええ、頑張っていらっしゃい、セシリアさん」

「……気を付けてね、セシリアさん」

優しく微笑むマリアンナと、顔の上半分は笑顔でありながら扇子の下の顔半分では『ぐぬぬ』と口元を歪ませているルシアナ。レクトならともかく、さすがに伯爵が相手では強く出られないため、同行を申し出ることができないようだ。大変悔しそうである。

「さあ、セシリア嬢」

「ありがとうございます」

クラウドにエスコートされて乗車すると、メロディを乗せた馬車は王立学園へ向かった。

メロディが去った玄関ホールにしばし沈黙が訪れる。さすがにレギンバース伯爵が現れるのは想定外だったせいで緊張したのだろう。

「あら、どうしたのですか皆様？　お姉様は？」

その静寂は、グレイルを捕まえたセレーナが戻るまで続くのであった。

「わんわんわん！（ソーセージくらいいいではないか！）」

そして、誰もグレイルの主張に全く耳を貸さないのであった。

◆◆◆

石畳の上を馬車が静かに走る。車内でしばらく沈黙していたメロディが話し始めた。

「あの、伯爵様。お聞きしてもよろしいでしょうか」

「……なんだね」

車窓を眺めていたクラウドとメロディの目が合う。その表情は不思議と柔らかい。

「どうして今日は伯爵様が？　私、てっきりレクティアス様が来るものと思っていたのですが」

すると、クラウドの顔つきが一気に険しいものへと変貌した。

「……それは、レクティアスに迎えに来てほしかったということかな？」

部下であればその豹変ぶりにサッと顔を青ざめることだろう。かなりの威圧を発していた。

しかし、鈍感なメロディはその変化に全く気付かず、キョトンとした顔で首を傾げるだけだ。

「――？　いいえ。レギンバース伯爵家の知り合いはレクティアス様だけだったので、自然とそうかなと思っていただけです。まさか伯爵様が迎えに来てくださるとは考えてもいませんでした」

「う、うむ。そうか……」

空気が抜けた風船のようにクラウドの怒気が萎んでしまう。あとレクトがとても可哀想である。

「ですが、本当によろしかったのですか？　お忙しいのでは？」

「……学園に編入を推薦したのは私だ。今回のことは私が責任を持って対応するというだけだ」

クラウドは再び視線を車窓へ向けた。どうやらこれで話は終わりらしい。

「そうですか。お気遣い、ありがとうございます」

（責任感の強い人なのね）

メロディは単純にそう考え、クラウドとは反対の車窓から王都の町並みに目をやる。その横顔をクラウドは時折チラリと覗いていた。

（……私は何をやっているのだろうか）

当初、セシリアを迎えに行くのはレクトであった。だが、クラウドは衝動的に自分が行くことに決めてしまった。

（ただ私が、もう一度彼女に会ってみたかっただけの話だな）

そして確信する。自分はなぜか、セシリアからセレナの面影を感じているのだと。実の娘から何も感じなかった男が、赤の他人から愛する女性の片鱗を垣間見ているのだと。

(何て薄情な男なのだろう。だが、それでも……)

クラウドはこの少女と一緒に乗る馬車の時間が永遠に続いてくれればいいのにと、そう思っていた。

そして車内にはただ穏やかな時間が流れる。

(……なんだか前世のお父さんと二人で乗った観覧車を思い出すわ)

幼い頃父に連れられて乗った観覧車。特に話すこともなく、静かに景色を眺めていた律子を優しく見守っていた父親。狭い車内だからだろうか、既視感のある雰囲気がこの場に生まれていた。

メロディの落ち着いた雰囲気が伝わったようで、クラウドもまた心が安らぐのを感じる。

そして彼女は気付いた。自分は思ったより緊張していたのだと。リラックスできたということはそれまでそうではなかったということなのだから。

(不思議ね。伯爵様は座っているだけなのに……元の髪色が私と同じだから親近感が湧くとか？)

……そこで父親の名前を思い出さないところがメロディである。おそらくもう一度手紙を読み返さない限り、思い出さないのではないだろうか。

そして馬車は王立学園に到着した。

「伯爵様、ありがとうございます」

「――？　ああ。では、降りようか。セシリア嬢、手を」

先程のメロディとよく似た感じでキョトンと首を傾げつつ、クラウドは手を差し出した。

馬車が止まったのは王立学園の本校舎の正面玄関前のようだ。そこには学園長、副学園長、一年生の担任教師三名の計五名が待っていた。

「ようこそ、王立学園へ」

「出迎えに感謝を、アルドーラ学園長」

「セシリア・マクマーデンと申します。本日はよろしくお願いいたします」

学園長メイス・アルドーラと軽く挨拶を交わし、メロディ達は校舎の中に入った。

「本日の試験予定は、午前中に筆記試験、午後から魔法試験と面談を実施する。来たばかりで申し訳ないがあまりゆっくりもしていられない。すぐにでも試験に取り掛かっていただきたい」

「分かりました」

「結構。各試験は一年生の担任教師が案内してくれるので、それに従うように。レギンバース伯爵はどうされますか。試験は日暮れ近くまでかかるでしょうし、先にお帰りいただいても」

「試験が終わるまで滞在させていただきたい」

「……分かりました。とりあえず学園長室に行きましょう。バウエンベール先生、お願いします」

「承知しました」

「セシリア嬢、健闘を祈っている」

「はい、伯爵様。微力を尽くします」

メロディはニコリと微笑み、学園長とクラウドを見送った。直後、三十代くらいの大柄な男性がメロディの前に立ちはだかる！　……ではなく、普通に前に立った。

「一年Aクラスの担任教師、レギュス・バウエンベールだ。午前の筆記試験を担当する」

続いて、深緑色の髪を後ろでまとめた痩身の女性がレギュスの隣にやってきた。

「一年Bクラスの担任教師、エルステラ・ネレイセンです。魔法試験を担当します」

最後に、茶色の髪を七三分けにした目つきの鋭い男性がメロディの前に立つ。

「一年Cクラスの担任教師、シェラディオ・クリンハットです。学園長、副学園長とともに面談を担当します。レギンバース伯爵の推薦とはいえ甘い採点はしませんのでよく心に留め置くように」

「はい、よろしくお願いします」

三人の教師は試験のためか鋭い視線をメロディに向けていたが、彼女はそれに臆した様子もなく普段通りの態度で美しく一礼するのだった。

◆◆◆

「なーんでお前が来てんだよ」

「……別にいいだろう」

メロディと別れたメイスとクラウドは学園長室に来ていた。ちなみに、副学園長は二人にお茶を淹れた後は部屋を退室しているので二人きりである。

「私が推薦したのだから、責任を持って彼女をここへ連れてくるのは私の役目だ」

「んなわけあるか。そんなもん、いくらでも代理を立てられるわ……え？　つまりお前、自分がやりたくて彼女と一緒にここまで来たわけ？　しかも、試験が終わるまで待って？」

「……」

「何やってんだよ。仕事はどうした」

「……今日の分はもう終わらせてある」

「マジかよ……まさかお前、実の娘と同い年の少女に本気で懸想《けそう》してるんじゃ」

「メイス、言っていいことと悪いことがある」

かつてない鋭い視線がメイスを貫いた。親の仇か外道でも見るような憤怒の眼光が迫る。

当然ながら、メイスはビクリと体を跳ねて顔色は真っ青に染まっていた。

「……わ、分かった。もうその話題はやめよう。んで、お前、日暮れまでどうするんだ？」

「ここで待たせてもらう」

「いや、お前は今日暇かもしれんが、俺は仕事だからな。お前の相手なんてしてられんぞ」

「構わない。ところで試験が日暮れまでかかるならセシリア嬢の昼食は」

「心配せんでもこっちで用意する。まさか一緒に昼食を取りたいとか言うつもりじゃないだろうな」

「むっ、それは……いや、やめておこう。試験中に集中を乱してはいけない」

（乱れてるのはお前の方だろ！）

少し照れたように顔を背けるクラウドの姿にメイスは驚きを隠しきれない。

（こいつ、今までこんなふやけた表情をする奴じゃなかったのに、急にどうした⁉　まるで――）

――親馬鹿みたいじゃないか。

思わず叫びそうになる心の声をどうにか堪えるメイス。取り繕っているがクラウドは明らかに浮かれていた。実の娘の編入の時は鉄面皮のような顔で頼みに来たというのにこの落差は一体⁉

（まさか、本当に第二の隠し子なのか？　だが、セシリア嬢は娘って態度じゃなかったし……）

変なことに巻き込まれた。

何一つ答えが出ない中、メイスは面倒くさそうにそう思うのだった。

編入試験と合否会議

王立学園編入試験の筆記試験は、学園で学ぶ共通科目のうちの四科目『現代文』『数学』『地理』『歴史』のテストが実施される。各試験時間は四十分。十分間の休憩を挟んで連続で行われる。

試験範囲は原則的に編入学年度の全学習範囲だ。つまり、一年生の編入試験を受けるなら、夏に受けようと秋に受けようと一年生の間に受ける全授業範囲が試験範囲として扱われることになる。

学園で学ぶために、学園で学ぶ予定の学習範囲を試験されるとはこれ如何に。

もちろん学園側もこれで編入生に好成績を収めなければ編入させないなどとは考えていない。しかし、編入するからにはこれから受ける授業についてどの程度下地が出来ているのかを把握する必要がある。学園側はこれらの試験結果から編入希望者の学習意欲や態度を見極めていくのだ。

「それでは試験、始め」

一年Aクラスの担任教師、レギュス・バウエンベールの声で筆記試験が開始された。ちなみにここは彼が受け持つ一年Aクラスの教室である。

メロディは教室の真ん中の席を借り受け、まずは現代文の試験を始めた。

試験担当官であるレギュスは教壇の前に腰掛け、鋭い視線をメロディに向けている。正直、普通の少年少女であればその視線に緊張して実力を発揮しづらいのではとさえ思えるが、メロディは気にした様子もなく試験問題の用紙に向き合った。

問題文を読み、設問に答えていく。形式は典型的な日本のテストに近い。物語を読んで作者の考えや、登場人物の心情を尋ねる問題や、単語の意味を選択肢から選んだりする問題が中心だ。

（西洋風の世界観だし、もっと論文形式で出題されるかと思ったけど一問一答の問題が多いのね）

考える力よりも知識の有無を問われる形式のテストのようだ。

（これなら何とかなりそう）

試験を受けながら、メロディは内心でほくそ笑む。論文形式だったとしても手抜かりなどするつもりはないが、知識を埋めていく試験ならば得意分野である。メロディは淀みなくペンを走らせ続けた。

現代文の試験が始まって二十分くらい経過した頃、担当官のレギュスが静かに立ち上がった。試験を受けつつも視界の端でその様子を目にしていたメロディは、トイレだろうかと考える。

しかし、レギュスは無言のままメロディの下へと歩を進めた。何か注意事項や訂正点でもあるのかと考えつつも指摘されるまでは気にするまいと試験を続ける。レギュスはメロディの背後に回ると数分、その場に立ったまま動かなかった。

（な、何の時間なの、これ……？）

試験中に余計な動きをするのもどうかと考えたメロディは、背後が気になりつつも試験に集中する。そして数分後、レギュスはメロディに声を掛けることなく教卓へ戻っていった。

「それでは試験、やめ」

レギュスの低い声で、現代文の終わりが告げられた。小さく息を吐きながら、メロディは頭を上げる。レギュスが近づき、メロディから試験問題の用紙を回収していった。

「十分間の休憩とする。時間までに机に戻るように」

レギュスはメロディの試験問題の用紙を封筒にしまうと、それを持って一旦教室を出て行った。

（とりあえず全部埋められたし、見直しをした限り間違いはないと思うけど……テストなんて前世以来だからやっぱり不安だなぁ）

全てきちんと解答したつもりでもうっかりミスをしてしまうのがテストというものである。全問正解とまではいかずとも良い点数になってくれればと願うメロディであった。

そして十分後、次は数学の試験が開始された。

「それでは試験、始め」

（数学は現代文よりは答えが明確だから安心だわ）

現代文以上に淀みなく解答していくメロディ。正直なところ王立学園一年生の数学の学習範囲は日本でいうところの中学レベル相当であり、六歳の時点で『世界つまんない』とか考えていた天才の前世を持つメロディにとっては、赤子の手をひねるより簡単な問題であった。

一切滞ることなくペンを走らせ続けるメロディ。すると、レギュスは再びメロディの背後を陣取ってしばらく立ち続けた。そしてしばらくしたら教卓に戻っていく。

レギュスの行動に疑問を抱きつつも問題なく試験をこなしていき、四十分が経過して数学の試験は終了した。

続いて地理、そして歴史と試験をこなし、午前中の筆記試験は恙なく完了するのだった。

（結局、全テストで背後に回られたなぁ。本当に何だったんだろう？）

その後、レギュスに案内されてメロディは教員用の食堂で昼食を済ませた。一時間の休憩を終えると、魔法試験の担当官であるエルステラ・ネレイセンが姿を現す。

「準備はよろしいかしら。魔法の訓練場へ移動し、魔法試験を受けていただきます」

「よろしくお願いします」

案内されて到着した場所は、壁に囲まれた運動場のような場所であった。

「基本的に編入試験に魔法の実技試験は必要ないのですが、セシリアさんは魔法が使えると事前に伺っているのでどの程度行使できるのか確認させてもらいますね」

「は、はい」

魔法バレ対策として自重を求められる今、どこまで見せていいものか線引きがとても難しい。そのため、メロディはもの凄く緊張していた。

「セシリアさん、レギンバース伯爵様によると『灯火』を同時に十個発動できるそうね。見せてくださる？　あと、発動したら『灯火』を動かしてみせてもらえるかしら」

「分かりました」

とりあえず、これまで人に見せてきた魔法のようでメロディは安堵した。

「優しく照らせ『灯火』」

前に突き出した両の手のひらを上に向け、魔法を発動する。手のひらから泡立つように光の球体が生まれ、あっという間に十個の『灯火』が空中に現れた。両腕を開くと十個の光球はつられるように半々に分かれ、その勢いのままゆっくりとメロディィの周囲を回り始めた。

エルステラはその光景に思わず目を見張る。初級の『灯火』とはいえ十個同時発動となると難易度はさすがに上がる。ましてや光球一つ一つに独自の命令を与えるとなればさらに難しい。

今、メロディィの周りを衛星のように回り続ける『灯火』達は、それぞれが自由な軌道を描き、しかしメロディィから離れることなくある程度の規則性を持って軌道を描いていた。

つまり、メロディィはこれをとても自然に行使しているようだが、彼女は一つ一つの『灯火』に個別の命令を与えたうえで全てのバランスを取っているのである。独自の軌道を描きつつも一つとして光球同士が衝突していないのが良い証拠だ。

さらに、全ての光球の軌道が一周ごとに変化しているため、ずっと見ていられる気がする。

「……」

「あの、ネレイセン先生？　魔法を発動させたのですが……」

「……あっ、そ、そうね。よく分かりました。魔法を解除してください」

メロディィが両手を打ち鳴らすと、十個の光球は線香花火が弾けるようにパッと姿を消した。

「……綺麗」

「え？」

「ああ、いえ、何でもありません。他にはどんな魔法が使えるかしら」

「えっと……やってみます」

（どんな魔法なら問題ないかな……同時発動は珍しいみたいだし、一つずつ見せればいいかな）

メロディはまず『灯火』を一個発動させた。

「あら？　セシリアさん、それはさっき——え？」

メロディは次に小さな水球を一個生み出した。続いて小さな火球を。弱いつむじ風を。拳ほどの石つぶてを。

どれも一個ずつ。されど全てを同時に——。

エルステラは目をパチクリさせてその光景を見つめていた。

「あの、こんな感じですが」

「……え、ええ。よく分かりました。魔法を解除してください」

メロディが楽団の指揮を終えるように手を振ると、全ての魔法が白い光となって消滅した。

「では、魔法試験を終了します」

「ありがとうございました」

「……セシリアさんはこれを独学で習得されたのよね？」

「はい。ですので、今の自分のレベルが分からなくて。学園で基礎から学べればと考えています」

「そ、そう。編入できればぜひ応用魔法学を受講していただきたいわ」

「その際はよろしくお願いします」

魔法の実技試験を終えたメロディは一年Ａクラスで少し休憩を挟み、面談の部屋に案内された。

「失礼します」

入室すると、学園長、副学園長、そして一年Cクラスの担任教師、シェラディオ・クリンハットが目の前の長机に並んで腰掛けていた。向かい合う形でメロディの椅子も用意されている。世界が変わろうとも、面談のスタイルはどこも同じらしい。学園長に着席を促されてメロディは椅子に腰を下ろした。

「ではまず、学園編入の志望動機から聞かせてください」

メロディの面談が始まった。質問の内容はライザックやクラウドに尋ねられたものとほとんど同じであったので、メロディは緊張しつつも淀みなく答えることができた。

主に質問するのは副学園長で、回答に対し頷くなどの反応を見せる彼とは対照的に、学園長は一切反応を示さず、シェラディオは鋭い視線でメロディを見つめるだけであった。

(圧迫面接とかはないみたいだけど、三者三様に役割はあるみたい……面接の経験なんて前世のアルバイトとルシアナお嬢様しか経験がないから、何が正しいのか判断に迷うなぁ)

前世は二十歳で亡くなってしまったメロディである。アルバイトの面接と今回の面談では形式が違いすぎてあまり参考にはならない。もちろんルシアナとの面接も同様だ。

一応、礼儀作法を守りつつ要点を押さえて回答しているつもりだが、試験官がどこに重点を置いているのか分からない以上、メロディといえど内心の不安を消すことはできなかった。

「以上で面談を終わります」

「ありがとうございました」

副学園長の言葉に、腰を下ろしたまま頭を下げるメロディ。顔を上げると学園長と目が合った。

「では、以上でセシリア・マクマーデンの編入試験を終了する。合否通知は数日中に知らせる」

「はい、ありがとうございました」

学園長達に一礼して退出すると、部屋の外にはクラウドが待っていた。

「伯爵様」

「ご苦労だった、セシリア嬢。試験の手応えはどうだったかな」

「筆記試験はそれなりにできたと思うのですが、他はよく分からないです」

困ったように微笑むメロディに、クラウドは思わず伸びそうになった手をぐっと堪えた。

「私の見立てでは問題ないと思うがね」

「そうだといいのですが……」

「とりあえず疲れただろう。このまま帰っていいそうなのでルトルバーグ邸へ送っていこう」

「ありがとうございます」

クラウドにエスコートされて、メロディはルシアナが待つ屋敷へ帰るのであった。

◆◆◆

メロディが王立学園を去って数時間後、既に夜を迎えた学内では編入試験に関わった教師陣によるセシリアの合否会議が行われていた。

三人の一年生担当教師による各試験の結果が告げられ、学園長メイス・アルドーラ伯爵は口元を引き攣らせる。

「えっと、それは……本当なのか？」

メイスは一年Ａクラス担任教師レギュスに尋ねた。ちょっと信じられない試験結果だったので。

「はい。セシリア・マクマーデンの四科目試験結果は――全科目満点です」

メイスはこめかみを押さえた。グリグリと割と強めに。

「……一年生の学習範囲を満遍なく出題したんだよな」

「もちろんです。出題範囲に偏りはありません」

「バウエンベール先生、カンニングの可能性はないのですか」

副学園長が尋ねるが、レギュスは即座に首を左右に振った。

「私も疑い、彼女が解答する様子を確認しました。あれはしっかりと自分の中で答えを導き出した者がする動きです。決してあらかじめ知った答えを思い出して書く者の動きではありません」

「つまり、セシリア・マクマーデンは既に一年生の学習範囲を完全に網羅しているってことか？　うちに通う必要、なくない？」

「いいえ、学園長。彼女には王立学園に編入していただかなくては困ります」

「ネレイセン先生……セシリア嬢の魔法試験の結果は？」

「魔法の実技試験は能力の水準を確かめるものなので点数はありませんが、正直、才能に溢れているとしか申し上げられません」

「えー、勉強もできて魔法も優秀なのかい？」

「確か、初級ではありますが魔法を十個同時発動できるとか？」

副学園長が資料を確認しながらそう告げると、エルステラは「それだけではありません」と首を左右に振った。

「彼女、初級とはいえ複数の属性魔法を同時に発動できるようなのです」

「……本当に？」

「ええ、事実です。火と水の魔法を苦もなく並行発動させていました」

「うわぁ、逸材だなぁ」

魔法使いが複数の属性に適性を持つことはよくあることだが、相反する属性を同時に発動させることは熟練した魔法使いでも何気に難しい。できないわけではないが、両手にペンを持って全く異なる文章を同時に書き連ねるくらいには難易度の高い技術である。

しかし、セシリアはそれを易々とやってみせた。ましてや火と水だけでなく、風に土、そして光の合計五属性を同時に発動させ、完全に制御していた。

全てが初級の魔法だったとはいえ、かなりの魔法制御能力である。

「……もしかして、筆頭魔法使いを狙えたりする？　応用魔法学の講師としてどう思う、ネレイセン先生」

「今後の成長次第ですが、可能性はあるかと。あとは魔力量がどれほどかにもよりますね。しかし、制御の難しい魔法を行使していた割に疲れた様子もなかったことを考えると、魔力量もそれなりに多いのではと推測できます」

「そうか……面談については？　クリンハット先生」

「面談では質問内容についてだけでなく礼儀作法に関してもチェックしていましたが、少なくとも目上の者との会話の仕方は心得ているようですね。座っている間の姿勢も美しかった……さすがは『天使様』といったところでしょう」

「天使様？」

うんうんと頷く教師陣と副学園長だったが、学園長メイスは何のことかと首を傾げた。

「学園長、ご存じないのですか」

副学園長が目をパチクリさせて驚く。

「学園長、春と夏の舞踏会に出席されていないので？」

シェラディオが鋭い視線をメイスへ向けた。あれは別に睨んでいるわけではなく、普通に目つきが悪いだけなのだがメイスは思わず身を引いてしまう。

「あ、ああ。春は風邪をひいて、夏は出席したけど遅刻しちゃったんだ。まさか馬車の車輪が壊れてしまうなんてね」

「……という名目で、学園の仕事をしていたわけですね」

「うっ」

レギュスの指摘にメイスはスッと目を逸らした。事実だったので。

「学園長は優秀なのになぜか仕事が溜まっていくんですよね。本当に不思議です」

「まあ、今回の編入試験の件を見れば明らかです。頼まれたら断れないのでいつまで経っても終わらないのですよ」

「それで今年の舞踏会にはほとんど参加できず、天使様をご存じないわけですね」

「いや、本当に何なのその『天使様』って。セシリア嬢のこと？　彼女は平民だよね？」

「春の舞踏会からレクティアス・フロード騎士爵様のパートナーとして出席しているんですのよ。そして毎回素晴らしいダンスを披露して会場を魅了していますの。夏の舞踏会はシエスティーナ殿下とのダンスが本当に素敵でしたわ」

エルステラはホゥと感嘆の息を漏らして、先日の舞踏会を思い出していた。

「つまり、セシリア嬢はダンスにも精通していると」

「正直、こちらが教えるには憚られる実力ですね」

メイスは再びこめかみを強く押さえた。そして思い出されるクラウドの言葉。

『試験をしたらきっとお前達は大いに驚くことだろうよ』

（ああ、そうだな。驚いたよ、マジで。筆記試験は満点。魔法技術は次代の筆頭魔法使いが視野に入り、面談での礼儀作法も及第点以上で、舞踏会で主役になれるレベルのダンスの技術持ち？　色々盛りすぎなんだよ！）

どこの完璧超人だろうか。優秀さを褒め称える前にドン引きしてしまうスペックである。

なぜレギンバース伯爵がこんなにも急いで編入をさせようとするのか、完全に理解できてしまう試験結果であった。

「それじゃあ、彼女の編入試験の結果は――」

「「「合格以外に考えられないかと」」」

「――だろうなぁ」

その結果は全く悪いことではないのだが、精神的な疲れからかメイスは大きなため息を吐いた。

「それじゃあ、クラス分けはどうしようか。Aクラスはシエスティーナ殿下とレギンバース伯爵令嬢の二人が編入するわけだし、別のクラスがいいかな？」

「悩ましいですわ。私のBクラスは二学期から生徒が一人減りますので彼女が入っても全く問題ありませんが、彼女の成長を考えるとAクラスに入れた方がよろしいのではないかしら」

「生徒が一人……確か『魔力酔《よ》い』だったか？」

「ええ。優秀な子だったので本当に残念でなりませんが」

頬に手を添えて、悩ましげに嘆息しながらエルステラが答えた。

「Cクラスの受け入れも私は問題ありませんが、一年生の成績優秀者はAクラスに集まっていますからね。切磋琢磨を考えるならAクラスの方がよいでしょう。それに三クラスのうち編入生が三人加わってもAクラスは一番生徒数が少ないですし」

シェラディオ・クリンハットも発言し、副学園長がそれに同意した。

「王太子殿下のクラスですからね。ある程度厳選されたのは仕方のないことです。そこに帝国の皇女様、レギンバース伯爵のご息女、そして天使様を加えて問題が起きないかですが……」

悩む一同を前に、レギュスが考えを述べた。

「……セシリア・マクマーデンはレギンバース伯爵の推薦なのでしょう。であれば、ご息女のセレディア・レギンバースにも関係があるのでは？」

レギュスの言葉に学園長達がハッと気付く。

「言われてみれば。あいつ、自分からは何も言っていなかったが、よくよく考えればこんなに急に編入を勧めるなんて、娘の編入に合わせたかったってことか」

「もしかして、将来的にセシリアさんをご令嬢の侍女にでもなさるおつもりなのかしら」

「可能性はありそうですね。聞いた話ではセレディア・レギンバース嬢は伯爵に引き取られるまで平民として過ごしていたとか。貴族の友人もいませんし、身の回りの世話をする者が必要です」

「つまり、そのためにセシリア嬢を送り込むってことか？　……どうなんだろう？」

（そんな雰囲気には見えなかったけど、どうなのかね？）

一応、話の筋は通っているように思えるが、クラウドからそんな話を全く聞かされていないメイスとしては、素直にそう結論づけてよいのか判断に迷ってしまう。

腕を組んでうんうん唸るメイスに対し、レギュスが口を開いた。

「悩むようであればAクラスで構いませんよ」

「え、いいのか？」

「問題児、というわけではありませんが目立つ生徒をひとかたまりに集めておいた方が監視は楽です。だから、私のクラスに全員集めてあるのでしょう？」

「王太子殿下、完璧な淑女、公爵令嬢に妖精姫……注目株を独り占めですね、バウエンベール先生」

「お望みであれば二学期からクラス替えを行っても構いませんよ、クリンハット先生」

真剣な顔でそう告げるレギュスに対し、シェラディオは苦笑交じりに「遠慮します」と答えた。

「うーん、それじゃあ、バウエンベール先生から提案してもらったことだし、セシリア嬢はAクラスに編入してもらおうか。異論はあるかな」

「「「ありません」」」

「よろしい。では、数日中にセシリア嬢に合格通知を送ることとする。送り先はレギンバース伯爵家でよろしく」

「学園長、そこはもうルトルバーグ伯爵家に直接送ってはいかがでしょう。二度手間では？」

「ダメだ。あいつにばかり楽はさせん！　最後まできちんと面倒は見てもらうからな！」

「私怨が入っていますわね」

「あいつのせいでもう二日も眠れてないんだぞ。あいつめっちゃ顔色よかったし！」

「それは学園長の要領が悪いからで」

「編入試験合否会議は以上、解散！　そして俺は寝る！」

「学園長、今日中に決裁していただきたい書類があります」

「だあああ！　ねむーい！」

こうして、メロディの編入試験は恙なく合格が決まったのであった。よかったよかった……。

合否通知と二学期再開のお知らせ

編入試験を受けた二日後の九月十日。ルトルバーグ邸にレクトが来訪した。レギンバース邸に王立学園から手紙が来たらしい。もちろんセシリアの編入試験の合否通知だ。

メロディとレクト、そしてルシアナが応接室に集まった。

「どうしてうちに直送してくれないのかしら。二度手間よね」

「さ、さあ、どうしてでしょう？」

（多分、その二度手間をさせるためだと思います）

思い出される学園長の眼下に浮かぶ黒い隈。おそらく今回の編入試験でかなり無理をしてもらっているので、これくらいの手間（という名の仕返し？）は受け入れているメロディである。

「これが学園からの通知だ。内容を確認してくれ」

そう言って、レクトは一枚の大きな封筒をメロディに手渡した。今日の彼は大きな紙製の箱も持参しているがまだ説明を受けていない。とはいえ、箱も気になるがまずは通知である。

「ありがとうございます。合格できているかドキドキしますね」

「早く中身を確認しましょう」

緊張の面持ちで封筒を開けるメロディの視界の端で、レクトは苦笑を浮かべていた。

「えっと……セシリア・マクマーデン。王立学園は貴殿の編入を認めるものとする……」

通知の文面を読み上げ、メロディはルシアナへ視線を移した。彼女もまた通知の内容に目を通し、メロディと視線が重なる。そして――。

「合格ですよ、お嬢様！」

「合格ね、メロディ！　おめでとう！」

「きゃああああっ！　お嬢様、メイドに急に抱きついてはダメですけど今日は許しますー！」

「やったー！」

喜色を浮かべると同時にメロディに抱き着いたルシアナ。普段なら叱責するところだがメロディ自身も喜びを体で表現したいせいか、ルシアナの行動を許容するのだった。メロディもルシアナに抱き着き返し、レクトの前で大はしゃぎである。

とはいえ放置しておくとルシアナはいつまでもメロディに抱きつきっぱなしになりそうだったので、レクトは大きく咳払いをして場の雰囲気を切り替えた。

「す、すみません、はしゃぎすぎました」

「もう、いいところだったのに。ところでメロディ、クラスはどこになるか書いてないの？」

「あ、そうですね。どこかに書いて……ありました。クラスは……一年Aクラスです」

「同じクラスだわ！　やったわね、メロディ！」

「きゃああああっ！　お嬢様、二回目の抱き着きはダメですよー！」

「けちけちしない、減るもんじゃなし！」

「だからどこでそんな言葉遣い覚えてくるんですかー！」

勢いに任せてはしゃぐようにメロディに抱き着くルシアナ。向かいのソファーでしばらく苦笑していたレクトだが、一向に収まる気配がなかったためレクトはテーブルにもう一つの荷物、紙製の箱を置いた。

「合格おめでとう、メロディ。というわけでこれを受け取ってくれ」

「お嬢様、いい加減にしてください！」

「はーい。というかそれ何？　メロディへのプレゼントだったら突き返すけど」

「もう、お嬢様！」

「突き返されては困るな、メロディに必要な物だから」

「私に必要なものですか？　開けてみても？」

もちろん、とレクトが了承するので紙箱を開けてみると中には王立学園の制服が入っていた。

「これが私の制服……あれ？　制服が届いているということはレクトさん、もしかして私が合格していること、知ってました？」

「ああ。実は、レギンバース邸にはメロディ宛てと閣下宛に二通の合否通知が届いていて、俺は閣下から君の合格を聞いていたんだ」

「そうだったんですね」

「ねぇ、メロディ。せっかくだから制服を試着してみましょうよ。サイズを確認しないと」

「そうですね。もしサイズが合わなかったら交換してもらわないといけませんし」

「というわけでフロード騎士爵様。本日はありがとうございました。またのお越しをお待ちしておりませんわ」

ルシアナはニコリと微笑み、レクトに退出を促した。

「いや、まだ用事があるんだが」

「もう、お嬢様。お客様に対して失礼ですよ。それで、用事って何ですかレクトさん？」

メロディに窘められ、ルシアナは拗《す》ねたような表情でレクトから顔を背けた。

「ああ。合否通知とは別にもう一枚通知があるはずだが、それを見てもらえるか」

「もう一枚通知が？　あ、本当だ。えっと……学園二学期再開のお知らせ？」

「学園の再開日が決まったの？」

ルシアナも興味があるのか、メロディが持つ通知書を覗き込んだ。

「二学期の再開日は……九月十四日」

「つまり四日後？　また急な話ね」

「この十日間、王都騎士団が王都中を確認して回ったが、結局魔物は発見されなかったらしい。王都周辺の巡回も強化したが、俺達が魔物に遭遇した以外に特に変化はなかったようだ」

「だから、厳戒態勢を解除するってこと？」

ルシアナが尋ねるとレクトは「そうだ」と首肯した。

「では、とりあえず王都は安全ということですね。よかった」

「……学園の編入を取り止めるか？」

「そ、それとこれは話が別です。お嬢様の身は私が守ってみせます」

「ところで、うちにはまだこの知らせは来てないみたいだけど」

レクトの冗談に慌てるメロディの隣で、ルシアナはメロディ宛ての通知書を摘まんで揺らした。

「おそらく今日か明日には届くだろう。メロディの場合は急な編入だから早めに準備が出来るように配慮してくれたのだと思う」

「だったら合否通知も制服も我が家に送ってくれればいいのに」

何となく事情を把握しているメロディとレクトは苦笑するのだった。

◆◆◆

メロディが学園の合格通知を受け取った頃。王都の各家にも二学期開始の知らせは続々と届きつつあった。

「ようやく始まるのね、王立学園の二学期が」

ヴィクティリウム侯爵家。アンネマリーは自室にて通知を読みながら天井を見上げた。

（とうとう王都に五人の攻略対象者が揃った……一応、揃ったということにしましょう）

筆頭攻略対象者、王太子クリストファー。第二攻略対象者、侯爵家嫡男マクスウェル。第三攻略対象者、ヒロインの護衛騎士レクティアス。第四攻略対象者、魔王の操り人形ビューク。そして第五攻略対象者、帝国第二皇子シュレーディン……の代行、帝国第二皇女シエスティーナ。

（そして、メロディでもルシアナちゃんでもない、ヒロイン候補大本命の少女が学園に編入する）

ヒロイン候補、伯爵令嬢セレディア・レギンバース。王太子との出会いイベントを代行したメロディとも、中ボスでありながら嫉妬の魔女事件でヒロインの代行を務めたルシアナとも違う、正真正銘のヒロイン候補、それがレギンバース伯爵の娘セレディアである。

（ただし、彼女が本当に聖女であるかどうか……もう私には確信が持てない）

セレディアは状況的には最も聖女の可能性が高いものの、ゲームとは違いがありすぎて彼女が聖女として覚醒するかどうか全く判断が付かなかった。

乙女ゲーム『銀の聖女と五つの誓い』の設定では、ヒロインが持つ聖女の力は血統によるものではないとされている。ではその根源は何かと問われると、少なくともアンネマリーはその詳細について情報を持っていない。

（昔読んだ設定資料集でもあんまり詳しく書かれていなかったのよね。ただ、聖女の力を得るのに銀髪かどうかは関係ないみたいなことは書いてあったような気がするけど……）

白銀に輝く聖女の魔力を持つ、銀の髪を靡《なび》かせる少女。ヒロイン、そして先代聖女がそういった容姿をしているせいか何となく『聖女＝銀髪』のイメージがあるが、能力の継承に髪色は関係ない等の説明が設定資料集にあったはず、とアンネマリーは顧みる。

ソファーから立ち上がり、大きな窓へ歩み寄るとアンネマリーは空を見上げた。

「……色々な齟齬は発生しつつも、メインシナリオは着実に進んでいる。先日王都に現れた魔物がいい証拠ね。魔王は暗躍中で、きっといつか封印から解き放たれる……聖女の力が必要だわ」

銀製武器で魔王の眷属の相手はできても、本命の魔王を倒すことはできない。聖女がいなければハッピーエンドを迎えることは難しいだろう。

「だから、見極めなければ。セレディア・レギンバース。あなたが聖女か否かを……」

そしてアンネマリーはもう一人、聖女の可能性がありそうな少女の顔が思い浮かんだ。

セシリア・マクマーデン。ゲームのヒロインと同名の少女。髪色こそ金髪だが、春の舞踏会ではゲームの設定通りに第三攻略対象者レクティアスのパートナーとして出席し、先日の魔物の襲撃事件の場にも居合わせている。

彼女もまたセレディアと同じくらいヒロインの可能性を感じる存在であるのだが……。

（……王立学園に入らないのでは、選択肢から外さざるを得ないわね）

ゲームのメイン舞台は王立学園だ。ヒロインはここで学生として成長しながら、様々なイベントを乗り越え、やがて魔王を排し、最愛の男性と結婚するに至る。

だから、王立学園に所属しないセシリアはあくまで状況に合わせたヒロイン代行、とアンネマリーは判断していた。

（まずは二学期。ヒロインちゃんとシュレーディンの間に起きるイベントで判断させてもらいましょう……セレディアさんとシエスティーナ様でイベントが発生してくれればいいけど）

どちらも代役みたいなものなので、ちょっと不安になるアンネマリーだが、首を左右に振って余計な疑念を払いのけた。

（心配するだけじゃ何も解決しないわ。大丈夫。絶対にハッピーエンドにしてみせるんだから！）

通知書をクシャリと握りつぶしながら、アンネマリーは青い空を見つめた。

「ふーん、とうとう学園が始まるのか。今年の王立学園は予定がコロコロ変わって大変だね」

「他人事ではございませんよ、シエスティーナ様」

王城に用意された自室で二学期開始の知らせを読むシエスティーナ。片手にワイン……ではなく葡萄の果実水を持ちながら、優雅にソファーに腰掛けている。

◆◆◆

ちなみに、テオラス王国では飲酒年齢について法令で規定されていないので、基本的に何歳から飲んでも問題ないが慣習的には成人してからが良いとされる。だが、王立学園に通っている間はあまり飲み過ぎるのは良くないとも考えられており、シエスティーナは留学中の飲酒は必要最低限に留めていた。

足を組み、肘掛けに体を預ける姿は気怠げでありながら艶めかしい。侍女のカレナが注意しても聞く耳持たず、楽しそうに通知書を眺めていた。

「学生寮の受け入れは明日より始めるそうです。シエスティーナ様には二学期開始の前日に寮にお入りいただく予定となっております」

「私は今日からでも構わないよ。この十日、仕方がないとはいえほとんどこの部屋に軟禁されているようなものだったからね。新しい部屋を見てみたい。上位貴族寮だったかな」

「女子上位貴族寮の最上階がシエスティーナ様のお部屋になります。準備に二日いただきたいので諦めてくださいませ。私も色々指示をしなければなりませんのでしばらく席を外します」

「ふふふ、君に任せるよ。どうせ使用人達から情報を抜き取るつもりなのだろう？」

カレナは返事をしなかったが、彼女は侍女でありシエスティーナ子飼いの諜報員でもある。シュレーディンに代わり王国侵略のための情報操作を成功させるため、カレナは動くだろう。

「……シエスティーナ様。王城や市井はともかく、王立学園はなかなか手が出ません」

「ああ、そこは私の担当だ。君は気にせず自分の役目を果たしてくれ」

「承知しました」

カレナは一礼するとシエスティーナの部屋を辞した。一人になった彼女は、グラスをテーブルに置くとソファーに背中を預けて寝転がった。何かを求めるようにそっと右腕を天井に掲げた。

「……モラトリアムは終わり。二学期からが本番だ」

（情報収集と情報操作。生徒達を裏から扇動し、不和を生み出す。それを実行するにはまず、学園内で相応の地位を得ないとね。できれば学業でクリストファーを制したいところだけど……）

ふと、シエスティーナは自分の掲げた右手が微かに震えていることに気が付き、苦笑した。

（柄にもなく緊張してるのかな。大丈夫、私ならできるさ……王国を、帝国の手に……）

またふと、シエスティーナの脳裏にとある少女の笑顔が浮かんだ。セシリアだ。なぜ今？

舞踏会でシエスティーナとダンスを競い、結局勝つことができなかった。

『次は負けないよ』

『ふふふ、それはどうでしょう？』

シエスティーナの言葉に対し不敵に、そして楽しそうに微笑んだ少女の顔が頭の中でちらつく。

（そういえば、彼女にはもう、会えないんだったな……）

セシリアは王立学園生ではないそうだ。学園生でもない平民と再び巡り会うことなんて、そうそう起きることではない。

（せめて次の舞踏会で会えたらいいな……ダ、ダンス勝負の再戦をしないといけないからね！）

なぜか言い訳するように頭の中で声を荒げるシエスティーナ。

腕の震えはいつの間にか止まっていた。

◆◆◆

「体調はもうよろしいのですか、セレディアお嬢様」

「はい、セブレ様。学園の二学期開始に間に合ってよかったです」

セブレから王立学園二学期再開の知らせを受け取ったセレディアは儚くも嬉しそうに微笑んだ。

（とうとうレアとの契約を果たす時が来た。攻略対象者どもをこの我、ティンダロスの魔性の魅力で落としてみせようぞ！　……じゃなかった。落としてみせますわ！）

「ああ、早く学園が始まらないかしら」

ウキウキしながら通知書を眺めるセレディアを、セブレは微笑ましそうに見守っていた。

セシリアの入寮

九月十四日の朝。王都パルテシアの中心、王城に隣接された王立学園の門をたくさんの馬車が行き交っていた。

今日から王立学園の二学期が開始される。

ルトルバーグ伯爵家の馬車もまた、学園の門を潜り敷地内に入った。御者をしているのはリュークそして車内にはルシアナ、マイカ、そしてセシリアに扮したメロディが腰を下ろしている。

マイカはメイド服だが、ルシアナとメロディはまだ私服姿だ。午前中は寮の準備に充てられ、学園は午後から始まる予定なのでまだ制服に着替えてはいなかった。

「私が馬車に同乗してもよかったんでしょうか」

少し心配そうに口を開いたのはメロディである。本日の彼女はメイドのメロディではなく、編入生セシリア・マクマーデンとして学園にやってきたのでルシアナと同乗することに気後れしているらしい。

「私がいいって言うんだから問題ないでしょ」

「そうですよ。気にしすぎですよ、メロディ先輩」

「マイカ、さすがにもう学園内だから馬車の中とはいえ呼び方には気を付けた方がいいわ」

「あ、そうですね。すみません、セシリアせんぱ、じゃなくてセシリアさん！」

「大丈夫かしら、この子……？」

慌てて名前を言い直すマイカに、ルシアナは呆れと心配を含んだ視線を向けた。そもそも、雇われた当初からセレーナやメロディを先輩と呼ばないよう指導されているにもかかわらず、なかなか直らないマイカである。セレーナですら既に諦めムードなのだからどうしようもない。

メロディもそれはよく分かっているので、誤魔化すようにテヘッと笑うマイカに苦笑するしかないのであった。

「名前の方は追い追い直していきますんで心配しないでください。あと、お嬢様のお部屋の管理も私とリュークに任せてください、メロディ先輩！」

「……ダメかもしれないわね」

「なんでですか⁉」

即行で名前を言い間違えるマイカにルシアナは不安を隠せなかった。ツッコミをするマイカが自身の間違いに気が付いていないのだから余計に心配になるというものだ。

だが、それよりもメロディは他の事が気になり、大きくため息をついてしまう。

「はぁ……あの、お嬢様。私、やっぱり……」

「ダメよ」

「はうぅ」

間髪を容れないルシアナの拒絶に、メロディは変な声を出して項垂《うなだ》れる。

一体メロディは何をそんなに嘆いているのだろうか？　それは八月三十一日、いや、既に真夜中を過ぎた九月一日の深夜のことである。

『私、これからは生徒とメイドの二足の草鞋《わらじ》で頑張ります！』

『『却下で』』

——と、そういう事である。メロディは当初、セシリアとして王立学園に編入し、昼間はルシアナと同じ学舎で彼女の護衛をしつつ、起床から登校までの時間や放課後のルシアナが就寝するまでの時間は普通にメイド業務に励もうと考えていた。

しかし、それは伯爵一家によって冷たく一蹴されてしまう。ルシアナはメロディと一緒に学園に通える点については喜んでくれたが、メイドと学生の両立に関しては許してくれなかった。

メロディは説得しようと頑張った。ルシアナへの護衛の必要性について語り、もちろん学生寮でのお世話の重要性についても訴え、ついでに、どのみち朝から夜までメイドとして働くことは同じなのだから昼間に学生をしたからといってメイド業務を止められるのは間違っているとか何とか。

そんな訴えを聞かされた伯爵一家はもちろんメロディの願いを切って捨てた。

確かに勤務時間という意味では同じかもしれないが、手慣れたメイド業務に勤しむことと、不慣れな学生・護衛生活を送りながらその上メイド業務まで加わるというのは、誰がどう考えたってブラック以外の何物でもなく、雇用主としては受け入れられない提案であった。

それでも、メイド業務ゼロは耐えられないと、朝はダメだが放課後に少しだけならメイドをしてもよいという許しを得ることができたのは、メロディにとってささやかな救いだったことだろう。

「まぁ、気持ちは分か……らないけど、学園に編入することはメロディ自身が言い出したことだからね、諦めてちょうだい。放課後は少しだけ仕事してもいいから」

「はい……」

「任せてください、メロディ先輩。私、これでもセレーナ先輩から『学生寮向け短期集中講座』を無理矢理やらされてレベルアップしたんですから！　紅茶の淹れ方も60点を貰ったんですよ」

「舞踏会前は42点だったのにね」

「メチャクチャ頑張りました！　……正確に言えば頑張らされましたから！　ホントに……」

マイカは遠い目をした。ルシアナはそっと目を逸らす。

「……本当に、姉妹揃って」

「雇われた当初の研修はもっと緩かったんですけどね……」

マイカの教育は割とゆっくりと無理なく進められていたのだが、メロディの編入が決まったことで状況が一変した。何せ、メロディがメイド業務をできないということは、マイカが中心になってルシアナの部屋を管理しなければならない事を意味するからだ。

その役目をセレーナが代わったところで今度は伯爵邸の管理を誰に任せるかという話になり、結局のところマイカには早急な教育が必要になったのである。

そして実施されたのだ。九月十一日から十三日の三日間に『学生寮向け短期集中講座』が。

一学期にメロディが記した業務日誌を参考にカリキュラムが組まれ、セレーナが付き切りで淑やかに熱血指導を行った。その間、メロディは久しぶりに全ての業務を独り占めできて素敵な三日間だったと後に語っているが、短期集中講座を終えたマイカは真っ白になって燃え尽きていたとかいないとか……。

まあ、翌朝、つまり本日馬車の中で普通にしているのだから、一応何とかなったのだろう。

というわけで、セレーナによって強制的にメイド見習いとしてランクアップしたおかげで、メロディ的には悲しいことに、彼女がしゃしゃり出なくてもルシアナの部屋の管理はどうにかなる目処がついてしまったのである。

「ううう、同僚の成長を喜ばしいと思う半面、私の仕事を奪ったマイカちゃんがこんなに憎いなんて……ああ、一体どうしたら」

「えええっ⁉　私あんなに頑張らされたのにメロディ先輩に憎まれるとか理不尽過ぎません⁉」

並走する馬車の音でかき消されているからいいものの、ルトルバーグ家の馬車からは少女達の姦しい声が零れていた。

「……マイカ、うるさいな」

御者台に座るリュークの呟きは、もちろん誰の耳にも届きはしなかった。

学生寮が近くなった頃、メロディ達が乗る馬車が一旦路肩《ろかた》に止められた。並走していた馬車が通り抜けていく中、メロディが馬車を降りる。ルシアナの馬車はこのまま上位貴族寮へ向かうので、メロディはここから歩いて平民寮へ向かわなければならない。

馬車を降りたからにはもうメロディではなく、セシリア・マクマーデンである。メロディはセシリアとして貴族令嬢ルシアナ・ルトルバーグに接し、一礼した。

「ここまで送ってくださりありがとうございます、ルシアナ様」

「午後のホームルームで会いましょう。セシリアさん」

挨拶を交わすとルシアナの馬車は走り出した。馬車が遠くなるとメロディもまた平民寮に向けて歩き出す。お手製（ヴァナルガンド大森林で遭遇した猪の魔物の革製）のトランクを両手で持って。

◆◆◆

「ふぅ、とりあえず問題なく入寮できた」

寮監に案内されて入った部屋のベッドに腰掛け、メロディは肩を揺らしながら息を吐いた。

初めて入った女子平民寮は意外と静かだった。寮監に聞けば、大体の生徒が昨日までに入寮を済ませていたらしい。

そもそも、遠方から王都にやってきた平民の生徒は長期休暇中も帰省せず王都に残る者が多いため、夏季休暇の間も平民寮は普通に運営されていたそうだ。

そのため、二学期に向けて入寮した者の多くは王都に実家がある者達ばかりなので、学園二学期開始の午前中が馬車で混み合うことをよく理解していた。

「だから、今日入寮の受付をしたのってあなたが最初なのよね」

と、寮監の女性から聞かされたのだ。寮監の名前はマリーサといい、王都の法服男爵家の奥方らしい。子供達が全員学園を卒業し、手が空くようになったため平民寮の寮監の求人に応募したのだとか。

ここは平民寮であるが寮監同士の集まりもあり、貴族寮の寮監は当然ながら貴族出身者が担当していることもあって平民寮の寮監も貴族出身者が選ばれているそうだ。

マリーサは夫に先立たれ、既に長男が爵位を継いだため自分は平民寮で暮らしているらしい。なんて話を聞きながら一階の部屋に案内されて今に至る。

平民寮の部屋はルシアナの部屋と比べれば簡素としか言い様がないが、学生寮としては十分な設備が整っていた。ベッドとサイドチェスト、勉強机とクローゼットが用意されており、小さいが調理場とトイレまで設置されている。さすがにお風呂は大浴場を利用するらしいが、そもそも入浴施設が用意されていることが破格ともいえる。

元々遠方から訪れた平民用に学生寮はあったが、お風呂は設置されていなかった。学生達はわざわざ王都の公衆浴場へ赴《おもむ》き、定期的に身だしなみを整えていたのである。

貴族が通う王立学園で身綺麗にできなければ何があるか分かったものではないからだ。そもそも一般的な平民の家庭に風呂などそうそうあるものではないため、慣れない者はなかなか手間取ったことだろう。

平民寮に大浴場が設置されたのは、現代日本の衛生観念を持つアンネマリーとクリストファーが嘆願した結果なのだが、もちろんそれをメロディが知る術はない。

メロディはトランクを開き、荷物を移し始めた。

「思ったより時間がかかっちゃったから急がなくちゃ」

部屋に案内されるまでに、編入生ということもあってマリーサから寮の各施設の案内を受けたので意外と時間が経っていた。ルシアナ達はとっくに貴族寮に入っていることだろう。

トランクから取り出した荷物を移し、最後に学園の制服をクローゼットに入れると呪文を唱える。

「『舞台女優』解除」

メロディの全身が白いシルエットに包まれ、そしてその姿はいつものメイド姿に戻った。

「開け奉仕の扉『通用口』」

続いて部屋の真ん中に簡素な扉が出現する。メロディは意気揚々とドアノブを回した。

「遅くなって申し訳ありません！」

「あ、いらっしゃい、メロディ」

扉を潜った先にいたのは優雅にお茶をするルシアナの姿。メロディは上位貴族寮のルシアナの部屋に転移していた。

「すみません、思ったより時間がかかってしまって。さあ、荷ほどきをお手伝いしますよ」

メロディはウキウキした表情でそう言った。かなり楽しみな様子だ。

今朝はセシリアとして編入準備をしなければならず、メイド業務をほとんどやらせてもらえなかったメロディである。登校するまでの短い時間ではあるが、メロディはその間だけでもメイド業務に勤しもうと急いでルシアナの下へ馳せ参じたのだ。

しかし――。

「あー、メロディ……落ち着いて聞いてほしいんだけど」

「お嬢様、どうかしました？」

ルシアナはどこかバツが悪そうにメロディから視線を逸らした。メロディが不思議そうに首を傾げていると、マイカがやってきて衝撃の事実を伝える。

「お嬢様、お部屋の準備が終わりました～」

「え？」

「あ、メロディ先輩、来てたんですね」

何気ないふうに告げたマイカの言葉に、メロディはポカンとしてしまう。今、なんて……？

「マ、マイカちゃん。荷ほどきは……」

「はい、終わりました！」

「も、もう終わってしまったの？」

「そうなんです。セレーナ先輩の短期集中講座でコツをしっかり教え込まれたおかげで、いつもより早く作業できました！　重い荷物はリュークが運んでくれましたし、ほら彼、魔法の使い方を思い出したじゃないですか。メロディ先輩には及ばないにしても魔法の補助があるだけで荷運びなんかもちゃちゃちゃっと終わらせられましたよ」

マイカは自慢げに胸を張った。実際、施設の案内を受けて多少時間を取られたとはいえ、メロディがやってくるまでに荷物の整理を終えているのはなかなか優秀といえるだろう。

重い荷物をリュークが、女性用の細かい品々はマイカが担当し、上手く分担ができたらしい。二人揃えばメロディに匹敵《ひってき》、とまではいかないが、十分一人前に近い働きができるようだ。

実際、マイカは荷ほどきとルシアナのお茶の準備を並行して行えている。セレーナの短期集中講座とは一体どんな内容だったのか気になるほどに、マイカは短期間で成長したようだ。

それは大変嬉しいことである。嬉しいことのはずなのだが……。

「そんな。私は……間に合わなか……った……」

「メロディ⁉」

「メロディ先輩⁉」

ルシアナとマイカの目の前で、メロディは膝から崩れ落ちた。その姿はまるで、大切な人の窮地に駆《か》けつけたものの間に合わず、助けられずに絶望した主人公を思わせる雰囲気だった。

実際には仕事を手伝いに行ったらもう終わっていたというだけの話なのだが……。

「マイカ、お前はどっちの部屋で寝泊まりするん……何やってるんだ？」

「メ、メロディ、私、メロディが淹れてくれたお茶が飲みたいな！」

「メロディ先輩、私まだ六十点のお茶しか出せないし、茶の淹れ方を教えてほしいです！」

「……私にもまだ、できることがあるのね」

（いや本当に、何だこの状況は……？）

床に膝を突くメロディを慌てて慰《なぐさ》める少女二人の図……リュークは本気で理解できなかった。

三人の編入生

「ごちそうさまでした。今日も美味しかったわ」

「ありがとうございます」

ルシアナが満足そうにそう告げると、メロディはニコリと微笑んだ。

荷ほどきを手伝えなかったメロディは、マイカにお茶の淹れ方を指導した後、昼食の準備に取り掛かった。二学期の初日の王立学園は午後からホームルームをする予定なので、先に昼食を終えてから登校するからだ。

気を取り直し、昼食を作ったメロディはどうにか気持ちを落ち着かせることに成功していた。

「あ、私そろそろ行かないと。一旦失礼しますね、お嬢様」

「もう？　少し早くない？」

今日のホームルームは午後二時からの予定だが、まだまだ十二時だ。登校するには少し早い。

「私は編入生なので直接教室には行かず、まず担任の先生のところに行かないといけないんです」

「そうなの？　一緒に登校しようと思ってたんだけどなぁ」

「ふふふ、それはまた今度お願いしますね」

「ええ、絶対よ」

メロディは分かりましたと告げて、平民寮の自室へ帰っていった。

「演者に相応しき幻想を纏え『舞台女優』」

再びセシリアに変身すると、メロディはクローゼットから学園の制服を取り出して着替えた。問題がないかをサッと確かめると、学園指定の鞄を持って寮の部屋を出る。

扉を閉めて鍵を掛けたところで、隣の部屋の扉が開いた。

「ふわぁ……あ？」

「あ、こんにちは」

眠そうに欠伸をしながら現れた少女は、肩まで伸びた波打つ深緑の髪を揺らしながらメロディに気が付いた。眠くて目の焦点が合わないのか金色の瞳を眇《すが》めてメロディを見つめる。

「……誰？　隣の部屋は無人だったはずだけど」

「今日から一年Aクラスに編入するセシリア・マクマーデンといいます」

「編入生？　隣の国のお姫様と伯爵家のご令嬢って聞いてたけど」

「えっと、私も急遽編入することになりまして」

「ふーん……ってことは編入試験を合格したのよね……優秀なのね。私はキャロル・ミスイード。あなたと同じ一年Aクラスよ」

「そうなんですね。キャロルさん、今日からよろしくお願いします」

「……まあ、機会があればね。じゃあ、私もう行くから」

「あ、ちょっと待ってください」

「何？」

呼び止められて少し不機嫌になるキャロル。だが、それに気が付いたメロディは指摘しないわけにはいかなかった。

「キャロルさん、髪の毛に何か付いていますよ」

「髪？　何かって……あっ。嘘、絵の具が付いてるじゃない」

キャロルの深緑の髪の一部に赤い塗料が付着していた。それなりに時間が経過しているようで、絵の具は髪に絡まり固まっていた。

「参ったわね。これ油絵の具だし、髪を洗おうにもこんな時間に浴場なんて開いてないし」

キャロルは困ったように髪を弄った。実際、髪に付着した絵の具はすぐに落とさなければならない。特に油絵の具は空気に反応して固まる性質があるため、一度固まってしまうと落とすことは難しい。専用の薄め液などを使えば落とすことはできるだろうが、相当髪は傷むだろう。

（最悪髪を切るしかないけど、キャロルさんの髪は短いし、毛先じゃなくて真ん中あたりだから切ったら不格好になってしまうわ）

メロディがどうしたものかと思っていると、キャロルは大変思い切りのいい少女だった。

「仕方ない。切るか」

「え？　切っちゃうんですか」

「たまにあるのよこういうことって。もうすぐ登校時間だし、間に合わないわ」

キャロルが部屋へ戻ろうとするのでメロディは慌てて止めた。

「ちょ、ちょっと待ってください。えっと、私、ちょうどいい魔法があるので！」

「魔法？」

訝しむキャロル。魔法バレを気にしなければいけないメロディにしてはかなり迂闊な申し出だが、さすがに絵の具のために髪をばっさり切るという選択は受け入れがたかった。

（範囲は絵の具の部分だけ、目立たないよう慎重に）

「どんな時も慌てず騒がず清潔に『緊急洗濯《ラヴァンエマジェンザ》』」

絵の具が付着した狭い範囲を魔法のシャボン玉が包み込み、光となってはじけ飛ぶとキャロルの髪に付着していた赤色の絵の具は綺麗さっぱり姿を消してしまった。

顔の横でパッと弾けたシャボンに驚くキャロルだったが、気を取り直して髪を手で梳《す》くと絵の具の引っかかりがなくなっていることに気が付いた。

「……凄い。あなた、便利な魔法が使えるのね」

「えーと、まあ、少しだけ」

「謙遜しなくていいわよ。助かったわ、ありがとう」

「お役に立ててよかったです」

「それじゃあ、また教室でね」

キャロルは何か用事があるのか、そのままメロディの前から姿を消した。

「……私も行かなくちゃ」

メロディもまた王立学園へ向けて歩き出した。

◆◆◆

「失礼します。編入生のセシリア・マクマーデンと申しますが」

「ああ、来たか」

メロディが入室すると、すぐに一年Aクラスの担任教師レギュス・バウエンベールがセシリアの下へやってきた。

「おはようございます、バウエンベール先生」

「おはよう、マクマーデン君」

「今日からよろしくお願いします」

「ああ、よろしく頼む。では、とりあえずこちらへ来てほしい」

挨拶を交わすとメロディは教員室から繋がっている応接室に案内された。促されるままにソファーに腰掛ける。

「今日は君を含めて三人の編入生が私のクラスに入る予定だ。誰かは分かるか？」

「シエスティーナ殿下とセレディア様ですか」

「そうだ。三人が揃ったら私と一緒に教室に行ってクラスメート達に紹介する予定だ。二人が来るまでここで少し待っていてくれ」

「分かりました」

メロディが了承するとレギュスは教員室へ戻っていった。

それから待つこと十分ほど。応接室の扉が開いたため、メロディは立ち上がった。

「こちらでしばし待つように」

「はい、ありがとうございます。おはようございます、シエ――え？」

「おはようございます、セレディア様」

入室したのはメロディ同様制服姿のセレディアであった。楚々とした雰囲気で応接室に足を踏み入れた彼女は、メロディことセシリアと目が合った瞬間、硬直してしまう。

「……セレディア様？」

笑顔で挨拶したつもりだが、なぜか扉を通り抜ける途中で足を止めてしまったセレディアをメロディは不思議そうに見つめた。セレディアの背後に立つレギュスも不審そうに様子を窺っている。

「どうかしたのか、レギンバース君」

「――あっ、いいえ、何でもありません。お久しぶりです、セシリアさん」

応接室に入る途中でなぜか立ち止まったセレディアを訝しげに見つめるレギュスの声でハッと気が付いた彼女は、慌てて笑顔を取り繕ってメロディに挨拶をした。

二人がソファーに腰掛けると、問題ないと判断したのかレギュスは応接室を後にする。

セレディアは、もう一度メロディに向かってニコリと微笑んだ。

「ごめんなさい。まさかセシリアさんがいるとは思わなかったもので、ほほほ」

「色々あって急遽私も学園に通うことになりまして。驚かせてしまったようで申し訳ありません」

「いいえ、私がまだまだ未熟だっただけです。どうぞお気になさらないでください」

セレディアは寂しさと悲しみを含んだような切ない笑みを浮かべて答えた。

「ですが、舞踏会では学園に通う予定はないようなお話でしたのに、どうして学園へ編入することになったのですか?」

「実は先日の舞踏会の帰りに魔物に襲われまして」

「ええ、伺いました。とても恐ろしい事件です。セシリアさんは無事……なんですよね?」

「はい。レクティアス様やマクスウェル様が守ってくださいましたから」

「そうですか……セシリアさんが無事で本当によかったです」

「ありがとうございます。それで私、このままじゃダメだと思ったんです」

「……どういう意味ですか?」

「魔物に襲われて私、気付きました。私はまだまだ未熟なんだって。ですから私、王立学園に編入して改めてきちんと魔法の使い方等を勉強したいと思い、編入試験を受けたんです」

「そ、そう……あの事件のせいで」

(わ・た・し・の・せ・い・か～い!)

セレディアはなぜか遠い目をした。メロディは不思議そうに首を傾げている。

どうしたのかと尋ねようとした時だった。再び応接室の扉が開き、メロディ達は立ち上がった。

次に来る人物の想像は付いていたので。

「「おはようございます、シエスティーナ殿下」」

「おはよう……おや?」

応接室に入ってきたのはロードピア帝国からの留学生、第二皇女シエスティーナ・ヴァン・ロードピアであった。女性でありながら男子の制服を身に纏っており、イケメン美少女なシエスティーナは見事に着こなしている。

入室と同時に挨拶を受け、キラリと光る笑顔を返したシエスティーナだったが、その視線がセレディアからメロディへ向けられると彼女は片眉を上げて軽く驚いてみせる。

「確か、セシリア嬢だったたね」

「はい。覚えていただき光栄です、殿下」

「はは、君とのダンスを忘れるのは至難の業だよ。また会えて嬉しいよ、セシリア嬢」

「私もまた御目にかかることができて嬉しいです、殿下」

「あ、あの！　よかったらこちらへどうぞ、シエスティーナ様」

微笑み合うメロディとシエスティーナの間に割って入るように、セレディアの声が響いた。

「ああ、そうだね。ありがとう、セレディア嬢」

セレディアに勧められ、シエスティーナはセレディアの隣に腰掛ける。続くようにメロディ達もソファーに腰を下ろした。

「それでは準備が整いましたらお呼びします。その間お茶でも飲まれますか」

レギュスがシエスティーナに問う。教師として学生をひいきするつもりはないが、さすがに相手が他国の皇族だけあって言葉遣いには多少気を遣っているようだ。

「ご配慮感謝します。ですが、それほど時間がかかるわけでもないでしょうから結構です」

「私も」

「私も」

レギュスがメロディ達にも視線を向けたので、二人は不要だと告げた。実際に必要なかったということもあるが、シエスティーナが飲まないのに自分だけは飲むという選択肢はないだろう。

「では、しばらくお待ちください」

レギュスが扉を閉めて、応接室には三人だけとなった。

「ふふ、二週間ぶりの再会だね、二人とも。私達三人は同期生となるわけだ。よろしく頼むよ」

「はい、シエスティーナ様」

「よろしくお願いします」

「それにしても、まさか王立学園でセシリア嬢と再会できるとは思わなかったな。どうして急に編入することになったんだい？」

不思議そうに首を傾げるシエスティーナに、メロディは先程と同じ回答をした。シエスティーナは眉根を寄せて苦い表情を浮かべる。

「そうか。やはりあの事件の被害者は君達だったんだね」

「ご存じなのですか？」

「王都の魔物侵入は大事件だからね。この国の人間でない私でもある程度情報は入ってくるさ。本当に、君達に怪我がなかったことは不幸中の幸いだったよ」

「私もそう思います」

頷き合う二人の隣で、セレディアは難しそうな顔で首を傾げた。

「どうかしましたか、セレディア様？」

「……いいえ。セシリアさんの魔物に対抗する術を学びたいお気持ちは理解できるのですが、どうやってこんな短期間で編入を実現できたのかなと」

「え？　レギンバース伯爵様からお聞きになっていないんですか？」

「お父様に？」

「はい。私の編入試験は伯爵様に後押ししていただいて実現したものなんですが」

「……そうなの？」

「はい」

「お父様が……」

少しポカンと放心してしまうセレディア。シエスティーナは少しだけセレディアの内心が分かるような気がした。自分と同じタイミングで、それも同じクラスに編入する生徒に手を貸した自分の父親が、実の娘にはその話を一切していないのだ……きっと疎外感を覚えているに違いない。

シエスティーナも子供の頃は、いや、今もだが、家族から蔑ろにされることが多かった。何度笑顔を取り繕って気持ちを誤魔化したことか……。

だから、少しだけ慰めてやりたいとシエスティーナは思った。

「……きっと魔物の侵入事件のせいで忙しかったんだろう」

残念ながら大した慰めにもならない言葉しか出てこなかったが……。

「……そうですね。屋敷に引き取られてからお父様とはまだ一度しか夕食をご一緒できていないんです。きっと、お忙しいのでしょう」

「そ、そうか……」

切ない笑顔を浮かべるセレディアに、シエスティーナはそっと目を逸らした。

(自分で引き取っておきながら食事も一緒に取ってあげないのか、レギンバース伯爵は……)

(ふむ。いい感じ……かしら？　同情を得て彼女を攻略する作戦も悪くないかもしれないわね)

シエスティーナが内心でクラウドの評価を下げている中、セレディアはセシリア編入の原因をつくった失態を取り返すため、記憶にあるヒロインらしい切ない雰囲気を演出する作戦に出た。

健気な少女を演じ、その憐憫は寄り添ううちにやがて恋慕の情へと——。

「やっぱりどこもお忙しいんですね。私がお世話になっているルトルバーグ家の伯爵様も宰相府にお勤めなんですが、舞踏会が始まる前辺りから忙しくてご家族と食事の時間を合わせられないと大変嘆いていらっしゃいました。宰相補佐のレギンバース伯爵様ともなるとどれくらいお忙しいのか見当もつきません」

「あれ？　……本当に忙しいだけなのかな？」

(あ、ちょっと!?)

困ったように頬に手を添えてため息をつくメロディの姿に、シエスティーナは「あれ？　もしかして勘違いだった？」とでも言いたげに困惑顔を浮かべた。

シエスティーナの雰囲気が一瞬で霧散し、セレディアは声に出しそうな叫びを心の内に留める。

（ぐぬぬ、聖女でないにしてもやはりセシリアという人間は厄介だな！　どうしてくれよう！）

頭の中でも少女を演じていたティンダロスの心の声がうっかり元に戻ってしまう。

「三人とも、準備ができたので教室へ向かおう」

内心でセシリアへ毒づくセレディアだったが、レギュスに呼ばれ三人は立ち上がった。

（ぐぬぬぬ、殺生はできぬがどうにかセシリアを排してヒロインの座を手に入れてみせる！）

（まずはクラスに溶け込んで人脈を得なければ。王国を帝国の手中に収めるために）

（たとえあの黒い魔力の魔物が学園に現れても、お嬢様は私が守ってみせます！）

三者三様の思いを掲げながら、三人の編入生は一年Aクラスの教室へ向かうのだった。

ゲームキャラの自己紹介はそれだけでイベント

もうすぐホームルームが始まる時間。一年Aクラスの教室には生徒達が揃い、思い思いに話をしていた。

「今日からシエスティーナ様にお会いできるのね。同じクラスだなんて嬉しいわ」

「あの美貌で男性でないのは残念でなりません。いえ、でもだからこそお側にいられるかも」

「俺はレギンバース伯爵令嬢が気になるな。この前の舞踏会では話もできなかったから」

「僕も遠目から見たけど、儚げで可愛かったね」

侯爵令嬢アンネマリーは席に着き、読書をするふりをしながらクラスメート達の噂話に耳を傾けていた。

（やっぱり今日の話題は二人の編入生のことよね。さすがは攻略対象者代行とヒロイン候補。見た目だけでもインパクトは抜群ね）

何せ隣国の皇女と宰相補佐の隠し子ともなれば話題性は言うまでもない。どちらも高い地位にある娘達となれば、気にならないわけがなかった。

平民の中には今日初めて聞いた者も何人かおり、驚いている様子だ。商家出身の生徒は情報を集めているのか既に知っているふうだが、そうでない家系の者は初耳のようだ。

「皇女様だなんて、き、緊張しちゃいますね、ルキフ」

「気持ちは分かりますがここではクラスメートです。必要以上に畏まると逆に失礼になりますよ、ペリアン」

「は、はい、分かってはいるんですけど」

「ふふふ、大丈夫よ。舞踏会でお会いした限りでは穏やかな気性の方達だったもの。ね、ルシアナ」

「……」

「ルシアナ？」

「え？　何、ルーナ？」

「どうかしたの？　教室の扉なんかずっと見つめて」

「あー、いや、早く編入生が来ないかなって思って」

「ふふふ、ルシアナも気になってしょうがないのね」

やはりどこも編入生の話題で持ちきりらしい。アンネマリーもまた教室の扉に目が行った。

（もうすぐ彼女達が教室へやってくる。そして――）

アンネマリーはクリストファーをチラリと見た。彼はオリヴィア・ランクドール公爵令嬢から挨拶されたのか王子らしい輝く笑顔でオリヴィアに応対していた。

（もう、私が真剣にやってるのに美人相手にデレデレしちゃって。放課後になったらしっかり働いてもらうからね！）

アンネマリーは不機嫌さを周囲に悟られないよう、本を上げて口元を隠した。

（とりあえず、編入生の二人とは仲を深めてある程度探れるようにしておかないと。特にヒロイン候補のセレディア様のことはしっかり見張らなくちゃ）

攻略対象者以上に何よりヒロイン、正確には聖女は絶対に必要な存在だ。セレディアが聖女であれば何よりだが、そうでない可能性もある。しっかりと見極める必要があった。

（見た目だけなら間違いないんだけどな。銀髪に瑠璃色の瞳。ゲームではヒロインちゃんだけが持っていた容姿の特徴。でも……あんまりヒロインちゃんっぽく感じないのはなぜなのかしら？）

おそらく二次元のイラストが三次元の立体に変わったことで違和感を覚えているのではと考えるが、アンネマリーはセレディアの容姿がほんの少しヒロインとは異なるような気がしていた。

それもあって、セレディアをヒロインだと確信できないのかもしれない。

（セレディア様が聖女の力に目覚めてくれれば話は早いんだけど……その方法がなぁ）

アンネマリーが知る聖女の覚醒方法。それは、魔王と戦うこと以外に思い浮かばなかった。

ゲームのセシリアは何度か起きる魔王との戦闘、正確にいえば魔王に操られたビュークとの戦いで徐々に聖女の力に目覚めていき、最終決戦で完全なる覚醒を遂げるというストーリーだった。

つまり聖女を魔王にぶつけるやり方以外に、ゲームシステム的な意味で聖女の力を覚醒させる方法を知らないのである。

あまりにも危険な賭けであった。これでもしセレディアが聖女でなかったら、魔王との遭遇はそのまま死を意味する。そう考えると迂闊に試すこともできない。

（まあ、魔王がどこにいるか分からないんだから試しようがないんですけどね）

散々クリストファーと相談して結論の出なかった問題である。結局、セレディアと交流を深めて可能性を模索していく以外にやり方はないのだろう。

（これ以上悩んでも何の解決にもならないわ。とりあえず今日の勝負どころは放課後よ。鍵はシエスティーナ様。セレディア様がヒロインちゃんかどうか、あなたの行動で見極めさせてもらいましょう！　……って、私が真剣に考えてるのにあいつときたらまだオリヴィアさんと楽しそうにして！）

などとアンネマリーが考えていたところで、担任教師レギュス・バウエンベールが入室した。生徒達が慌てた様子でそれぞれの席へ着く。そして、レギュスの後ろからシエスティーナとセレディアが姿を現した。

アンネマリーの眼光が鋭く光る。

（さあ、まずはあなた達の自己紹介から見極めさせてもらうわよ！　勝負！　……え？）

二人の少女に鋭い視線を向けるアンネマリーだったが、セレディアが入室した直後にもう一人の少女が教室に入ったことで彼女は目を点にしてしまった。

（え？　なんで……？）

「セシリア・マクマーデンと申します。若輩者ですがどうぞよろしくお願いします」

（どうして、セシリアさんまで学園に編入してるのよ⁉）

アンネマリーがしっかり考えてきた二学期対策は、初日からいきなり躓き始めていた。

◆◆◆

レギュス、シエスティーナ、セレディア、そしてセシリアの順に一年Aクラスの教室に入る。

最初の二人の編入生の登場には小さいながらも黄色い声が飛び交ったが、三人目のセシリアが現れた瞬間、生徒達から戸惑ったような声が漏れ聞こえた。

平民の生徒はもちろん、編入生は二人と聞いていた貴族の生徒達も驚きを隠せない。それどころかアンネマリーやクリストファーでさえ三人目の編入生の情報を得ていなかったため、目を見開いて驚いていた。

教室に入る際、メロディの視線がルシアナの方を向いた。瞬時に見つけたらしい。ルシアナは机の横から指先を見せてチラチラと振ってみせた。悪戯っぽい笑顔を浮かべている。

また、もう一人、ついさっき出会ったばかりの少女を見つけた。キャロル・ミスイードだ。窓側の席に座る彼女は、肘を突きながら窓の外を眺めていた。視線こそ合わなかったが、キャロルは机に置いた右手を軽く振ってみせた。おそらくこれも挨拶なのだろう。

よく知るルシアナ、さっき出会ったばかりのキャロル。二人が揃って合図を送ってくれることが嬉しくて、メロディは思わずニコリと微笑んでいた。

予期せぬ三人目の編入生の登場に困惑していた周囲が、その優しげな笑顔についい見蕩れてしまう。

そして誰かが囁いた。

「……あれって、天使様?」

舞踏会に参加していた貴族の生徒達がハッと気が付く。そうだ、あれは『天使様』だと。

今年の春と夏の舞踏会に現れて参加者を魅了するダンスを披露した謎の美少女。春は襲撃事件のせいで、夏は魔物の侵入事件のせいであまり噂が長続きしなかったが、舞踏会で彼女のダンスを目にした者は決してそれを忘れてなどいなかった。

「そうよ。あの方、夏の舞踏会でシエスティーナ様と踊っていらした天使様だわ」

「春の舞踏会では妖精姫と踊っていらしたのよね。あれも素敵だったわ」

「確かこの前の舞踏会では妖精姫と手を繋いで入場したとか」

「ええ。お揃いのドレスがとてもよくお似合いだったのよ」

囁くような声音で噂話が広がっていく。教壇側からは何と言っているかまで聞き取ることはできないが室内がにわかに騒がしくなった。

だが、それを担任教師レギュスが許すはずもなかった。教卓の前に立つと、彼の低い声が教室に

響き渡る。

「……静粛に。私語を慎みなさい」

瞬間、教室内に静寂が戻った。見た目と声が怖すぎる担任教師である。

「今日からこのクラスに三人の生徒が加わることとなった。仲良くするように。順番に自己紹介をしてもらおう」

レギュスはシエスティーナに目配せをした。先頭の彼女から始めろという意味らしい。

シエスティーナはニコリと微笑むとレギュスに代わって教卓の前に立った。

「ロードピア帝国よりやってきました。第二皇女シエスティーナ・ヴァン・ロードピアです。帝国と王国が手を取り合える日が来ることを願って留学してきました。身分にかかわらずこのクラスの皆と仲良くなれれば嬉しいです。学園ではどうか気軽に声を掛けてほしい。どうぞよろしく」

イケメン美少女の笑顔がキラリ～ンと光った。我慢できなかったのか一部の女子生徒から黄色い悲鳴が上がった。さすがはシュレーディンと同じ顔。破壊力は抜群である。

挨拶を終えたシエスティーナが教卓から離れると、次はセレディアが前に出た。少し緊張を含んだ笑顔をクラスメート達に見せる。

「初めまして。レギンバース伯爵の娘、セレディア・レギンバースです。初めての学園生活で少し緊張していますが、皆さんと仲良くなれれば、嬉しいです。至らない点もたくさんあると思いますが、どうぞよろしくお願いします」

少し硬い感じで一礼するとセレディアは庇《ひ》護《ご》欲《よく》をそそるような寂しげな笑顔を浮かべた。シエスティーナの時のように黄色い悲鳴が上がることはなかったが、一部の男子生徒からは感嘆の息が漏れ出ていた。やはりこちらもヒロイン候補。人を惹き付ける不思議な魅力を持っているようだ。

挨拶を終えたセレディアは教卓を離れる前にセシリアの方を見た。彼女の体表で微かに黒い魔力が蠢《うごめ》き始める。

（ここで教室に意識誘導を掛けてセシリアの自己紹介をめちゃくちゃにしてやれば……）

人間関係を築く上で第一印象は大きな役割を果たす。ここで自己紹介に失敗すればクラスでのセシリアの立ち位置を大きく貶めることができるだろう。

セシリアが醜態を晒すよう彼女の意識に干渉してやろう。セレディアはそう考えた。

だが――。

（……何だろうか、この感覚は。……我は失敗する、そんな予感がする）

思わず内心の口調が元に戻ってしまうほど明確な直感が働いた。危機感と言い換えてもいいかもしれない。だが、なぜ……？

（まさかこの娘は本当に？　しかし……）

ティンダロスの聖杯としての感覚がセシリアを聖女と捉えたのか。そう思い、セレディアはセシリアの魔力を解析したが一切の魔力を感じ取ることはできなかった。

（気のせいか……では、あの予感は一体……？）

疑問に思いつつも、セレディアはセシリアに場所を空けるため教卓から離れた。

そして三人目の編入生セシリアもといメロディの番である。

「セシリア・マクマーデンと申します。若輩者ですがどうぞよろしくお願いします」

メロディはそれだけ告げるとそっと一礼した。頭を上げた彼女はクラスメート達に向けてニコリと微笑む。柔らかな笑顔が教室を包み込み、性別にかかわらず多くの生徒からホッと息が零れた。

(((可愛い……)))

その笑顔、まさに天使。学園で多くの美男美女を見てきた生徒達が思わず感嘆する可憐さ。

(は、鼻血が出そう……!　絶対あの子、魅力に補正値掛かってるううう!)

アンナマリーは思わず両手で鼻先をギュッと挟み込んだ。シエスティーナ、セレディアも大層美しかったが、セシリアの笑顔はあまりに格別だった。ただ微笑んだだけなのに可愛すぎる。

(ど、どうしよう、あの可愛さだけで金髪セシリアちゃんをヒロイン認定しちゃいそう)

すればいいのに……と、どこかの誰かが言ったとか言わないとか。

「えっと……?」

蕩《とろ》ける教室の雰囲気にメロディは困惑した。やがて少し落ち着いてくると、男性陣から熱を帯びた視線が向けられるようになる。もちろん鈍感なメロディは気付いていないが。そしてもちろんルシアナがそれに気が付かないわけがないので瞳がどんどん剣呑《けんのん》なものになっていく。

舞踏会で天使様と賞賛された神秘的な美少女、セシリア。その身分は平民である。そう、平民なのだ。一部の貴族の男子生徒の中に、少しずつ希望と欲望が蠢き始める。

(これは、もしかしていけるんじゃないかしら?)

雰囲気を察したセレディアは内心でニヤリと嗤《わら》った。黒い魔力の意識誘導で男子生徒をけしかけてセシリアを酷い目に遭わせられれば、彼女を学園から追い出すことも不可能ではない。

この好機を逃してなるものかと魔力を高めようとした時――。

「一応告げておこう。セシリア・マクマーデンはレギンバース伯爵の推薦で編入が決まった」

――レギュスの言葉で、教室内の蕩けた雰囲気は一気に霧散した。

宰相補佐レギンバース伯爵の推薦で編入した生徒。それ即《すなわ》ち、レギンバース伯爵が後見人《こうけんにん》であることを意味する。王国で上から数えた方が早い地位にある人物に後押しされて学園に入った生徒に迂闊に手を出した先に訪れる未来とは――。

うっかり欲望が表に出掛かっていた生徒達は背筋が寒くなりそっとセシリアから目を逸らした。

「……よろしい」

厳粛な雰囲気を取り戻した生徒達へ、レギュスは厳格に頷いてみせる。

三者三様、魅力的な少女達が一年Aクラスに編入してきたが、担任教師レギュスがいればクラスの秩序は保たれることだろう。さすがは有名人を集めたクラスの担任をするだけのことはある。

「では、三人は一番奥に用意した席に座るように」

レギュスに指示され、メロディ達は一番後方に置かれた席に横並びに腰掛けた。

メロディ達が席について数秒……麗しき三人の美少女に背後を取られた全てのクラスメート達が内心でこう思ったことだろう。

(((やりにくーい……)))

とってつけたような席の配置に違和感が酷い。クリストファーやアンネマリーにも緊張するが、最初から決められていた席順なのであまり気にならなかった。しかしメロディ達の席は後から無理矢理加えたためか気になってしょうがなかった。

それはレギュスも同じだったようで、メロディ達が着席してしばらく無言でそれを見つめ――。

「……皆、席替えをしようと思うのだがどうだろうか」

「「「賛成です！」」」

一年Aクラスは満場一致で席替えをすることが決まった。

「どうして急に席替えを？」

「どうしてだろう、分からないな」

「何だか疎外感を覚えますね」

最奥列に並んでいた三人だけが、この状況に全くついていけていなかったそうな。

懇親会への誘い

というわけで席替えである。運を天に任せるくじ引きが行われた。

「今回は編入生から引いてもらおう。三人とも前に出て一斉に引きなさい」

なぜか始まった突然の席替え。困惑する三人だったが、やるというのなら仕方がない。メロディ達は教卓に集まって箱からくじを引いた。

その後、出席番号順に全員がくじを引き、生徒達は黒板で示された指定番号の席へ移動した。

席替えの結果、メロディは残念ながらルシアナからはあまり近くない席となった。メロディの席は教室の中央で、見事なまでに均等に知り合いがばらける配置となっている。

セシリアの右側にルシアナ。何の因果か彼女の隣はまたしてもルーナである。シエスティーナは左側で、アンネマリーが右後方、セレディアは左後方の席となった。そしてこれもどういったご都合主義か、アンネマリーの右隣をクリストファーが陣取っている。

「運命さえもお二人を引き裂くことはできないのね」

「ああ、戴冠式と結婚式が待ち遠しいわ」

二人が隣同士になった時、生徒達がそんな話をしていた。当然、アンネマリーとクリストファーは笑顔で流したが、もちろん内心では「やめてー！」と叫んでいたことだろう。

舞踏会で知り合った人達と席が離れる形となったメロディだったが幸い、隣の席は知らない人物ではなかった。

「よろしくお願いします、キャロルさん」

「寮どころか席も隣って……まあ、いいけどね。よろしく、セシリア」

平民寮で出会った隣の部屋の住人、キャロル・ミスイードがメロディの隣であった。少々素っ気ないが、入室した時の対応を考えれば優しい少女であることは疑いようがない。

（護衛のことを考えるとできればお嬢様に近い席がよかったけど、キャロルさんが隣でよかった）

少し離れたところから物欲しそうに見つめているルシアナにメロディは全く気が付いていなかっ

た。ついでにいうと、苦笑を浮かべるルーナにルシアナも気付いていなかった。

クラスの有名どころの席位置が偏らず、レギュスは安心した。

「……まあ、これなら問題ないだろう」

シエスティーナ達がほどよくばらけたことで、他の生徒達も納得できたようだ。まあ、有名人と隣の席になってしまった者達は多少ドギマギしてはいるが、許容範囲だろう。

「それでは、少し遅くなったが二学期最初のホームルームを始める」

レギュスは二学期のオリエンテーションを開始した。

二学期に一年生が特に気を付けなければならない行事予定は主に二つ。

一つ目は『選択授業』である。春の入学以来、一学期から受講は始まっていたが、あれは仮受講であり、昨年の一年生、つまりは二年生が受けている授業に途中参加させてもらった形だ。

選択授業が正式に始まるのは二学期の十月からで、一学期のうちに仮受講をして授業の選定をしておき、二学期の九月末までに各授業の担当教師に正式な受講申請を行う。

選択授業は一年生の十月から二年生の九月までの一年間実施され、二年生の十月からはこれまで受けた授業をもとにまた別の選択授業を受けることとなる。専攻を変更してもよいため、選択授業によっては一年生と二年生が混在して開始する授業も少なくないとのこと。

「とにかく重要なのは十月までに選択授業の申請を必ずやっておくことだ。締め切り後の申請は原則受け付けないので十分気を付けるように」

二つ目は『学園舞踏祭』である。十月末頃に開催される学園主催の舞踏会で、要するに乙女ゲーム的には学園祭に当たるイベントだ。

メロディがこれまで参加した春と夏の舞踏会はあくまで貴族の催しだが、学園舞踏祭は平民を含めた全校生徒が参加する、身分不問の舞踏会である。

生徒会と各クラスから選出された実行員によって運営される。舞踏会は夜に開催されるが、昼間はクラス別や選択授業のグループなどが展示会や催しを行い、一日中祭りを盛り上げてくれる。

「九月のうちに実行委員の選定とクラスで何をするか決めて、十月から約一ヶ月で準備をするのが通例だな。まだ急ぐ必要はないが、近いうちにホームルームで決めるといいだろう」

（選択授業と学園舞踏会かぁ。お嬢様の護衛のために編入した身ではあるけど、やっぱり学校行事って少しワクワクする）

メロディはクスリと微笑んだ。思い出されるは高校の頃の学園祭。もちろんメロディはメイド喫茶を実行した。もちろん絶対領域皆無のきっちりロングスカートである。

（皆にお茶の淹れ方を熱血指導したらなぜかしばらく遠巻きにされたのは今でも不思議だけど）

メロディ、前世でもスパルタ教育的指導方針だった模様。

などと在りし日の思い出に浸っていると、一通り説明を終えたレギュスが教卓に如何にも重そうな紙の束を置いた。教卓にドスンと鈍い音が響く。

（何かしら、あれ？）

「まさかあれは……」

「うう、やっぱり今回も……」

メロディは不思議そうに首を傾げるが、周囲はあれが何か察しているようだ。一部の生徒が思わず「うわぁ」なんて声を上げると、周囲も似たような声を上げ始めた。

レギュスの鋭い視線が生徒達に向けられる。

「さて、二学期の説明に関しては以上だが……夏季休暇中にお前達がどれほど努力をしたのか、少し確認させてもらおう。抜き打ち試験を実施する」

（え？　二学期初日から試験？）

キリリと真剣な表情のレギュスは冗談を言っているつもりはないようだ。多くの生徒は諦めたような顔で筆記用具を取り出し、試験の準備を行っている。ちらりとルシアナを見れば、彼女もまた同じく試験準備をしているようだ。

（……そういえば一学期も開始が遅れたからって初日から中間試験をしたんだっけ？）

二学期の開始が遅れているので、もしかするとそれを補うために試験をするのかもしれない。やらないわけにはいかないのだからしょうがない。

メロディもまた、筆記用具を取り出した。全教科をまとめた冊子型の試験問題の用紙が配られた。

「試験はまとめて行う。試験時間は一時間。時間配分に気を付けるように。では、始め！」

こうしてメロディ達は二学期開始早々抜き打ち試験をするのだった。

◆◆◆

「――試験、やめ」

「おおおお、復習するから夏季休暇カムバック！」

どこかの男子生徒が頭を抱えたまま叫ぶ声を聞きながら、メロディはペンを置いた。すぐさま試験問題の用紙は回収され、後は採点を待つばかりである。

（一通りできたと思うけど、後は採点がどうなるかかな）

「試験結果は明日掲示する。今回はクラス内順位を発表する予定だ。では、本日のホームルームを終了する。下校時刻までには帰るように」

そう告げると、レギュスは教室を後にした。

レギュスが去ったことで室内の空気も弛緩《しかん》し、生徒同士で雑談が始まった。今日は選択授業もないのでこのまま放課後に入るようだ。生徒達も帰り支度を始めている。

「うえーん、メじゃなくてセシリアさーん！」

筆記用具を片付けていると、右側の席からルシアナがやってきた。今にも泣き出しそうである。

「どうしたんですか、ルシアナ様」

「セシリアさんと隣の席じゃなかったよー！」

「そんなことで泣きそうな顔に？」

「そんなことじゃないもん！」

子供っぽく頬を膨らませて拗ねる姿の何と愛らしいことか。メロディは思わずクスリと笑った。

メロディの隣で椅子を引く音がして振り返ると、キャロルが立ち上がったところだった。

「お帰りですか、キャロルさん」

「ええ、この後用事あるから」

「そうなんですね。どうかお気を付けて」

「学園で気を付けなきゃいけない事件が起きたら大変だけどね。ルシアナ様、失礼します」

「ええ。さようなら、ミスイードさん」

少し素っ気ない態度だが貴族であるルシアナには最低限礼儀を持って対応し、キャロルは静かに教室を後にした。

「セシリアさん、ミスイードさんと仲良くなったの？」

「寮の部屋が隣で、少し挨拶をしたんですよ」

「そうなんだ。私、ミスイードさんとはあまり話したことがないから彼女のことよく知らなくて」

「いい人ですよ。私が入室した時もお嬢様と同じく軽く挨拶してくれましたから」

「へぇ、意外とお茶目な人なのかしら？」

ルシアナは不思議そうにキャロルが去った扉を見つめた。

「ルシアナ、セシリアさんから了承はもらえた？」

「あ、ルーナ様。お久しぶりです」

「ごきげんよう、セシリアさん。二週間ぶりね。魔物に襲われたと聞いた時は血の気が引いたものだけど、何事もなかったようで安心したわ」

「お気遣いありがとうございます」

ルシアナの背後にルーナが現れた。少し呆れた様子でルシアナを見つめている。

「それでルシアナ？　セシリアさんに用事は伝えたの？」

「そうだった！　すっかり忘れていたわ！」

「もう、ルシアナったらすぐこれなんだから」

ハッとするルシアナにルーナはヤレヤレと首を左右に振った。

「あの、用事って何でしょうか」

今日はもうホームルームも終わり、選択授業もないのでこのまま寮へ帰るだけだと思っていた。ルシアナの護衛をするつもりなので下校は一緒にする予定だが、他に何かあっただろうか？

不思議そうに首を傾げるメロディに、ルーナは朗らかな笑みを浮かべて教えてくれた。

「さっきルシアナと話していたんだけど、今から懇親会をしないかと思って」

「懇親会、ですか？」

「ええ。せっかくセシリアさんが同級生になったのだし、私達の友人も交えて顔合わせの場を作れないかと思って」

「それはとても嬉しいですが、今からですか？　準備が大変では？」

「そんなに大それたものにしなければ問題ないわ。明日以降だと皆別々の選択授業があって予定が合わないでしょうし、できれば今日やりたいんだけど都合が悪いかしら？」

「いいえ。私は大丈夫です。ぜひ参加させてください、ルーナ様」

「よかった。といっても、参加者は今から集めるんだけどね」

「ほ、本当に急なことだったんですね」

「そりゃそうよ。だってレギュス先生が二学期の説明をしてる時にルーナと話し合ったんだから」

「ふふふ、今回も私達、隣同士の席になれてよかったわね」

「セシリアさんとも隣がよかったけど、ルーナとまた隣になれたのは運が良かったわ」

両腕を組んで満足げにうんうん頷くルシアナの姿に、ルーナとメロディはクスリと笑った。

それからルーナとルシアナは手分けして、ルキフとペリアン、そして他のクラスからルシアナの幼馴染みであるベアトリスとミリアリアまで引っ張ってきた。

「久しぶりね、セシリアさん。ルシアナから編入したって聞いた時は驚いたわ」

「ええ、本当に。でも、再会できて嬉しいです」

「今日からよろしくお願いします、ベアトリス様、ミリアリア様」

「初めまして、セシリア嬢。私はルキフ・ゲルマンと申します。どうぞよろしく」

「あの、セシリア様。私、ペリアンといいます。えっと……よろしくお願いします」

「よろしくお願いします、お二方。同じ平民ですし、気軽にセシリアとお呼びください」

新たに加わった参加者同士で挨拶が済むと、ルーナが話し始めた。

「とりあえず、今日はこのメンバーで懇親会を開こうと思うんだけどどうかしら」

「人数が多すぎても準備が大変だものね。今からサロンを借りるんでしょ？　予約できるかしら」

「残念ながらサロンは予約で埋まってしまっているよ」

ベアトリスがルーナに懸念を伝えた時だった。メロディ達へ声を掛ける人物が現れた。

「クリストファー様！」

ルシアナが驚いて声を上げる。現れたのは王太子クリストファーであった。その後ろにはアンネマリーとシエスティーナ、そしてセレディアの姿も見える。

「ごきげんよう、クリストファー殿下」

ルーナがそっと礼を執ると、メロディ達も倣って一礼した。クリストファーは苦笑を浮かべる。

「学園内ではあまり畏まらなくていいんだけどね」

「失礼しました。それで殿下、先程サロンが予約で埋まっているというお話でしたが」

「そうだよ、ルーナ嬢。私も先日サロンを予約したのだが、どうやらそれで今日は最後だったらしい。今から予約しようにも空いているサロンはないと思うよ」

「まあ、そうだったんですか。教えていただきありがとうございます。皆、ごめんなさい。やはり急に思い立った事って上手くいかないものね」

「気にしないで、ルーナ。仕方ないわよ。そうだ、だったら懇親会は私の部屋でやりましょう」

「ルシアナ様の部屋ですか。でしたら残念ですが私は参加できなさそうですね」

ルシアナ達のグループ唯一の男子生徒、ルキフは苦笑を浮かべて言った。

「あー、そっか。女子寮に男子生徒は入れないもんね。うーん、どうしよう……」

「でしたら皆さん、わたくし達の懇親会に加わりませんこと？」

クリストファーの隣にアンネマリーがやってきた。

「アンネマリー様の懇親会ですか？」

ルシアナが不思議そうに首を傾げると、アンネマリーがニコリと微笑む。

「ええ。実は、編入生のお二人とお話ししたくて今からサロンでお茶会をするつもりだったの。でもわたくし、恥ずかしながらセシリアさんの編入を把握していなくて。もしご都合がよければセシリアさんもお誘いしようと思っていたところに、皆さんのお話が耳に届いたのよ」

「サロンは十分広い。少し場を整えればこの場にいる君達も加えて懇親会を開けると思うんだ」

「あの、王太子殿下や皇女殿下のお茶会に私達が参加してもよろしいのでしょうか？」

思わずメロディが尋ねた。元々は王太子クリストファー、侯爵令嬢アンネマリー、皇女シエスティーナ、伯爵令嬢セレディアという上位の王侯貴族が集うお茶会の予定だったようだが、そこに平民のセシリアが加わってしまってよいのだろうか。

しかし、シエスティーナが前にでてメロディの疑問を一蹴する。

「全く問題ないさ。ここにいる君達は私にとって同級生。王立学園では生徒同士の仲を深めるのに身分の差は考慮しない。そうだろう？　クリストファー殿下」

「ああ、もちろんだ。本当はクラスメート全員を招待したいところだが、それをすると強制参加になってしまうからね。今回はこのメンバーで交流を深められると嬉しいな」

「あう、笑顔が眩しい」

背後から照明でも当てているかのような光り輝くイケメンスマイルが二つ。思わずベアトリスが呟くが、幸い誰の耳にも入ることはなかった。

「セレディア嬢も問題ないかな」

シエスティーナが振り返り、セレディアへ問い掛ける。彼女は少し戸惑ったように微笑むと。

「え、ええ。私も大丈夫です。皆さん、よろしくお願いします」

儚げな笑顔でそう告げるのだった。

内心で「一気に人数が増えて邪魔だな！」と思っていることは微塵も表に出ていない。

「さて、セシリア嬢。私達の懇親会に参加してくれるだろうか」

クリストファーに問われ、メロディはチラリとルシアナ達を見た。彼女達もまたコクリと頷く。

「……はい。ぜひ参加させてください」

「それはよかった。では、すぐに会場を整え直すよう手配しよう」

こうして、メロディ達は王太子クリストファー主催の編入生懇親会に参加することが決まった。

サロンの懇親会

クリストファーに懇親会へ誘われてからおよそ一時間後。準備が整ったということでメロディ達は学園のサロンへ向かった。

サロンとはもともとフランス語で応接間などを意味する言葉であり、いつしか宮廷や貴族の邸宅を舞台とする社交場をサロンと呼ぶようになった。

主人が多様な文化人や学者、作家などを招いて知的な社交を楽しむのである。

乙女ゲームの世界であり貴族制度を有するテオラス王国。王城に隣接する王立学園の敷地内には当然のようにサロンと呼ばれる社交施設が設置されていた。

　学園内で生徒同士が交流を持つために用意された施設で、その外観は貴族の屋敷と変わらない。生徒達はあらかじめ予約をし、そのうちの一室を借りてお茶会をしたり会議を行ったりする。

　そういう目的の施設なので、外観は貴族の邸宅のようではあるが一室ごとにキッチンやトイレなどが完備されており、生徒同士で施設の取り合いが起こらないようになっている。

　そして、サロンにも階級のようなものがあり、目的や身分によって慣例的に利用できるサロンもまた決まっていたりする。

　つまり、何が言いたいかというと――。

「……でか」

　ルシアナがポツリと呟いた通りである。クリストファーに案内されて到着したサロンは、一室ではなく建物全体が一つのサロンであった。

　学園の敷地内に建てられた屋敷なのでさすがにルシアナの屋敷よりは小さいが、サロンとして考えると不要と言っていい程度には大きい施設であった。

「そりゃあ、最後までここの予約は空いているでしょうね」

　苦笑しながらルーナが呟く。サロンの格を考えれば王太子のために残されていたと考えるのが自然だろう。王太子クリストファーと帝国皇女シエスティーナがクラスメートとなる以上、利用される可能性は十分に予想できた。公爵家などの上位貴族であれば、あえて控えていたに違いない。

　建物の中に入り、案内された一室は立食パーティーのような内装に整えられていた。

室内の端には使用人達が並び、メロディ達が踏み入ると一礼とともに「ようこそいらっしゃいませ」という挨拶が響く。

使用人達の行き届いた教育にメロディは瞳を煌めかせた。彼らはおそらくサロン専属の使用人だろう。当然メイドもおり、美しい立ち姿にメロディもうっとりしてしまう。

（この人達、たった一時間でこの場をお茶会から立食パーティー形式に整え直したんだわ。凄く優秀、それでいてそれを誇示する様子もない。はぁ、使用人の鑑ね……私も参加したかった）

「大丈夫、セシリアさん？」

「あ、お嬢さ」

「ルシアナよ、セシリアさん」

「……失礼しました、ルシアナ様」

サロンで働く使用人達に見惚れてしまいうっかり素に戻っていたメロディ。ルシアナに指摘されてセシリアの演技に戻った。

使用人達がグラスを用意し、参加者達に配る。全員が手に取ったことを確認すると、クリストファーが前に出てグラスを掲げた。

「それでは、ささやかではあるが新たな学園の仲間との懇親会を開催する！　……前に、一人ゲストを呼んでいるんだ。入って来てくれ、我が親友よ」

クリストファーが言うと、メロディ達が入ってきた扉が開きよく知る人物が入ってきた。

「一年生の懇親会に私が参加するのは無粋だと思うのだけどね」

「まあ、そう言わずに。これは私的な懇親会だから気にするな」

「マクスウェル様！」

サロンに現れたのはマクスウェル・リクレントスであった。ルシアナは思わず声を上げた。

メロディ達より一学年上の二年生であり、クリストファーとは幼馴染みにして未来の宰相と目される人物だ。

一年生の懇親会に招待された彼は、苦笑を浮かべつつメロディ達の輪に加わった。

「ごきげんよう、シエスティーナ殿下。夏の舞踏会以来ですね」

「ごきげんよう、マクスウェル殿。あなたの勇姿は伺っています。ぜひお話を聞きたいですね」

微笑み合う金髪美形二人の図に、ベアトリス達から小さな歓声が上がった。少女漫画であればきっと背景に美しい花々が咲き乱れていることだろう。

懇親会の参加者に急遽マクスウェルが加わり、クリストファーは再びグラスを掲げた。

「では改めて、ささやかではあるが懇親会を開催する。短い時間だが皆、楽しんでほしい。乾杯」

「「「乾杯！」」」

メロディ達もまたグラスを掲げて飲み物を口に含んだ。ちなみに、学園のサロンということでこの場にお酒は並んでいないとだけ言っておこう。

◆◆◆

懇親会が始まると、皆思い思いに歓談に花を咲かせた。懇親会といってもこの場にいる面々のほとんどは顔見知りであり、やはりこの場の中心は編入生の三人ということになるだろう。

　生徒達はそれぞれの編入生のグループに分かれておしゃべりを楽しんでいた。

「ペリアンさんは薬学と医学の選択授業を受けるんですか？」

「は、はい。父が医者で、私も目指したいなって思って……」

「素敵な目標ですね」

「セシリアさんは、選択授業は何を受けるか決めているんですか？」

「一応、応用魔法学は受けるつもりなんですけど、他はどうしようか考え中で」

「いっぱいあって選ぶのが大変ですよね。私も薬学と医学以外はどうしようか迷ってて。たくさん受けるより、自習の時間を取った方がいいのかなってちょっと迷ってるんです」

「そういう考え方もあるんですね、参考になります」

「そ、そんな大したことではないんですけど……」

　長い前髪を揺らしながら、ペリアンは頰を赤らめて俯いた。セシリアが平民のおかげか、恥ずかしがり屋のペリアンも意外と話が弾んでいるようだ。

「えっ、じゃあ、その人退学しちゃったの？」

「退学っていうか、休学？　らしいんだけど、最終的には退学するかもしれないみたいなのよ」

　突然『退学』などという言葉が耳に入り、メロディは話をしていたルシアナとベアトリスの方を振り向いた。ペリアンも気になるのか同じ方向に目を向けている。

「ベアトリス様、どなたか学園を退学なさったんですか？」

「ああ、違うの。退学じゃなくて休学よ。一応、今のところは」

「ベアトリスのクラスで二学期から退学、じゃなくて休学した人が出たんですって」

「何かあったんですか？」

「何でも『魔力酔い』っていう病気にかかったらしいわよ」

「魔力酔い？」

メロディは首を傾げた。初めて聞く病名だ。

「……あの、正式名称は『特定魔力波長過敏反応症』という病気です」

「ペリアンさん、ご存じなんですか？」

「はい。症状としては貧血に近いです。倦怠感と慢性的な目眩や立ちくらみが起きます。睡眠時間も徐々に少なくなるみたいで、症状が酷いとベッドから起き上がるのもつらいそうです」

「そんな病気があるんですね。『特定魔力波長過敏反応症』という名前から察するに、魔力が人体に影響を与える病気なんでしょうか」

「そうです。どうも体質的に特定の土地の魔力波長が合わない人がいるみたいで、その地域に長く逗留していると少しずつ体調を崩していくらしいです」

「では、その休学したという方は……」

メロディがベアトリスへ視線を向けると、彼女は残念そうな顔でコクリと頷いた。

「ええ、平民の子なんだけど、夏季休暇中に症状が出てペリアンの言うとおりベッドから起き上がれなくなったみたい。最初は夏の暑さにやられたのかと思ってたみたいだけど、症状が重くなるばかりでこれはおかしいって話になって、診断してもらったら魔力酔いだったそうよ」

「薬で症状を抑えたりはできないんでしょうか」

「今のところ効果のある薬が開発された話は聞きません……症状が出た土地を離れるくらいしか」

「だから休学になったのね」

ペリアンの説明を聞いたルシアナが、真剣な面持ちで小さく頷く。ベアトリスも残念そうに首を左右に振った。

「私もさっきホームルームで聞いたところなの。凄く勉強を頑張っていたから可哀想で。一応休学ってことになってるけど、学園に戻ってこれるかどうか」

「体質が合わないんじゃどうしようもないものね」

「ネレイセン先生の話では、数年に一人くらいは魔力酔いになる人がいるみたい。王都はヴァナルガンド大森林が近いから、それなりに症状が出る人がいるみたいね」

「そっか。世界最大の魔障の地だものね」

ルシアナは腕を組んでウンウン頷いた。そんな中、メロディはそういえばと思い立つ。

「……ヴァナルガンド大森林。それってどこにあるんですか？　私、見たことがなくて」

「「「え？」」」

これにはルシアナ達三人が驚きの声が重なった。どちらかというと「マジかこいつ？」かもしれないが。何かの冗談かとも思ったがメロディはキョトンとした顔をしており、どうやら本当に大森林の場所を知らないようだ。

そんな人間がいるのかと驚きつつ、ベアトリスは大森林のある方角、東を指さした。

「王都の東、大陸を縦断する石壁の向こうにある巨大な森よ。王都に来る時見なかった？」

「……東の森？」

（え？　それって……）

メロディには覚えがあった。ルシアナに雇われて初めてメイドになったあの日、資金不足のためどこかの森で食材を得ようと空から探して見つけた森は——王都の東にあった。

天上から見下ろす森はまさに衛星写真の地図のようで、真上から見れば線が走ったように見える石壁は森に意識が向いていたメロディの視界には映っていなかったのかもしれない。

（えっと、じゃあ、私が通っていたいつもの森ってもしかし——）

「やあ、楽しんでいるかい？」

「ひゃあっ⁉」

突然背後から届いた声に、メロディは思わず悲鳴を上げてしまった。ビクリと肩を揺らしたメロディに、声を掛けた本人、クリストファーも思わず後退《あとずさ》って驚いてしまう。

「あ、クリストファー様。失礼しました」

「いや、驚かせてしまったようですまない」

「申し訳ありません。少し考え事をしていたもので」

「お互い少しタイミングが悪かっただけさ。気にしないでくれ」

「お気遣いありがとうございます」

王太子でありながら気さくに接してくれるクリストファーに、メロディはニコリと微笑んだ。教室でも生徒達を魅了した笑顔だ。クリストファーの頬がほんのり赤く染まっても仕方のないことである。

「懇親会は楽しんでもらえているだろうか」

「はい。皆さんとてもよくしてくださいますので」

「それはよかった。それにしても、まさか君が私達の同級生になるとは思っていなかったから今日は驚いたよ。確か先日の舞踏会では学園生ではないと聞いたはずだけど、あの時にはもう編入試験を受けていたのかい？」

「いいえ、編入試験は六日前に受けました」

「ん？　……六日前？」

「はい。九月八日に」

クリストファーは目を点にして驚く。間違いなくスピード編入なのだから仕方がない。

「……九月八日に試験をして、十四日の二学期開始に間に合わせたのかい？」

「そうみたいです。学園側がもの凄く頑張ってくださったみたいで」

「……ああ、確かにそうだろうね……だからか」

「だから？」

「いや、こちらの話だ。気にしないでくれ」

クリストファーは眉尻を下げた笑顔でそう言った。二人の挨拶が一段落つき、そろそろ会話に加わろうかとルシアナが考えた頃、メロディの前に新たな人物が姿を見せた。

「やあ、セシリア嬢。教員室以来だね」

「シエスティーナ様」

ロードピア帝国第二皇女、留学生のシエスティーナである。彼女は先程までセレディアやアンネマリーと談笑しており、今度はセシリアと話をしたいのかこちらにやってきた。

ちなみに、アンネマリーとセレディアも彼女の後ろからついてきている。

「君ともゆっくり話したいと思っていたから、来ちゃった」

揶揄うように少し子供っぽい言い草のシエスティーナに、メロディはクスリと笑ってしまう。

「ふふふ、来ちゃったんですね。私もシエスティーナ様とお話できるのは嬉しいです」

夏の舞踏会でダンスを競い合った仲である。メロディはシエスティーナに好意的であった。

「割って入ってしまい申し訳ない、クリストファー様。私も交ぜていただいて構いませんか」

「ええ、もちろんです」

ニコリと微笑み合う王子と皇女。一瞬小さな火花を散らしたように見えたのは多分気のせいだろう。

「ところでセシリア嬢。君は乗馬に興味はないかな？」

「乗馬ですか？」

「「「「えっ⁉」」」」

「ん？　今何か……」

今、何人かが驚いたような声を上げた気がしたのだが、シエスティーナが周囲を見回してもそれらしい者の姿は見られなかった。クリストファーもアンネマリーも、セレディアもルシアナもまるで聖人のような朗らかな笑みを浮かべている。

「まあ、いいか。それでセシリア嬢。君は馬には乗れるかな」

「人並み程度でなら多分大丈夫だと思いますけど」

前世、瑞波律子《みずなみりつこ》だった頃、メイドの技能アップ目的で乗馬の訓練もした経験があった。転生してから経験はないが、ある程度練習すれば勘を取り戻せると思われる。

メロディがそう答えると、シエスティーナは嬉しそうに微笑んだ。

「それはよかった。だったら今度の週末、私と馬で遠乗りでもしないかい」

「遠乗りですか？　えっと……」

「「私も一緒に行きたいです！　――えっ？」」

メロディが答える前に、二人の人物がシエスティーナの前に躍り出た。

ルシアナとセレディアである。お互い予期していなかったのかセリフが重なったことに驚いていた。とはいえ、いつまでも見つめ合っていても意味がない。ルシアナはセシリアに、セレディアはシエスティーナに願い出た。

「セシリアさん、乗馬に行くなら私も一緒に連れてって！　馬には乗れないけどセシリアさんが乗れるなら後ろに乗りたいわ」

「シエスティーナ様、私もご一緒させてください！　私も馬に乗ってみたいです。とはいえ私に馬を扱えるとも思えませんので、シエスティーナ様の後ろに乗せていただけると嬉しいのですが」

「『えっと……』」

メロディとシエスティーナは仰け反って後退った。二人の少女の圧が凄い。瞳を煌めかせる、というよりはギラつかせてこちらを睨――ではなく見つめる視線にメロディは勝てなかった。

「あの、シエスティーナ様、私は特に問題ないのですが……」

「そ、そうだね。では、四人で遠乗りに出掛けようか」

「『やったー！』」

諸手を挙げ喜び合うルシアナとセレディア。嬉しすぎてハイタッチまでする始末。この二人、何か示し合わせていたのだろうかと周囲が訝しむが、ハッと正気に戻ったのか二人してバッと距離を取って視線を逸らすのだった。

（可能性が低いとはいえ聖女かもしれない女と手を合わせるなんて！　私のバカバカ！）

（いまだにメロディに謝るそぶりも見せない彼女とハイタッチなんて！　もう、私のバカバカ！）

意外と気が合いそうな二人である……。

「ふふふ、ダンスでは君に勝てなかったけど、乗馬は得意なんだ。今度は勝たせてもらうよ」

「まあ。乗馬の勝ち負けはよく分かりませんが、勝負となれば私も全力でお応えしますね」

「ちょっと待ちたまえ」

スポーツマンシップに則った爽やかな宣言が交わされるが、それにクリストファーが待ったを掛ける。

「シエスティーナ殿下、あなたをお預かりしている王国としてはあまり勝手に動かれては困ります。

警護の問題もあるのですから。魔物の件もあるのですよ」

「王都周辺は治安が良いのであまり心配していません。最低限の護衛で問題ないのでは？」

シエスティーナはニコリと微笑む。その笑顔は仮面の如し。引く気はないと如実に表していた。

しばらく沈黙し、見つめ合う二人だったが折れたのはクリストファーであった。

「……分かりました。王城には掛け合っておきましょう。ただし、目的地は王都の近くにある王家直轄の牧場です。大げさにはしませんが警護も付けますし……私も同行しますので」

「クリストファー殿下が？」

「わたくしもご一緒してよろしいかしら、シエスティーナ様」

「アンネマリー嬢、あなたもですか？」

「ええ、だってシエスティーナ様とセシリアさんは二人乗りをなさるのでしょう？　クリストファー様だけ一人だなんて寂しいではありませんか」

「きゃー！」

アンネマリーの大胆な発言にベアトリスが思わず黄色い悲鳴を上げてしまった。慌ててミリアリアが口を押さえて止めに掛かる。

「……君達は仲がいいんだね。私は構いませんよ」

「では、私とクリストファー様、シエスティーナ様とセレディア様、セシリアさんとルシアナさんの計六名で週末に馬の遠乗りですね。クリストファー様、手配をお願い致します」

「ああ、伝えておくよ」

「ふふふ、楽しくなりそう」

アンネマリーは妖艶《ようえん》に微笑んだ。

（何だか大変なことになっちゃった。馬に乗るのはルトルバーグ領でシュウさんに乗せてもらって以来ね……ちょっと楽しみ）

それからほどなくして、懇親会はお開きになるのであった。

懇親会の裏側で

時間は少し遡《さかのぼ》る。それは夏の舞踏会が終わり、王立学園二学期が始まる少し前のとある日。

「懇親会？」

王城にあるクリストファーの私室にて、彼はアンネマリーに対し首を傾げていた。

「ええ。まあ、お茶会みたいなものだけど」

「それを俺主催で？」

「正確にいえば、シュレーディンの美貌にうっかりほだされたアンネマリーがクリストファーに駄々をこねてなかば無理矢理、みたいな」

「……お前」

「私じゃないもん！　ゲームのアンネマリーだもん！」

ゲームにおける悪役令嬢アンネマリーはヒロインの自称ライバルキャラクターである。ゲーム設定では王太子クリストファーの婚約者で、学園での成績は悪く、無力なくせに傲慢で欲望に忠実、まさにヒロインに対する当て馬のようなキャラクターとして描かれている。

彼女は幼い頃にクリストファーに引き合わされ、その美しさに目がくらんで一目惚れし、その思いのままに彼の婚約者の座を手に入れた。だが、優秀からはほど遠く、周囲からの評価が低かった彼女の心は歪みに歪んで、ゲーム設定の性格になってしまう。

そんなキャラクターだからだろうか、突如として現れた金髪のイケメン、帝国第二皇子シュレーディンの美貌にあっさり陥落。クリストファーの婚約者でありながら、シュレーディンともっと仲良くなりたいからと、編入してきたばかりの彼をお茶会に誘うのである……自分の婚約者主催で。

「……お前」

「だから私じゃないってば！　ゲームと現実を混同しない！」

「いや、まあ、分かったけど。んで、その懇親会を現実でも俺主催でやれってことなんだな？」

「そうよ。ゲームでは編入したばかりのシュレーディンと親交を深める名目で私、あなた、マクスウェル様、そしてヒロインちゃんが参加するの」

「それって必要なことなのか？」

「……正直分からないわ。今回学園にいるのはシュレーディンじゃなくてシエスティーナ様だし。でも、彼女がシュレーディンの代行として行動するとしたら、私達にとってこのイベントは一つの目安になるわ」

アンネマリーの説明によれば、この懇親会イベントにてシュレーディンは王太子クリストファーと仲が良さそうなセシリアから情報を得るために乗馬デートに誘うのだとか。

「ああ、この前言ってたやつね……そうか。つまり、シエスティーナが誰を乗馬に誘うかで」

「そう。誰がヒロインちゃんとして扱われるかが判断できるってことよ」

ヒロイン本人が不在な現状、代行として最有力なのは元中ボスのルシアナだった。しかし、ここに来てまさかの大本命、レギンバース伯爵の娘であるセレディアが現れた。

「でも、シュレーディンの目的は王国侵略のために俺の情報を抜き取ることだろう？　となると、同じ編入生のセレディアを誘う可能性は低くないか？」

「そうかもしれないけど、そもそもシエスティーナ様が同じ目的かどうかさえ現状は不明なのよ。あくまで目安にしかならないけど、このチャンスは逃したくないわ」

アンネマリーの意見にクリストファーも理解を示す。細かいところで多くの齟齬を生みつつも、大筋でゲームのメインストーリーが展開されているこの世界。であれば、このままいけば世界を滅ぼす魔王復活は必至。どうしても必要になるのだ、ヒロイン——聖女が。

「分かった。ルシアナちゃんかセレディアか、どちらがヒロインなのか懇親会で見極めよう」

クリストファーとアンネマリーはシリアスな雰囲気を漂わせつつ互いに頷くのだった。

◆◆◆

時は戻って九月十四日の夜。懇親会はお開きとなり、サロンの屋敷に用意した一室にはクリストファーとアンネマリー、そしてマクスウェルの三人が集まっていた。

「今回俺はほとんど役に立てなかったみたいだね」

苦笑するマクスウェルにクリストファーも苦笑を返す。

「お前、大体ルキフとしゃべってたもんな」

「いや、彼はなかなか優秀だよ。知り合えてよかった。まあ、男子生徒が少なすぎて困っていたようではあったけど」

「ルシアナさん達が加わって男女比が偏ってしまいましたものね」

「そうだね。ともすれば王太子の婚約者探しが始まったなんて噂が立ってもおかしくない状況だったよ。俺とルキフに感謝してほしいね」

「おう、有り難いね……それはともかく、シエスティーナ殿下はセシリア嬢を選んだわけだがどう思う、アンネマリー」

「……シエスティーナ様の言葉を信じるなら、夏の舞踏会でダンス勝負に負けたリベンジということになりますわね」

「というか、ダンス勝負なんてしてたのか、あの二人？」

「正直、私からは見事なダンスを踊っていたようにしか見えませんでしたけど、もしかすると二人の間では何かしらの勝負があったのかもしれませんわ」

「……ということは、今回のは単純に遊びに誘っただけってことなのかね？」

クリストファーは腕を組んで悩み始めた。アンネマリーも無言で何やら考えている様子だ。

「君達の夢では本来、今回のような懇親会ではなくお茶会の予定だったのだろう？　夢では既に入学済みの聖女がいて、君とはそれなりに仲を深めていた。帝国の皇子は君の情報を得るために聖女に近づく……んだったかな？」

「ああ、その通りだ」

「だが、現実には聖女はおらず、クリストファーの情報を抜き取れる相手がいなかった。だから、一番興味のある人物に声を掛けたということだろうか。まあ、この場合、王太子の情報を抜き取ることを優先するならアンネマリー嬢を乗馬に誘うのが一番なはずなんだけど」

「わたくしを？」

「あなたが一番彼の情報を持っているのですから当然では？」

「……全く考えていませんでしたわ。でも、言われてみれば確かにそうですね」

「魔王の件は気になりますが、あまり夢に囚われすぎないよう気を付けてください。夢の中では大丈夫でも、現実ではアンネマリー嬢が何かの標的にされる可能性は否定できませんから」

「ええ、肝に銘じておきます」

真剣な面持ちで頷くアンネマリーにマクスウェルも頷き返す。

「それと、やはり二年生の身では一年生と関わるのはなかなか難しい。可能な限り俺も力を貸すつもりだけど、一年生のことは同じクラスの君達が中心になって探ってもらうしかないだろうね」

「今日のお前、浮いてたもんな」

「……誰のせいだと思っているんだい？」

「しょ、しょうがないだろ。まさかセシリア嬢が編入してくるなんて思わなかったんだから」

「あれは驚きましたわね。事前に情報が入ってこなかったのはなぜなのかしら？」

「無理無理。だって彼女が編入試験を受けたのは六日前だぞ。こっちに情報が上がってくる前に二学期が始まったわけだな」

「六日前？　何ですかその超速編入は」

アンネマリーの顔が驚きと呆れを含んだ複雑な表情に変わった。

「本人も驚いてたくらいだからな。二学期開始に間に合うようかなり無茶したみたいだ」

「……確か、セシリアさんの編入にはレギンバース伯爵の推薦があったのでしたわね」

「そうなのかい？」

「ああ、先生がそんな話をしていた。ということは……セシリア嬢はレギンバース伯爵と何か関係があるってことか？」

「舞踏会のパートナーのレクティアス様がレギンバース伯爵様の騎士ですもの。何かしら関係はあるかもしれませんけど……」

「……彼女が聖女である可能性は？」

マクスウェルの問い掛けに、アンネマリーは真剣に悩み始める。

「……夢《ゲーム》を参考にするならばありえないという事になります。でも……」

「もう夢と現実で色んなところに差異があるからなぁ」

「可能性がゼロとは言い切れないと？」

「幸い乗馬には私と殿下が同行できます。そこでセシリアさんを見極められればいいのですけど」

「そうなることを期待していますよ」

テーブルを囲む三人は歯がゆい思いを抱きながら、乗馬イベントを待つのであった。

三人が聖女の存在に気が付く日はいつになるのか。それはまだ、誰にも分からない。

◆◆◆

同じ頃、女子上位貴族寮の最上階。懇親会を終えたシエスティーナは帰るなり制服姿のままベッドに寝転がった。

「はしたないですよ、シエスティーナ様」

侍女のカレナに注意されるが、シエスティーナはベッドに顔を埋めたまま動かなかった。

(あー、まさかこんなことになるとは……！)

シエスティーナは後悔していた。いや、正確に言えば反省していた。

(どうしてあの時、私はセシリア嬢を乗馬に誘ってしまったのだろう？　目的から考えればアンネマリー嬢を誘うのが妥当だったはずなのに)

突然の誘いではあったが、仲を深めるためにお茶会をしたいというクリストファーの申し出はシエスティーナにとって渡りに船であった。

シュレーディンに代わり王国侵略のための情報戦をするなら、次期国王である王太子の情報は是非とも手に入れておきたい。お茶会に誘われた時、シエスティーナはアンネマリーと仲を深めるべく策略を練っていたはずなのに……。

(気が付けばセシリア嬢を乗馬に誘っていた……なぜだ?)

お茶会が懇親会になり参加者が増えはしたものの、シエスティーナは同じ編入生のセレディアを交えてアンネマリーと歓談に勤しんでいた。その流れで彼女を乗馬に誘い、自分の魅力で心を解きほぐそうなんて考えていたはずが。

(クリストファーと楽しそうに話している彼女を見たらつい……いや、結果的にアンネマリー嬢も乗馬に同行することになったんだから結果はイーブンだ。問題ない)

シエスティーナは自分に言い聞かせるように内心で頷くと、ベッドから起き上がりカレナに乗馬の予定を告げるのであった。

◆◆◆

さらに同じ頃、女子上位貴族寮の二階。セレディアはお風呂に入りながら上機嫌だった。

(ふふふ、ようやくレアの記憶にある出来事が起きそうだわ。レアの記憶は断片的だけど今回の乗馬については結構覚えてる。シュレーディンが『どうだ、初めて馬に乗った感想は』と言ったら私は『はい。なんだか不思議です。いつもより少し高いところから見ているだけなのに、別の世界を見ているみたいです……ずっと見ていたくなります』と返事をすればあら不思議。シュレーディンは私のことが気になってしまうの……まあ、今いるのはシエスティーナだけど)

だけど、そんなことは些細な問題。セレディアはようやくレアとの契約を履行できる機会に恵まれたことが嬉しくて仕方がなかった。

まさか、本物のシュレーディン相手に天然で正解のセリフを言ったメイドがいるとも知らずに。

寝不足メイドとマイカの疑問

懇親会が終わり平民寮の自室に戻ったメロディは、制服姿のまま部屋の明かりも点けずにベッドに寝転がった。

既に時間は午後六時を回っている。寮の食堂では夕食が振る舞われているが、懇親会でそれなりに軽食を口にしたメロディは何も食べる気になれなかった。

「はぁ、疲れた……」

初めての学園生活、王太子や皇女を交えた突然の懇親会。なかなか気疲れしそうなイベントに恵まれた一日であった。

しばしボーッと天上を見つめるメロディ。そして、何かに気付いたようにハッと起き上がる。

「こんなことしてる場合じゃなかった。お嬢様のところへ行かなくちゃ！」

メロディはベッドから立ち上がると月明かりだけの室内で魔法の呪文を唱えた。

「『舞台女優』解除！　からの……『通用口』！」

暗闇の中に少女の白いシルエットが浮かび上がると、数秒後にはメイド服姿のメロディが姿を現し、彼女の目の前に簡素な扉が出現した。転移の扉『通用口』である。

「レッツメイド！　お嬢様の部屋へ！」

特に行き先を告げる必要もないのに口走るメロディ。まるでどこでも——げふんげふん。

メロディは勢いよく『通用口』の扉を開けた。

「お嬢様、遅くなって申し訳ありません！　すぐに何かお食事をお作りしますね」

「ん？　メロディ？」

「あっ」

魔法の扉をダイニングに繋げると、そこにはルシアナとマイカの姿があった。

自分と同じくルシアナも帰ったばかりだから何か軽食でも作ろうかと意気込んでやってきたのだが、ダイニングにてルシアナは既にスープを口にしている最中であった。

「もう、メロディ先輩。いきなり扉が出てきたらびっくりしますよ！」

「あ、うん、ごめんなさい」

メロディも気が逸っていたのだろう。マイカに注意されて配慮が足りなかったと謝罪した。

「お嬢様、もうお食事をされているんですね」

「帰ったらマイカがスープを作ってくれていたのよ。懇親会で多少食べたけどちょっと物足りなかったからちょうどよかったわ」

「クリストファー殿下の使いの人が知らせてくれたんですよ。だから軽く食べれるスープだけ作っておいたんです」

「そ、そうなの……凄いわ、マイカちゃん。そつなく熟《こな》してるわね」

「……セレーナ先輩の短期集中講座のおかげですね」

マイカは遠い目をした……天井を通り抜けてすごく、すごく遠い、空の果てを見つめていた。

（セレーナ、あなたあの三日間でマイカちゃんに何をしたの⁉）

自分のことを棚に上げて、メロディはセレーナのスパルタ教育っぷりに戦慄するのだった。

とにかく、ルシアナに夕食を作ろうとしたメロディだったがマイカに先を越されてガックリと項垂れてしまう。だが、メイドの仕事はそれだけではない。メロディは顔を上げた。

「だったら私、お風呂を沸かし――」

「おい、風呂が沸いたぞ」

「――に行く必要はないみたいです……」

メロディほどでなくとも魔法が使えるリュークなら湯沸かしなど簡単なことである。

メロディの言葉は、ダイニングに顔を出したリュークの発言によって尻すぼみになって消えてしまうのだった。

何だか朝から空回りなメロディである。それも仕方がない。メロディがいなくても滞りなく部屋の管理ができるよう、セレーナがマイカとリュークを教育したのだから。

あくまで寮の部屋に限定されるが、マイカとリュークは二人が揃えば一人前並みのようだ。

メロディの技術と知識をコピーされたセレーナは、メイドの技能だけでなく指導力においても大変優秀な魔法の人形メイドであった。

「メ、メロディ先輩、お嬢様の着替えの準備とかがまだなんでお願いできますか」

「ええ、任せて！」

意気消沈していたメロディに希望の光が差し込んだ！　……とでも言わんばかりに、メロディにパッと華やぐ笑顔が浮かぶ。

「あ、それと、お嬢様のお風呂のお世話と上がった後の御髪のお手入れとかは……」

「……調理場の片付けをしたいのでお任せしていいですか」

「分かったわ！　さあ、お嬢様、お風呂へ行きましょう！」

「……メロディ、私まだスープを飲んでる途中だから」

「あっ、申し訳ありません……準備をしてきます」

気が逸り過ぎである。メロディは顔を赤くしてダイニングを出て行くのであった。

その後ろ姿を見送りながらルシアナの頭上に疑問符が浮かぶ。

「今日のメロディ、ちょっと変ね。やっぱり初めての学園で疲れちゃったのかしら」

「うーん、そんなんじゃないと思いますけど……」

（多分お仕事できなくて空回りしてるだけじゃないかな。先輩って根っからのメイドオタクならぬメイドジャンキーだから）

メイド大好き！　を通り越して既にメイドなしでは生きられない少女。マイカが見たメロディはそれくらいメイドに依存した少女であった。

（学園生活一日目からこれだもんね……何事もなければいいけど）

マイカはちょっとだけ不安になるのだった。

それからメロディはルシアナのお風呂の世話を終えると、髪を乾かしてブラシをかける。

「はい、終わりました」

「ありがとう、メロディ」

「お嬢様、次は――」

「メロディ、今日はもう帰って休んでちょうだい」

「え？」

椅子に腰掛けていたルシアナがメロディへ振り返る。

「今日は朝から忙しくて疲れたでしょう。明日から授業が始まるからさらに忙しくなるわよ」

「でも、お嬢様、私は」

「だって今日のメロディ、ちょっと変なんだもの。きっと疲れてるのよ。休んだ方がいいわ」

ルシアナは心配そうにメロディを見上げた。反論しようと思ったが、メロディはできなかった。

「……分かりました。今日は失礼しますね」

「ええ、明日一緒に登校しましょう」

「はい。では、明日の朝こちらへ伺いますね」

「うん、待ってるわ！」

明日が楽しみね、とルシアナは嬉しそうに笑った。メロディも微笑み返す。その笑顔がぎこちないものになっていなかったか、メロディは少し心配だった。

「それでは失礼します、お嬢様」

「おやすみなさい、メロディ」

メロディは『通用口』を開くと平民寮の自室へ帰るのだった。

「演者に相応しき幻想を纏え『舞台女優』」

部屋に戻るとメロディは再び魔法でセシリアの姿となった。誰かが訪ねてくることはないだろうが、身分を偽っている以上、ルシアナの部屋以外ではセシリアでいるよう心がけていた。

時計の針は午後九時を回ったあたり。そろそろ風呂に入って就寝に備えなくてはならない。しかし、なぜか体が重く、とても億劫に感じた。

「お嬢様が言う通り、少し疲れてるのかな」

思わずため息が零れる。とはいえ、明日も授業がある以上身だしなみには気を付けなければならない。少しばかり面倒に感じつつも、メロディは大浴場へ行って軽く汗を流した。

「ふぅ、さっぱりして気持ちよかった」

体を洗い、お湯に浸かってすっきりしたのか、ちょっとだけ回復した気がするメロディ。部屋に戻ると寝間着に着替え、今日はもう眠ることにした。

ベッドに入り、瞳を閉じる。

(明日から本格的に授業が始まる。寝不足で護衛できませんでしたなんて言えないもの。しっかり休んで明日に備えなくちゃ)

そしてメロディは深い眠りに——。

……。

…………。

…………。

（……眠れないなぁ）

メロディの意識が夢の世界へ旅立ったのは、真夜中を過ぎてしばらくしてからだった。

◆◆◆

九月十五日の朝……というにはまだ少々暗い時間。まだ日の出前だ。

そんな時間にメロディは目が覚めた。いつもの起床時間である。

「……ふわぁ」

大きく欠伸と背伸びをしたメロディはベッドから起き上がるとカーテンを開けた。やはり九月ともなるとまだ日の出の時間ではないようで空は薄暗い。

「もう少し眠っててもよかったかな？」

残念ながら朝のメイド業務は禁止されているため、こんなに早く起床したところで特にやることがない。かといってこの時間の起床は最早体に染みついてしまっており、二度寝する気分にもなれなかった。

メロディは窓からクルリと部屋へ振り返ると、腰に手を添えてコクリと頷く。

「……仕方ない。自分の部屋の掃除でもしますか」

入ったばかりの部屋が汚れているはずもないが、ちょっとでもメイド気分を味わうため毎朝の日課であった掃除をしようと考えるメロディだった。

隣の部屋のキャロルの邪魔にならないよう気を付けながら掃除を終えてもやはり時間はかなり余った。仕方がないので教科書を読んで時間を潰した。何となく朝食を食べる気になれなかった。

「ふわぁ……あ、おはよう」

「おはようございます、キャロルさん」

メロディが部屋を出ると食堂から帰ってきたキャロルと出くわした。彼女もまた欠伸をして少し眠そうにしている。

「早いね、もう出るの」

「はい。ルシアナ様と一緒に登校する約束をしているので」

「……ということは、セシリアがわざわざルシアナ様の部屋まで行くの。貴族の相手は大変ね」

「私が迎えに行きたいから行くだけですよ」

「ふーん。まあ、いいけどね。行ってらっしゃい」

「はい、行ってきます。また教室で」

キャロルは手を振りながら自室に戻っていった。それを目にしてメロディの気持ちが少し解れた気がして思わず笑みが零れた。

そしてメロディはルシアナの部屋へ向かった。

「おはようございます、ルシアナ様」

「おはよう、メロディじゃなかったセシリアさん」

メロディがルシアナの部屋に到着すると、彼女は既に準備万端で待ち構えていた。

「部屋の中でくらいいつも通りでいいんじゃないですか？　おはようございます、メロディ先輩」

「おはよう、マイカちゃん。この姿の時はちゃんとセシリアと呼んでちょうだい」

「マイカは間違えっぱなしだもんね。外でやると結構まずいわよ」

「はーい、気を付けます……あれ？　メロディ先輩、目が少し赤いですよ」

「え、そう？」

「ホントだ。ちょっと赤いわね。大丈夫、メロディ？」

またしてもセシリアをメロディと呼んでしまうマイカだったが、メロディの瞳が充血していることの方が気になったのかルシアナはメロディへ顔を近づけた。

「……昨日少し寝付きが悪かったせいでしょうか」

「寝不足ですか。メロディ先輩って枕が替わると眠れないタイプでしたっけ？」

「やっぱり急な学生生活で知らないうちに緊張してたんじゃない？　あんまり大変そうなら夜にこっちに来るのを控えてくれてもいいわよ？」

「お願いですからそんなこと言わないでください！　ちゃんと今日も放課後に行きますからね！」

「じゃあ、今日の夕食はメロディ先輩にお任せしちゃっていいですか」

「ありがとう、マイカちゃん！」

「……仕事押し付けて喜ばれるのって、凄く心に突き刺さるものがありますね」

そんな会話を挟みつつも、メロディとルシアナは二人の使用人に見送られて上位貴族寮を出発した。

◆◆◆

二人の姿が見えなくなるまで見送ったマイカは思わず呟いた。

「……私、普通にメイドしてるなぁ」

「急にどうしたんだ」

無表情ながら不思議そうにマイカを見下ろすリューク。そしてマイカも彼を見上げた。

「いや、私なんでメイドしてるんだろうってちょっと思って」

「この仕事に不満があるのか」

「そういうのとは違うんだけどね」

マイカはこの世界に転生してからずっと不思議に思っていることがあった。

突如王都の貧民街で覚醒したマイカ。肉体の記憶を持たないがゆえに前世の名前を名乗ったが、この体の本当の名前は今でも分からないまま。

本来は還暦であるはずなのに、なぜか幼い頃の記憶しか思い出せない今の自分。

少なくとも『銀の聖女と五つの誓い』の中でこんな桃色髪の幼い少女が登場した覚えはなく、もちろん貧民街でビュークが少女を助けた描写だってない。

転生したマイカはビュークに助けられて孤児院に引き取られ、セレーナと出会って今はヒロインちゃんことメロディの同僚として働いているが……。

（私の存在ってゲームのストーリーに何の影響も与えてないよね）

メロディの奇行に驚くばかりで、ゲーム攻略の役に立ったことはない。この前の魔物の襲撃事件の時も、イベントがあると分かっていながら結局何もしなかった。

（まあ、メロディ先輩なら大丈夫って思ったからだけど、そうじゃなくても多分私に何ができたとも思えない。だから、考えちゃうんだよね……）

――私って、なんで転生したんだろう？

自分を卑下しているわけではない。ただただ純粋に不思議でしょうがないのだ。

もし神様がいて自分を転生させたのだとしたら、何のためにそうしたのかマイカは疑問だった。

ヒロインや悪役令嬢のような重要キャラでもなければ、資産家でも貴族でもないただの孤児。王立学園の生徒になるわけでもなく、特別な力も与えられていないどこにでもいそうな少女。

それがマイカだ。

（私にできることって、何かあるのかな……？）

その時、マイカの胸元で『魔法使いの卵《ウォーヴァデルマーゴ》』が震えた。突然の振動にマイカはビクリと驚く。

（……こいつはこいつでいつになったら孵化《ふか》するんだろ。ちょっと怖いけど）

マイカが魔法使いになるためのパートナーを生み出す『魔法使いの卵』。しかし、これの中にはゲームの魔王によく似た謎の狼の魔物が入っている。

早く孵化して魔法を使えるようになりたいと願うが、本当に大丈夫か不安にもなる。

（孵化した瞬間いきなり襲ってきたりしないよね？　大丈夫だよね、メロディ先輩）

マイカは思わずため息をついた。

「とりあえず仕事に戻るぞ」

「はーい」

足早に部屋へと戻るリュークの後ろ姿をマイカはじっと見つめる。

リューク。マイカが名付けた彼の本当の名前はビューク・キッシェル。乙女ゲーム『銀の聖女と五つの誓い』における第四攻略対象者。

今は記憶を失い、伯爵家の執事見習いとして真面目に働いているが、ルトルバーグ領へ赴いた際に忘れていたはずの魔法の使い方を思い出してしまった。

であればきっと、いつかビュークとしての記憶を取り戻す日が来ることだろう。

（その時が来たら、彼はどうするんだろう？）

当然ながら、マイカにその疑問の答えが分かるはずもないのであった。

セシリア嬢は強くてニューゲーム

「ふふふ」

「どうしたんですか、ルシアナ様？」

王立学園へ向かう道中、ルシアナは嬉しそうに微笑んだ。一応気を付けているので大丈夫そうだが、うっかりスキップなんてしそうな勢いだ。メロディは不思議そうに尋ねた。

「だって、今日からメロ、セシリアさんと一緒に登校できるんだもの。嬉しくって」

「ふふふ、大げさですね。護衛が目的ですけど、私もおじょ、ルシアナ様と一緒にいられて嬉しいですよ。よろしくお願いしますね」

「今日は一緒にお昼を食べましょう。メイドはダメだけどクラスメートなら問題ないものね」

「ええ、分かりました」

「やったー！」

普段、メロディはメイドとしてルシアナの給仕を行うので一緒に食事をすることはない。ある種使用人としてのメイドムーブなので原則的に外せないのだ。しかし、今のメロディは王立学園の生徒セシリアである。ルシアナは昼食を一緒に食べられることが存外嬉しいのであった。

ざわざわがやがや。教室が近づくにつれ、騒がしい声音がメロディ達の耳に届くようになった。

「何だかいつもより騒がしいわね」

「何かあったんでしょうか」

互いに首を傾げつつ、メロディ達は教室に入った。

「おはよう、ルーナ」

「おはよう、ルシアナ」

先に登校していたルーナへルシアナが挨拶をした。ルーナもそれを返し、続いてメロディが口を開いた時であった。

「おはようございます、ルーナ様」

「おはよう、セシリアさん」

一部の生徒、主に教壇の方に集まっていた生徒の多くがバッとメロディの方を見た。突然のことに目をパチクリさせて驚くと、目が合った者達は少し気まずそうに目を逸らし、一瞬のざわめきは落ち着きを取り戻していった。

「今の何？」

「何でしょう……？」

再び首を傾げ合うメロディとルシアナ。席に着いていたルーナは苦笑して前の方を指さした。

「二人も見てくるといいわ。昨日の抜き打ち試験の結果が張り出されているのよ」

「もうですか？　早いですね」

昨日の午後に試験を受けて翌朝のホームルームの前には結果が教室に張り出されている。編入試験の時も感じたが、王立学園の教師は勤勉な上に優秀なのだなと改めて感心した。

「行ってみましょう、セシリアさん」

「はい、ルシアナ様」

二人は黒板の中央に張り出されている試験結果を確認しに歩き出した。

「「おはようございます、クリストファー様、アンネマリー様」」

「ああ、おはよう、ルシアナ嬢、セシリア嬢」

「おはようございます、お二人とも」

黒板の前には生徒達が集まっており、その中には王太子クリストファーと侯爵令嬢アンネマリーの姿があった。メロディとルシアナが揃って挨拶すると二人とも朗らかに返してくれる。

「二人も試験結果の確認に来たのかい」

「はい。前より悪くなってないといいんですけど」

ルシアナがそう言うと、クリストファーは苦笑を浮かべた。

「残念ながら私は順位を落としてしまったよ」

「ええっ、クリストファー様がですか？　もしかしてシエスティーナ様が一位とか」

「まあ、結果を見てみるといい」

クリストファーが場所を空けてくれたので二人は試験結果に目を移した。

その内容は――。

『一位　セシリア・マクマーデン　１００点』

『二位　クリストファー・フォン・テオラス　96点』

『二位　シエスティーナ・ヴァン・ロードピア　96点』

『四位　アンネマリー・ヴィクティリウム　93点』

『五位　ルシアナ・ルトルバーグ　91点』

『六位　オリヴィア・ランクドール　90点』

「うわぁ……」

ルシアナは感想とも言えない声が出た。その視線は自分の順位ではなく堂々と一位に輝くセシリアの名前を凝視していた。

「私が一位ですか？」

「いや、もう、満点て……」

凄いと賞賛するよりも、最早呆れるしかないルシアナである。

（メロディ、頭いいとは思ってたけどクリストファー様よりいいの？　どんだけよ！）

入学前に家庭教師として勉強を教えてもらった時期があるが、まさかここまでとは。こうして目の前で数字の結果を見せられてメロディの優秀さを改めて知った。

「正直、驚いたよ、セシリア嬢。さすがは編入試験を突破しただけのことはある」

「あ、ありがとうございます。でも、今回たまたまだと思います」

「謙遜する必要はないわ。満点なんてそう簡単に取れるものではないもの。おめでとう」

クリストファーとアンネマリーから試験結果を賞賛され、メロディは少し照れるように笑った。

改めてルシアナからも「凄いわ、セシリアさん！」などと褒められる中、アンネマリーはこの結果を考察する。

（セシリア・マクマーデン……あなた、強くてニューゲームでもしてるの!?　何よ、満点って！）

笑顔の裏でアンネマリーは絶叫するのだった。

乙女ゲーム『銀の聖女と五つの誓い』において、学園での試験結果は攻略対象との親密度にある程度影響を与える。

ヒロインには五種類の学習パラメーターというものが設定されており、各教科の成績によってパラメーターが変動するのだ。その内容は『学力』『運動』『芸術』『魔法』『礼節』の五種類。

今回メロディが受けた試験は全共通科目。即ち現代文、数学、地理、歴史、外国語、礼儀作法（基礎）、基礎魔法学である。

このうち現代文と数学は『学力』、地理と歴史はなぜか『運動』、外国語もなぜか『芸術』、礼儀作法（基礎）は『礼節』、基礎魔法学は『魔法』のパラメーターに影響を与える。

毎日どの授業を重点的に受講するか、もしくは放課後に自習するかなどを選択して、上げるべきパラメーターの調節を行うのだ。それによってどの攻略対象と親密になるかを選ぶことができる。

パラメーターの数値が高いと今回のように試験で良い結果が出て、攻略対象者からの好感度が上がるのだ。

例えばクリストファーは『学力』、マクスウェルは『芸術』、レクトは『運動』、ビュークは『魔法』、シュレーディンは『礼節』のパラメーター数値が高いとデートイベントが発生しやすいといった設定があり、どんなふうに成績を上げていくかはゲーム攻略のうえでとても重要なポイントだった。

だったのだが……。

（もしもセシリアさんがヒロインちゃんだとして……試験で満点を取れるってことは、彼女は全パラメーターが既にカンストしている可能性すらあるってこと。攻略対象選び放題じゃない！　いやホント何者なのよあなた!?　パラメーターコンプリートってかなり大変なんだからね！）

ゲームにおいてヒロインのパラメーターを完成させることは不可能ではない。しかし、それは学園生活三年間で達成するものであって、少なくとも一年生の二学期開始時点では不可能な話だ。

全パラメーターが完成しているということは、全てのキャラクターのデートイベントに遭遇することも不可能ではないことを意味し、まさに逆ハーレム展開になりそうな勢いであった。

（このゲームに逆ハールートはないけどね！）

乙女ゲーム『銀の聖女と五つの誓い』は、攻略対象との間に愛の誓いを立てることで聖女の力が覚醒し、ハッピーエンドを迎えるという設定だ。そのため必ず誰かと結ばれるストーリーとなっているので、全ての攻略対象者を侍らせるような展開は用意されていなかった。

聖女の力に目覚めるには揺るぎない一対一の純粋な誓いが求められるのである。

（まるでステータスをカンストさせて周回プレイをしてるみたい。まあ、あのゲームにはステータス引き継ぎ機能とかはなかったから、ゲーム上でもできないんだけど……その一方で）

アンネマリーは少し離れたところから試験結果を見つめる銀髪の少女に目をやった。

セレディア・レギンバースである。彼女は憂鬱《ゆううつ》そうに自身の結果を確認していた。

『第二十九位　セレディア・レギンバース　44点』

（何とか赤点にはならなかったけど、ゲーム的にはパラメーターはどれも低水準って評価よね。ゲームのヒロインちゃんは一学期に学年三位を取る設定だったからもっとできてもいいはずだけど）

セレディアの点数はかなり悪かった。悲しそうな表情も理解できる結果だ。

（まあ、現実的な話、伯爵に引き取られるまで母一人子一人の平民生活って話だし、勉強をする機会なんてなかったでしょうね。むしろ最下位になってないだけでも十分じゃないかしら）

（くそう、レアの記憶ではここで好成績を出せれば攻略の一助となるらしいが、あまりにも準備不足だわい！　我に人間の勉強など分かるものか！　レアの記憶にも入っておらんし学園に入って初日から試験とか酷すぎるであろう！　……いかんいかん……上手くいかなくてセレディア悲しい）

内心の叫びを隠すように、セレディアは好成績を残せなかったことを悔いるような表情を浮かべた。それを目にしたアンネマリーは前世の自分を思い出して同調する。

（分かる、分かるわセレディアちゃん。私も女子高生だった頃は今ほど成績もよくなかったから試験のたびに項垂れたものよ。諦めないで！　凡人の私だって頑張ったから今の成績なんだし）

クリストファーやメロディと比べると、人間が持つ才能という意味でアンネマリーは凡人である。今は乙女ゲームの世界を救うという目標から悪役令嬢でありながら品行方正を徹底し、前世よりも勉学に励み、周囲の信頼を勝ち取っている。

自分も頑張ればできたのだからヒロイン候補のセレディアもきっとできるはず。アンネマリーは心の中でセレディアを応援していた。

だが、そんな彼女の内心などセレディアに伝わるはずもなく、セレディアは焦りを覚える。

（ヒロインと同名の少女セシリア。私と違って完璧な試験結果を得ている……やはり私と同じくヒロインの座を狙っているの？　何か策はないかしら）

「満点って、さすがにおかしくない？」

その時だった。セレディアの背後で何人かの生徒が試験結果に対する不満を零していた。

「クリストファー様でさえ満点は取ったことないのに、編入生がいきなり満点だもんね」

「まあ、ちょっと信じられないよね。私達じゃあカンニングでもしなきゃ絶対無理」

あはは。そりゃそうだ、と笑い合う生徒達の話にセレディアはピンと来た。

(……そうね。確かにそうだわ。いけない子ね、セシリア。あなた、カンニングをするなんて!)

その瞬間、不可視の黒い魔力がセレディアから溢れ出し、あっという間に教室を黒で満たした。

「えっ?」

メロディは思わず声が出た。一瞬、視界が真っ黒に染まったからだ。驚き瞬きをした瞬間、視界はすぐに戻ったが確かにほんの少しの間、視界が真っ暗になったのである。

(あれ? これって確か、舞踏会の時にも……)

「セシリアさん、どうしたの?」

「あ、いえ、今、視界が——」

「ねえ、一位が満点だなんておかしくない?」

それはメロディの耳にもはっきりと聞こえる声で教室内に響き渡った。セレディアの後ろにいた男子二名、女子一名の生徒達が不満げな顔を浮かべていた。

「ああ、そんな簡単に満点なんて取れるわけねえよ」

「もしかしてカンニングでもしたんじゃないの」

「そうでもしなきゃ無理だよな」

「え? あの……」

彼らは三人だけで会話するようにしながら、それでいて時折メロディへ不機嫌そうな視線を送っていた。突然カンニングだなんだという話を聞かされ、メロディは困惑してしまう。

ハッとして周囲を見回すと、同じような視線を向ける生徒がチラホラ見られた。ルーナやアンネマリー達は呆気にとられたように放心しているように見える。同じく混乱しているのだろうか。

（ふふふ、いい感じね。これくらいなら私の体調にも影響は少ない。セシリアの満点を妬む心を持つ者の感情を増幅させたわ。そうでない者にはほんの少し思考力を鈍らせる効果を与える。そうすれば反論も出にくい。さあ、我、魔王ティンダロスに人間の邪なる心を見せるがいい！）

心の中では両手を掲げて喝采《かっさい》を上げているセレディアだが、外見上は突然教室内の雰囲気が変わったことに動揺しているそぶりを見せていた。

そして、三人組とは異なる生徒達も悪感情を露わにしていく。

「え？　一位の子、カンニングしたの？」

「でもありえない話じゃない。だって満点とか、あらかじめ問題を知ってないと無理だよ」

「もしかして編入試験もカンニングをして入ったとか？　後見はレギンバース伯爵なんでしょ？　だったら試験はこっそり免除されてるかあらかじめ試験問題の用紙をもらっていた可能性も」

何だか話がどんどんあらぬ方向へ飛躍していった。あまりに突然のことにメロディも何を言っていいのか分からず立ち尽くしていると、隣にいたルシアナがキッと表情を強めた。

（何なの、皆急に！　メロディがカンニングなんてするわけないでしょう！　文句言ってやる！）

「ちょっとあな――」

「みっともない真似はおやめなさい！」

ルシアナが話そうとしたその時、割って入るように大きな一喝《いっかつ》が教室内に響き渡った。瞬間、辺りに立ちこめていた不穏な雰囲気が一瞬にして霧散してしまう。

そして悪態をついていた者達、そして呆然としていた者達が目が覚めたようにハッとして声の主へと視線を向けた。

それはさっきまで席について読書をしていたオリヴィア・ランクドール公爵令嬢であった。今は立ち上がり、鋭い視線を周囲へ送っている。

(何っ!? どういうこと!?)

セレディアは困惑した。少女一人の一喝でセレディアの魔力が消えてしまったのだから。

「満点を取った者が現れたからとカンニングを疑うとは。何の証拠もなくそのような戯れ言を口にするのはおやめなさい。本当にどういうつもりかしら。王立学園の生徒とは思えない短慮にして悪辣な振る舞いだわ。あなた達、恥を知りなさい！」

「「「申し訳ありません！」」」

反射的に全員が謝罪の言葉を口にした。それはメロディとルシアナ、そしてセレディアすら同様であった。

「謝る先を間違えてやしないかしら」

またしてもオリヴィアの鋭い視線が悪口を言っていた生徒達へ向けられた。彼らは慌ててメロディの方を向くと謝罪の言葉を口にする。

「ごめんなさい、マクマーデンさん。俺達、何の証拠もないのに疑うようなことを言って」

「「申し訳ありません」」

「……えっと、はい。分かりました」

それからしばし、メロディを妬んで悪態をついてしまった生徒達が何人か謝罪に来て、教室内の雰囲気はどうにか元に戻るのだった。

「すまない、セシリア嬢。私が彼らを窘めなければならなかったのに、雰囲気に呑まれていた」

「わたくしもですわ。先日の舞踏会の時といい、助けられなくてごめんなさい」

「いえ、お二人が悪いわけではありませんので」

場が収まるとクリストファーとアンネマリーもメロディへ謝罪の言葉を告げるが、さすがに王太子と侯爵令嬢から謝られるのには恐縮してしまう。

「本当に、皆急にどうしちゃったのかしら。いつもはあんなことを言う人達じゃないのに」

ルシアナはまだプンプン怒っていた。メロディは困惑するばかりで怒るとかそういう感じではなかった。本当に唐突に始まったのだ。メロディへの理不尽な追及が。

そしてアンネマリーは考える。

（まさかこれ、魔王の攻撃……？　確か、サブイベントで似たようなことがあったような）

ゲームでは、攻略対象ともメインストーリーからも少し離れたサブイベントが発生することがある。影に潜む魔王の影響を受けた生徒達が、なぜかヒロインに攻撃的になるのだ。

魔王から直接操られているというよりは漏れ出す魔王の魔力に当てられた生徒達の負の感情が刺激され、聖女憎しと考える魔王の意思の影響もあってヒロインと対立するのである。

（さっきの状況は少しそれに似ている気がするけど……あのイベントって進行次第で起きたり起き

なかったりするから判断に迷うのよね。その時のクラスメートは名前なしのモブキャラも多いから誰がそうなのか判別も難しいし。ああ、もう、どうしてそんな時に限って反応できなかったのよ）

あの時、クリストファーもアンネマリーもセレディアの魔力の影響を避けることはできなかった。あの場で普段通りだったのは聖女であるメロディと、メロディの魔法によって守られているルシアナ、そしてなぜかオリヴィアの三人だけ……。

（そういえばあの女、舞踏会の時も私の邪魔をした……まさか、私の思考誘導が効いていない？）

セレディアはそっとオリヴィアに視線を向けて魔力を視た。

（……普通だわ。多少多めではあるけど何の変哲もない普通の人間の魔力。聖女ではない。だったらどうして……？　もし本当に効果がないなら、迂闊に思考誘導すらできなくなる、くそっ）

セレディアはオリヴィアを警戒するが、今のところ答えは見つけられそうにない。

「ふわぁ、おはよう……どうかした？」

そんな中、本日最後のクラスメートが登校してきた。キャロルである。少し眠そうに欠伸をしながら教室に入ると、何となくいつもと違う雰囲気に首を傾げるのであった。

のんきな様子のキャロルのおかげか、教室内の空気がようやく弛緩し、本来の姿を取り戻した。

この場の当事者でありながら何もできなかったメロディはハッと気が付く。

（オリヴィア様に早くお礼を言いに行かなくちゃ）

だが、すぐにレギュス先生が入室しホームルームが始まってしまったため、オリヴィアに礼を告げることができなかった。

今度時間をつくって礼を言おう。そう考えながら返却された試験問題の用紙を受け取るメロディ。隣ではキャロルが試験の問題用紙を見て顔をしかめていた。どうやらあまり良い結果ではなかったようだ。

『第二十七位　キャロル・ミスイード　51点』

黒板にある試験結果にはそう記されている。

「間違えた部分は改めて解答し直すこと。明日までの課題とする」

拒絶したいと言わんばかりの唸り声が教室に響き渡った。

◆◆◆

「はぁ、オリヴィア様にお礼を言うことができませんでした」

「そういう時もあるわよ。明日きちんとお礼を言いましょう」

太陽が傾き始めた頃、授業を終えたメロディとルシアナは一緒に下校していた。もともとメロディはルシアナの護衛をするために学園に編入したので一緒に帰るのは当然のことである。

ホームルームの後、オリヴィアにお礼を言いに行こうとするメロディだったが、授業の合間は近くの生徒と話していることが多く、昼休みも気が付けば先にどこかへ行ってしまっていて見つけられず、あっという間に放課後を迎えてしまったのである。

（何だかオリヴィア様とはタイミングが合わないなぁ）

少し落ち込みながらもルシアナを寮へ送り届け、メロディは足早に平民寮へ戻った。

何せこの後は――。

「レッツメイド！　お嬢様の部屋へ！」

――オリヴィアの件は一旦忘れて、楽しいメイドのお仕事の時間なのだから。

「さあ、お嬢様。美味しい夕食を作りますから待っていてくださいね！」

今朝、マイカと約束した通り本日の夕食を任せられたメロディは業務に勤しむのであった。

しかし、楽しい時間はあっという間。ルシアナがお風呂から上がった頃、メロディは仕方なく自室へ扉を繋げた。

「それではお嬢様、名残惜しいですがまた明日」

「ええ、おやすみなさい、メロディ」

ルシアナに見送られながら、メロディは平民寮の部屋へ帰ってきた。真っ暗な部屋に立ったままため息が零れる。

「はぁ、やっぱり朝もお仕事させてもらえないかなぁ」

「セシリア、いる？」

項垂れるメロディの部屋の扉をノックする物が現れた。

「その声、キャロルさん⁉　あ、あの、ちょっと待ってもらえます？　……『舞台女優』」

突然の来客に慌てるメロディ。何せ今の姿はメイドのメロディそのもの。急いで魔法でセシリアに変身するとキャロルの待つ扉へ駆け寄った。

「すみません、お待たせしました」

「こんな時間にごめん。ちょっと教えてほしいことがあって」

「教えてほしいことですか？」

何のことだろうと一瞬考えるが、キャロルが手にしている物を見て理解した。

「ああ、もしかして昨日の試験の直しですか」

キャロルは昨日の試験の問題用紙、正確には試験冊子を手にしていた。間違えた解答を直して提出する課題を明日までに仕上げなければいけないのだ。担任教師レギュス、なかなかハードな課題である。

「実は、どうしても分からない問題がいくつかあって。セシリアは満点だったから分かるでしょ。教えてもらえない？」

「ええ、構いませんよ。どうぞ、入ってください」

部屋に招き、メロディはキャロルに勉強を教えた。

ほとんどの問題は自分で解き直したようだが、教科書を読んでも難しい問題がいくつかあったようで、メロディはその解き方を指導した。キャロルは特に数学の応用が苦手らしい。

「――で、ここをこう考えると」

「……ああ、そういうこと」

一時間くらいかかってしまったが、ルシアナの家庭教師すらこなすメロディの教え方は理解しやすかったらしく、キャロルはどうにか全ての解答を埋めることができた。

「はぁ、終わった。手伝ってくれてありがとう、セシリア。本当に助かった」

「いえ、どういたしまして。お役に立ててよかったです」

メロディはニコリと微笑んだ。人の役に立てることが嬉しそうな笑顔にキャロルは苦笑する。

「……私、なんでこんなに勉強できないんだろ。こんなんじゃ王城で働けやしないわ」

「キャロルさんは王城で働くことが目標なんですか」

「そういう訳じゃないんだけど……忘れて。今日はありがとう。今度何かお礼するわ」

「気にしないでください。また分からないところがあればお手伝いしますので」

「なるべくそうならないよう頑張るわ。それじゃあ、おやすみ」

「ええ、おやすみなさい」

キャロルが帰り、時刻は午後九時を過ぎたところだった。そろそろ就寝準備を始めなければならない。大浴場で体を清め、部屋に戻ったら寝間着に着替えた。

「昨夜は少し眠りが浅かったから早めに寝ようっと……あ、夕食まだ食べてない」

ルシアナのお世話を済ませて戻ってきた直後にキャロルの勉強を見ていたので、夕食を取る時間を確保できなかったことに今更ながら気が付いた。

とっくに食堂は閉まっており、食べるなら自分で用意しなければならないのだが……。

「何だか疲れてそんな気分じゃないなぁ。お嬢様の夕食を作る時に少し味見をしたし、今日はもういいや。寝ようっと」

食欲よりも疲労が勝ったのか、メロディはさっさとベッドに入った。

明日も授業がある。ルシアナの護衛を頑張らなくては。では、おやすみなさい――。

……。

…………。

（……うーん、今日もすぐに眠れないかも）

メロディは今夜も少し寝付きが悪いのであった。

◆◆◆

時間は少し戻って、メロディとルシアナが帰宅した頃。オリヴィア・ランクドールもまた自室に帰ったところだった。

「お帰りなさいませ、お嬢様」

「ええ、ただいま。少し休憩したら勉強をするわ。お茶を淹れてくれるかしら」

「畏まりました。お着替えはどうなさいますか」

「勉強が終わってからで結構よ。お茶はリビングでいただくわ。少し寝室にいるから準備が出来たら呼んでちょうだい」

「承知しました。すぐにお茶の支度をしてまいります」

出迎えの侍女とのやりとりを終えると、オリヴィアは一旦寝室に向かった。

寝室に入ったオリヴィアは、侍女の見張りがないのを良いことにベッドにドカッと寝転がった。

（ああ、今日は何だかモヤッとするわ。やはり今朝の件が尾を引いているのかしら）

ホームルーム直前に起きたカンニング騒動。何の証拠もないというのに満点が信じられないという理由だけで蔓延《まんえん》しそうになったカンニング疑惑だ。

他人の努力を認められない浅はかな流言《りゅうげん》、それを信じ始めていた者達。あまりの馬鹿馬鹿しさにオリヴィアが一喝して場を収めたが、そのせいか朝から少し気分が優れなかった。

(でも、こんな時は……)

オリヴィアはベッドから立ち上がると、一度屈んでベッド下に手を入れた。そしてそこから両手で抱えられるほどの細長い木箱を取り出す。黒く塗色され、煌《きら》びやかな装飾が施されたそれは、まるで宝物でも保管しているかのようだ。

オリヴィアは木箱をベッドの上に置くと蓋を開けた。

箱の中に入っていたのは——刃が半分失われた銀製の剣であった。

オリヴィアは銀剣を取り出すと窓の方へ向かった。カーテンを開き、茜色の光が差し込む。両手で銀剣を掲げると光に晒された剣身がキラキラと煌めいた。

「……綺麗ね」

夕日に照らされた銀剣の美しさに見蕩れ、思わず呟いてしまうオリヴィア。そっと瞳を閉じ、先程の光景を脳裏に映し出す。オリヴィアにはまるで銀剣自身が光り輝いているように感じた。

「剣として大切な刃の半分を失ってもなおあなたは美しい……わたくしもそのようにあれたらいいのだけど」

オリヴィアは気付かない。折れた剣の断面からわずかに零れ出る白銀の輝きに。銀色に煌めく砂粒のような小さな光が、吸い寄せられるようにオリヴィアの胸元へと漂っていく。そしてそれは、オリヴィアの胸の奥へと消えていった。

そっと目を開けると、オリヴィアは優しげに微笑を浮かべる。

「……不思議ね。あなたを手にしていると、いつの間にか心が洗われたようにすっきりするの。今朝から感じていたモヤモヤも、気が付けばもう何も感じていない。本当になぜかしら……？」

オリヴィアは首を傾げるが答えが返ってくることはない。そしてまた彼女は微笑む。

「変なの。私ったらいつもあなたに話しかけてしまうのよね。あなたはただの剣だっていうのに」

もう片付けよう。そう思い、木箱があるベッドへ向かおうと振り返った時だった。

パキリ。という音がしたかと思うと、銀剣の端が欠けて、ポロリと床に落ちた。

「えっ⁉　ど、どうして……！」

慌てるオリヴィア。大切に扱っていたはずの銀剣が傷ついてしまった。どこかにぶつけたりした覚えもないのに、急に一部が欠けてしまったのだ。

とりあえず急いで銀剣を木箱に戻し、ベッドの下に隠した。彼女の手には欠けてしまった銀剣の欠片がある。木箱に一緒に入れなかったようだ。

「……これ、どうしよう。直せるかしら」

「お嬢様、お茶の支度が整いました」

「――っ！　い、今行くわ」

オリヴィアの肩がビクリと跳ねる。咄嗟《とっさ》に制服のポケットに欠片を隠すと、オリヴィアは何事もなかったように寝室を後にした。

翌日からオリヴィアはこの銀の欠片をお守り代わりに持ち歩くようになるのだが、もちろんメロディも、アンネマリー達だってそんな事実を知ることはないのであった。

メロディの絵心

九月十七日。メロディが王立学園に通い始めて今日で四日目。

メロディとルシアナは『美術』の選択授業を仮受講するため、美術室へ向かっていた。

これはメロディの提案であった。田舎から王都にやってきたルシアナは、メロディによる礼儀作法の指導によって素敵な淑女を演じられるようになっていた。

しかし、真の淑女を目指すのであれば芸術への造詣も深めなければなるまい。だが、ルトルバーグ伯爵領に芸術面を教育する教材などあるはずもなかった。

おかげさまでルシアナは楽器の演奏もしたことがなければ歌にも自信がなく、もちろん絵だって描いたことのない、乙女ゲームでいえば『芸術』パラメーター最低値状態であった。

斯くしてまずは挑戦ですと、メロディとともに美術の選択授業を受けることにしたのである。

「うーん、私、絵なんて描いたことないけど大丈夫かなぁ」

「ご安心ください、ルシアナ様。私、絵心はありませんが技法は習得していますので絵の描き方だけならお教えできます」

「絵心がないのに描き方を教えられるの？」

「技法だけですけどね」

「――？　技法を習得してるなら絵心はあるんじゃないの？」

首を傾げるルシアナに、メロディは眉尻を下げて苦笑した。

「絵心っていうのは、絵を描く技術だけで得られるものではないんですよ」

「ふーん、よく分からないけど分かったわ。必要な時は教えてね」

「はい、お任せください。さあ、美術室はもうすぐですよ――あら？」

談笑しながら歩く二人。そろそろ美術室に到着する頃、部屋の扉の前でメロディは見知った人物を発見した。

「キャロルさん？」

「あ、セシリア。それにルシアナ様……」

クラスメートのキャロル・ミスイードが美術室の前に立っていた。

「キャロルさんも美術の選択授業を？」

「あら奇遇ね。私達も今日は仮受講してみようと思っているのよ」

仲間が増えたと喜ぶルシアナ。しかし、キャロルはそっと目を逸らすと素っ気なく告げた。

「……いや、私は違うから」

それだけ言うと、キャロルはメロディ達の下から去って行った。

「どうしたんでしょう、キャロルさん」

「教室を間違えたのかしら。まあ、とりあえず入りましょう、セシリアさん」

キャロルの様子を疑問に思いつつも、メロディ達は美術室の扉を叩いた。

◆◆◆

「先生、今日はありがとうございました」

「お二人は今日が初めての仮受講でしたね。楽しんでもらえたかしら」

「はい。その……大した出来の絵が描けなくて申し訳ないのですが」

「あら、私はとても素敵な絵になったと思いますよ」

「もう、先生ったら。揶揄わないでください」

美術の授業も恙なく終わり、美術室にはメロディとルシアナ、そして美術の担当教師の三人だけが残っている。他の生徒達はとっくに次の選択授業へ向かい、今日は美術しか受けるつもりのない二人は教師と軽い雑談を交えながら教室の片付けを手伝っていた。

「私も好きですよ、ルシアナ様の絵」

「セシリアさんまで！　恥ずかしいからやめてちょうだい！」

頬を赤く染めて恥ずかしがるルシアナの姿にメロディと教師は可笑しそうに微笑む。

本日の美術の授業は水彩画を描く日だった。教室を出て景色を描いてもいいし、美術室にある美術品のレプリカをモデルにしてもいい。水彩画は油絵のように時間をかけずに描くことができるので、皆思い思いの絵を創り上げていった。

斯くいうメロディとルシアナも一旦教室を出て、一緒に学園の風景を描いていた。

ルシアナの絵は初めてにしては上出来だと割と高評価を受けた。とはいえ、技術的な意味ではまだまだである。

「遠近法や明暗の表現など課題は多いですが、生き生きとしていて楽しい絵になりましたね」

ルシアナには評価の意味はよく分からなかったが、とりあえず及第点を得られたらしい。

「そういえば、セシリアさんの絵は私まだ見てないわ。どんなふうになったの？」

「えっと、私のはこんな感じです……」

ルシアナに尋ねられ、メロディは躊躇いがちに絵を見せた。それを目にしたルシアナの口から感嘆の声が漏れる。

「おお、何これ凄い」

「……」

メロディの絵は、まるで目の前の風景をそのまま切り取ったような写実的な風景画であった。その技術力の高さにルシアナは感動するが、美術教師はメロディの絵を見つめながら何か思案しているようだった。

「さすがね、セシリアさん。今回は好きに描いてみようと思ったから何も聞かなかったけど、絵の技法なら教えられるって話に嘘はないわね。そう思いませんか、先生？」

「……ええ、確かにとても上手に描けていると思うわ。でも……」

「先生……？」

少しばかり悩ましげな表情でメロディの絵を見つめる教師の姿にルシアナは首を傾げた。それに対し、メロディは納得したように苦笑を浮かべている。

「先生、私、絵を描くとどうしてもこうなってしまって」

「そう。では、あなたはこの絵の問題点に気付いていらっしゃるのね」

「ええ、分かってはいるんですが、どうしてもこんなふうになってしまうんです」

「そうですか。これだけしっかり描けるのに、勿体なくはありますね」

「あ、あの、二人ともどうしたんですか？　セシリアさんの絵の何がダメなの？」

メロディと教師は何か理解しているように話をしているが、ルシアナには全く分からなかった。

「ダメという訳ではないのよ。本当によく描けているもの。ただ、ねぇ」

「絵画って見た目通りに描ければ良作というわけではありませんから」

「……どういう意味？」

結局、二人はルシアナの分かるように説明してはくれなかった。というか、どう説明してよいのか難しいといったところか。説明しづらい何かがあるようで、ルシアナは諦めるしかなかった。

「そういえば、今日授業の前にキャロルさんに会いましたけど、彼女は受講していないんですか」

メロディは話題を切り替えようと、授業前に遭遇したキャロルのことを話し出した。

「キャロル……ああ、ミスイードさんね。あの子、また来ていらしたの？」

「また？　何度か仮受講されているんですか？」

メロディが尋ねると美術教師は首を左右に振った。少し残念そうな表情だ。

「いいえ、何度か教室の前にいるのを見かけたことはありますが受講は一度もありません。声を掛けたこともあるのですが、結局お断りされました」

「ということは、教室を間違えたわけじゃなかったのね。なんで授業を受けないのかしら」

ルシアナは不思議そうに首を傾げるが、美術教師にもメロディにも答えなど分からない。

「授業に興味はありそうなのですが、何か事情でもあるのか結局受講せずに帰ってしまうんです」

（そういえば、初めて会った時、キャロルさんの髪には絵の具がついていたっけ）

今まで気にしていなかったが、絵の具が付いていたということは部屋で絵を描いていたということだろうか。絵に興味があるのなら美術の授業を受ければいいのに、なぜ受けないのだろう。

「そうだわ。あなた達、ミスイードさんと同じクラスなのでしょう。よかったらこれを渡してくれないかしら」

美術教師は選択授業の申請用紙をメロディに手渡した。

「少し悩んでいるようにも見えたし、誰かが後押しすればもしかしたらその気になるかもしれないわ。よかったら一度勧めてみてくださる？」

「分かりました。一度話してみますね」

その話を最後に、メロディとルシアナは美術室を後にした。

ルシアナを寮へ送り届けたメロディは一旦自室に戻るとキャロルの部屋を訪ねることにした。

「キャロルさん、セシリアですけど少しいいですか？」

扉の前で尋ねてみるが返事がない。いないのかなとドアノブに手を掛けてみると鍵は掛かっておらず扉を開けることができた。

「キャロルさん？　鍵は開いてるけど、いないのかしら……あら？」

部屋の中は明かりがついたままで、メロディは何度か声を掛けてみたがやはり返事はなかった。

キャロルの姿を捜そうとしたメロディは部屋の真ん中に置かれた物に視線が釘付けとなった。

それは、イーゼルに置かれたキャンバス。描きかけの油絵であった。

吸い寄せられるように、メロディはキャンバスの前まで来てしまう。そして感嘆のため息が零れ落ちた。

その絵は、王立学園の校舎を正面から描いた物だった。建物と一緒に登校する生徒達の姿が生き生きと描かれている。そしてメロディは思わず感想を口にしていた。

「……綺麗」

「勝手に部屋に入らないでほしいんだけど？」

「キャロルさん！」

振り返ると腕を組んで眉根を寄せた顔のキャロルが立っていた。

「すみません、扉が開いていたのでつい……」

「まあ、いいけどね。何か用事があって来たんでしょ」

「あ、はい。えっと、美術の先生からよかったらどうぞと、これを預かりまして」

メロディは美術教師から預かった選択授業の申請用紙を差し出した。キャロルはそれを見て、多少驚いたように目をパチクリさせたがすぐに素っ気ない態度でメロディから顔を背けた。

「……いらないわ。私、美術の授業を受けるつもりなんてないから」

「こんなに素敵な絵が描けるのにですか？」

メロディがそう言うと、キャロルは苦虫を噛み潰したような顔で言い返した。

「これくらい、その気になれば誰だって描けるわよ」

「そんなことないと思いますけど……」

どうやらキャロルは自分の絵に対する自己評価が低いらしい。こんなに素敵な絵なのに……。

「私にはとても綺麗な風景に見えますよ。学園に通う生徒の皆さんが本当に絵の向こうで生きているようにさえ感じます……私の絵とは大違い」

「メロディの絵？　そういえば美術の授業を受けたのよね。どんな絵を描いたの。見せてよ」

「え、それは……」

「私の絵を見たんだからおあいこよ。いいでしょ？」

「……はい、分かりました」

一旦自分の部屋に戻ったメロディは、今日描いた風景画をキャロルに差し出した。それを目にした彼女はしばらくじっと見つめると鼻を鳴らしてこう言った。

「つまんない絵」

「ええ、まさに」

キャロルの感想にメロディは一切反論することなく首肯した。メロディは自分でもよく理解していたのだ。自分の絵には感情が籠っていないことに。

「技術は凄いと思うわ。本当にセシリアが見た通りの風景をそのまま切り取ったみたい。でも、それだけ。何て言うのかしら、描き手の思いとか感情が何も伝わってこない。ある意味、ここまで透明感のある風景画を描けるのも凄いとは思うわよ」

「私、昔から絵を描くのは苦手なんです。技法を勉強して色々描いてみたんですが結局、絵画というよりは風景の記録にしかならなくて」

「まさにそれね、記録よ。建築学の教科書の参考資料とかになら使えそうな精密な図説だわ」

メロディは昔から、それこそ前世・瑞波律子だった頃から絵の才能についてかなり懐疑的であった。幼い頃、その技術力の高さから絵画賞を得たこともあるが、それはあくまで幼少だったからこそだ。年齢にそぐわない技術力が評価された結果だと今でも思っている。

（きっと前世の私が今の年頃に絵を出品しても賞を貰うことはできなかっただろうな）

素人のルシアナならその技術力を褒めてくれるだろうが、絵心のある者なら今のキャロルのようにメロディの絵を酷評することに異論はない。メロディは自分の絵をそう評価していた。

「だから私、キャロルさんの絵が素敵だなって思ったんです。あそこにいる人達皆がとても生き生きとして見えて。あんなふうに描けるキャロルさんが少し羨ましいです」

「ふーん、クラストップの成績を誇るセシリアに羨ましがられるなんて、結構いい気分ね」

「そう思っていただけるなら、美術の選択授業を受けてみてはどうです？」

「……」

キャロルは渋い表情を浮かべた。やはり何か事情があるのだろうか。無理強いはよくないし、これ以上は押し付けになってしまうかとメロディが諦めた時だった。

「……分かった。少し考えてみるわ。ただし、条件がある」

「え？　条件ですか？」

自分はキャロルに美術の選択授業を勧めただけなのだが、条件とは一体どういうことだろうか。

キャロルはメロディに向かってまっすぐ指さした。

「美術の授業を受けるか考えるから、その間、私の絵のモデルになってよ」

「……え？」

「そう、絵のモデルよ。やってくれたら考えなくもないわ」

「ど、どうして私が絵のモデルに？」

「部屋で籠って絵を描いてるから堂々と人体デッサンをやる機会がなかったのよね。下書きができるまででいいから、放課後に少し付き合ってよ」

「……まあ、それくらいなら構いませんけど」

「よし、決まり。じゃあ、明日からよろしく。というわけで帰った帰った」

「あ、ちょ、キャロルさん⁉」

ぐいぐい背中を押されてメロディはキャロルの部屋から追い出されてしまった。バタンと扉が閉まり、メロディは通路にポツンと一人立ち尽くす。

そして現実に引き戻されたメロディはとても大切なことに気付いてしまった。

「……モデルの仕事を引き受けたら放課後のメイド業務が減っちゃう⁉」

時すでに遅し。メロディは項垂れるしかないのであった……。

乗馬デート　シエスティーナ対セシリア

九月二十日。二学期が始まって最初の休日。天候は晴れ。まさにデート日和である。

「わあ、メロディ先輩カッコイイです！」

本日はシエスティーナと約束していた馬の遠乗りの日だ。メイド魔法『再縫製』によって乗馬服姿に変身したメロディをマイカは大層褒めていた。普段は下ろしている髪も今日はポニーテールにしてきっちりまとめている。乗馬に相応しい装いだ。

瞳の色によく似た真っ赤なジャケットを着込み、スラリとした足が映える真っ白なパンツと黒いロングブーツを履いている。ジャケットも体のラインに沿った作りをしているので、メロディのスタイルの良さがよく分かる乗馬服になっていた。

「ありがとう、マイカちふわぁ……」

マイカにお礼を告げる途中、メロディは思わず大きな欠伸をしてしまった。

「あら、メロディにしては珍しいわね。どうしたの、夜更かしでもした？」

少し心配そうにメロディを見つめるルシアナに、口元を押さえてメロディは答える。

「いいえ、少し寝不足気味で。最近ちょっと寝付きが悪いんですよね」

（朝はいつも通りの時間に目が覚めちゃうし……）

「疲れてるんじゃない？　疲れすぎると寝付きが悪くなるって言うし。やっぱり学園生活とメイドの両立は厳しいみたいね。夜のメイドのお仕事、もう少し減らす？」

「えええええっ⁉　体調管理は気を付けますから本当に勘弁してください！」

「ふふふ、その言葉、忘れないでね」

「ううう、楽しそう。ああ、私も行きたかったです」

「しょうがないでしょう。マイカには部屋の管理をしてもらわないといけないし」

マイカは泣きそうにガックリと項垂れた。

「リュークは同行するのに～」

「……しょうがないだろう。護衛なんだから」

ルシアナの護衛をするため、リュークは腰に剣を佩《は》いて出掛ける支度をしていた。

「ごめんね、マイカちゃん。何かお土産……は、行き先が牧場だからちょっと無理かも？」

「そういうのはいいんで、お土産話をお願いします。王太子様とアンネマリー様もご一緒なんですよね？　どんな感じで二人の仲が進展したとか、そういう面白話を期待してます」

「……が、頑張るわ」

鈍感少女には達成不可能な難題の可能性が高い注文であった。

マイカと別れ、メロディ、ルシアナ、リュークの三人は学園の門へ向かう。そこで他の皆と落ち合う予定だ。三人が門へ向かう中、リュークは一頭の馬の手綱を引いて歩いていた。ルシアナが学園に入る際に乗っていた貸し馬車を引いていた馬である。

原則週末は屋敷に帰るため、在学中は馬車をずっと借りている状態なのだ。貴族寮に併設されている厩舎に馬を預けてあり、毎日リュークが世話をしていた。

もう購入してしまった方が安上がりなのではと思わないでもないが、いまだに貸し馬車である。

「リュークはこの子に乗って私達の後をついてくるのよね？」

「はい。お嬢様達の邪魔にならないよう、少し離れたところから護衛をする予定です」

「ふむふむ。で、メロディと私が乗る馬はレギンバース伯爵様がご用意してくれるのね？」

「はい、ルシアナ様。遠乗りの件が伯爵様に伝わったようで、その旨の手紙を先日いただきました。門に集合する際に連れてきてもらえるそうです」

「セシリアさんはうちで預かっているわけだし、本当は我が家から馬を用意できればよかったんだけど。伯爵様には後日お礼の手紙を送った方がいいかしら？」

「それは私がやりますから大丈夫ですよ。というか、学園に関連するあれこれはレギンバース伯爵様が私の後見みたいな扱いになっているようなんですよね」

「ああ、そっか。セシリアさんを学園に推薦したのはレギンバース伯爵様だものね。なかなか繊細な問題だなぁ。伯爵様としては後見しているから当然の支援をしているつもりなのかしら」

「ちょっと厚遇《こうぐう》過ぎて私はむしろ恐縮してしまうんですけどね」

レギンバース伯爵の気遣いに感謝しつつもさすがにちょっと手厚すぎて苦笑してしまうメロディなのであった。

◆◆◆

メロディ達が学園の門に到着すると、既にクリストファーとアンネマリー、そしてシエスティーナが待ち構えていた。

「おはようございます、皆様。遅れてしまったでしょうか」

代表してルシアナが問うとクリストファーが苦笑交じりに首を左右に振った。

「遅れていないから安心してくれ、ルシアナ嬢。我々が少し早く来すぎただけだ」

「申し訳ない。私が待ちきれなくて二人を急かしてしまったんだ」

「久しぶりの遠出ですもの。仕方がありませんわ」

頬を指でかきながら、シエスティーナはバツが悪そうに視線を逸らした。まるで遠足前の小学生のようだ。実際、子供っぽいという自覚があるのかシエスティーナの頬は少しだけ赤い。

「それはそうと、今日のセシリア嬢は決まっているね。その乗馬服、よく似合っているよ」

「ありがとうございます。シエスティーナ様もよくお似合いです」

三人の中でアンネマリーは普段着のドレスを着用していた。クリストファーは黒色のジャケットの乗馬服を、シエスティーナは青系の燕尾服型の乗馬服を身に纏っている。機能的なクリストファーとは対照的にシエスティーナの乗馬服は優雅で気品を感じさせるデザインだ。

メロディもどちらかというと機能的なジャケットを着込んでいるが、元が可愛いのでよく似合っていた。

「この子がシエスティーナ様の馬ですか。とても綺麗ですね」

「ありがとう。よかったな、シェルタンテ。褒めてもらえたぞ」

愛馬の名前はシェルタンテというらしい。

シエスティーナが馬の額を撫でてやると馬は嬉しそうに「ブルル」と鳴いた。

(この子に跨がるシエスティーナ様……まさに白馬の王子様ね。皇女様だけど)

シエスティーナの愛馬は白い毛並みが美しい立派な白馬であった。ちなみに牡馬である。

「セシリア嬢が乗る馬はどこにいるんだい？」

「レギンバース伯爵様がご用意してくださるそうで、多分セレディア様と一緒に来ると思うんですが……あ、来たみたいです」

メロディが周囲を見回すと、こちらに近づく三頭の馬と三人の人間の姿が目に映った。

赤い髪の男性が馬に乗りながら、無人の馬の手綱も握っている。黒髪をポニーテールにした男性が、銀髪の少女を前に座らせて馬を歩かせていた。

銀髪の少女はセレディア、馬に同乗しているのは護衛のセブレ・パプフィントスだろう。

「……ということは、あの赤い髪の人って……レクトさん？」

セレディアに同行しているのはセブレとレクトだった。馬から下ろしてもらうとセレディアはそっとカーテシーをしてみせる。今日の彼女は外出用の動きやすいドレスに身を包んでいた。

「おはようございます、皆様。シエスティーナ様、今日はよろしくお願いします」

「おはよう、セレディア嬢」

セレディアがシエスティーナと挨拶を交わしている間、メロディはレクトと話をした。

「レクトさん、おはようございます」

「ああ、おはようメ、セシリア」

「今日はどうしてレクトさんが？　セレディア様の護衛ですか？」

「いや、君の護衛だ」

「え？　私の？　私、平民ですけど」

（本当は伯爵令嬢だけどな……）

レクトだけが知っている真実であるが、今回は特に関係がない。

「もし何か危険な事が起きた時、平民だから安全ということはないだろう。伯爵閣下のご命令だ。気になるかもしれないが今日は受け入れてほしい」

メロディは目をパチクリさせて驚いた。馬を貸してもらえるだけでなく、まさかレクトを自分の護衛として寄越してくるとは。学園の後見とはいえ厚遇が過ぎるのではないだろうか。

とはいえ、断るのもそれはそれで角が立つ。というか、断る理由も特にない。

「分かりました。今日はよろしくお願いします、レクトさん」

「ああ、任せてくれ」

ニコリと微笑むメロディに、レクトは頬をほんのり赤く染めて鷹揚に頷いた。

「さて、こいつが今日君に預ける馬だ。名前はレリクオールという」

メロディに渡されたのはごくごく一般的な茶色の毛並みの牝馬《ひんば》だった。

「レリクオールは気性のおとなしい馬だから扱いやすいと思う」

「分かりました。レリクオール、私はセシリアよ。今日は一緒に楽しみましょうね」

「ブルルルッ」

優しく額を撫でてやると、レリクオールは目を細めてメロディを受け入れるのだった。

どうやら問題ないようだと、レクトは内心で安堵した。そして、やはり臨時講師の件を兄に頼まなくてよかったと改めて思う。

（臨時講師になっていたら今日のメロディの護衛はさせてもらえなかっただろうからな）

今日は正式にメロディの護衛をレギンバース伯爵から言いつかっている。接点を持つためだけに臨時講師をしているより、少しでもメロディを守るために行動出来る方が余程有意義だ。

レクトはそう自分を納得させながら、その視線はチラリとセレディアの方へ向いた。シエスティーナと楽しそうに話す姿は可憐な少女にしか見えない。

しかし、その実態はメロディの居場所、レギンバース伯爵の実の娘という立場を奪い取った謎の存在である。そしてその事実を知るのはレクトだけ。

レクトは彼女の正体を暴き、メロディの居場所を取り戻してやる！　などと九月の頭頃に意気込んでいた。

（だが、今のところ何もできていない。そもそもどうやって彼女の秘密を暴いたらいいのやら）

残念ながらレクトは計略に優れる人間ではなかった。事実を知っている以上、メロディのためにもセレディアをどうにかしたいとは思っているが、今のところ何の成果も得られてはいない。

（いっそ閣下に相談をして……いや、なぜそう思ったか聞かれたらメロディのことを伝えなければならなくなる。そうなったら彼女の正体がばれてメイドができなく……ぐうぅ）

セレディアの秘密を暴くには、彼女になるべく近い位置に立つ必要がある。それ即ち護衛騎士なのだが、残念ながらその立場はセブレのものだ。セレディアを発見し、保護したのも彼であるからそれは自然な流れだった。

今からレクトが護衛騎士になるにはセブレを追い落とす必要がある。しかし、昔なじみの同僚にそんな真似ができるはずもなく、レクトの気持ちはずっと空回りしていた。

「一体どうしたら……」

「……レリクオール、レクトさんはさっきからどうしたのかしら？」

「ブルルルン？」

腕を組んでうんうんと悩むレクトの姿を、メロディとレリクオールは揃って首を傾げながら見つめるのであった。

◆◆◆

全員が揃ったので早速メロディ達は学園を出立することになった。

クリストファーとアンネマリー、シエスティーナとセレディア、そしてメロディとルシアナのペアで馬に乗り、王都を出て街道に入る。

「目的地の王家直轄牧場は王都から北西方向、馬で行けば一時間といったところだ」

クリストファーが先導し、メロディ達はゆっくりとした足取りで目的地を目指した。護衛のレクトやリュークは、最後尾のメロディ達から少し離れた位置を維持し追い掛ける形だ。他にも王太子と皇女を守る護衛はいるようで、視界に入らない範囲で周辺を警戒しているらしい。

自国の王太子と隣国の皇女の護衛だ。本来であれば周囲を騎士で固めたいところだが本人たっての希望ゆえ、少数精鋭で貴人の護衛に当たっていた。

幸い、王都の外も静かなもので魔物の気配など全くない。長閑《のどか》な風景が続いていく。

当初は王都へ向かう人々とすれ違うこともあったが、牧場に向かうため街道の横道に入ると人と遭遇することもなくなっていった。

王都を発って五十分くらい経過しただろうか。メロディ達の目に牧場の影が映り始める。まだ少し小さいが、牧場の柵の中で駆け回る馬の影が見える気がした。

やがて牧場の建物もはっきり見えた頃、メロディ達は牧場へ続く一本道に辿り着いた。距離にして五百メートルくらいだろうか。他の馬や馬車が出入りする前提だろうか、三頭の馬が並走しても全く邪魔にならない広い道だ。

障害物のない、まっすぐな広い一本道。とても自由に走れそうな道路を前に、シエスティーナは我慢することができなかった。

「セシリア嬢。少し、勝負をしないかい」

「勝負ですか？」

シエスティーナがシェルタンテを止めたので、メロディも隣に並びレリクオールに止まるよう合図を送る。

「広くてなだらかなこの道は速さを競うのにもってこいだと思わないかい？　この道ならシェルタンテを全力で走らせても全く問題ない。たまには気兼ねなく走らせてやりたいんだ」

「それは分かりますが、なぜ私とシエスティーナ様が競争をするのですか？」

「だってそっちの方が面白いじゃないか！　ダンスでは君に後れを取ったけど、馬の扱いはダンス以上に自信があるんだ。どうかなセシリア嬢、私の挑戦を受けてくれるかい？」

（私は別に構わないのだけど、レリクオールはしたいのかしら、競争なんて）

レクト曰く、レリクオールは大人しくて気性の穏やかな馬らしいのでシエスティーナが望む競争には不向きなのではないだろうか。メロディはレリクオールの首を撫でながら尋ねた。

「レリクオール、全力で走りたい？」

「ブルルルルルッ！」

レリクオールは隣に佇む白い毛並みの牡馬をジッと見つめていた。まるで睨むように。

「……そう、分かったわ。シエスティーナ様、この勝負、お受けします」

「ありがとう！　というわけでクリストファー殿下、申し訳ないが審判をお願いできるかな」

「はあ、今日のシエスティーナ殿下は自由だな。アンネマリー、俺はゴール地点で審判をするから君はここでスタートの合図を出してもらえるかな」

「畏まりましたわ、殿下」

アンネマリーはクリストファーの馬を下り、メロディ達の馬から少し離れた位置に立った。クリストファーは馬を走らせ、牧場前の入り口辺りに馬を止めた。そして、準備が出来たのか馬に乗ったままサッと手を上げた。

「……向こうの準備はできたようですね。お二方、準備はよろしくて？」

「はい、大丈夫です。ルシアナ様、レリクオールがかっ飛ばしますから私にしっかりしがみついていてくださいね」

「任せて！　もう一生離れないくらいギュッと抱き着いてみせるわ！」

「セレディア嬢、向こうは二人乗りで行くようなので申し訳ないがあなたにもこのまま乗っていてほしいのですが、よろしいでしょうか」

「は、はい！　どうか勝ってくださいませ、シエスティーナ様」

「お任せを。セレディア嬢は振り落とされないよう、私にしっかりつかまっていてください」

メロディとシエスティーナは馬同士がぶつからないよう距離を空け、アンネマリーが地面に引いたスタートラインの前に立った。

手綱を持ち、後方に横座りしている少女達がそれぞれの騎手の腰にしっかりと抱き着く。

後方から護衛達に見守られながら、小さなレースが始まろうとしていた。

「……スリーカウントで出走してください……スリー、ツー、ワン、ゴー！」

持っていた手ぬぐいを下からバッと振り上げると、二頭の馬は一斉に飛び出した。

土埃を上げて茶色の牝馬と白色の牡馬が一直線に駆け抜けていく。

「やっほー！　やったれセシリアさん！　行け行けレリクオール！」

「ひひゃああああああああああああっ！　お、落ちるうううううう!?」

レースに集中するメロディとシエスティーナの声はなく、レースを楽しむルシアナと馬の爆速に恐れ戦くセレディアの悲鳴が過ぎ去った後方から遅れてアンネマリーの耳に届けられた。

（可哀想に、セレディア様。楽しそうだわ、ルシアナちゃん）

馬にとって五百メートルなどあっという間。勝負はすぐに決着した。

燕尾服型の乗馬服に身を包んだ騎手が勢いよく腕を上げたのだ。走り終えた白馬は、勢いのままに両足を持ち上げ大きく嘶くのであった。

「勝者、シエスティーナ！」

乗馬デート　思い出のプラームル

シエスティーナとメロディの乗馬勝負は、シエスティーナの勝利に終わった。腕を振り上げて喜ぶシエスティーナ。その姿は服装も相まって少女というよりは勝負を楽しむ少年のようだ。

牧場に入ると馬車も通るためか広いスペースが用意されていた。競争は終わったが全速力で走った馬は自動車同様急には止まれない。

シエスティーナとメロディは馬を徐々に速度を緩めるべく、並走しながら広場を周回していた。

「負けてしまいました。おめでとうございます、シエスティーナ様」

メロディは勝利を収めたシエスティーナを素直に賞賛した。彼女も全力だったのか、額から汗が流れている。シエスティーナも同様で、汗を流しながら嬉しそうに微笑んだ。

「ありがとう。でもかなりギリギリだったね。乗馬も得意なつもりだったけど、君には恐れ入る」

「頭一つ分は差がありましたよ。レリクオールが頑張ってくれたんです」

「初めて乗った馬でその程度しか差を付けられないのだから困ったものだ。何でもそつなく熟す」

「そうなんです、シエスティーナ様。セシリアさんは本当に何でもできちゃうんです！」

会話に割って入ったルシアナが楽しそうにセシリアを自慢しだした。まるで「私のセシリア凄いでしょ！」とでも言いたげで、シエスティーナは目をパチクリさせてしまう。

「ルシアナ嬢もこんなことに巻き込んでしまってすまなかったね」

「いいえ、私はとっても楽しかったのでお気になさらないでください。あんなに速く走るのは初めてでした！」

（もっと速く空を飛んだことはあるけど！）

ルトルバーグ領へ向かう途中、メロディの魔法で空を飛んで屋敷に向かった時の方が速度自体は速かったが馬上と空では見える風景も感じる空気もやはり違うのだろう。ルシアナは上機嫌だ。

楽しそうにするルシアナにホッと安堵するシエスティーナだったが、自分の腰に回された腕の感触に気付き、自分の後ろにも同乗者がいたことを今更ながらに思い出した。

「セ、セレディア嬢は大丈夫だったろうか」

「あ、あうう……大丈夫、ですぅ」

シエスティーナの後ろでセレディアは完全に目を回していた。どうにかシエスティーナの腰にしがみついていたので馬から転げ落ちるような事故は起きなかったが、既に限界は近いようだ。

「す、すまない、セレディア嬢。体が弱いと聞いていたのに無理をさせてしまった」

「はうぅ、本当に大丈夫ですので、もう少しだけこのままでお願い、します……」

セレディアはシエスティーナの腰に腕を回したまま、彼女の背中に体を預けた。柔らかくも温かい少女の温もりがシエスティーナの背中に広がる……とはいえ、女の子同士なので特に変な雰囲気にはならないのだが。

（くくく、割と本気で気分が悪いが、レアの記憶によれば攻略対象者とのスキンシップは好感度アップに効果的らしいからな……しっかり有効活用……させてもらうぞ！）

これで相手がシュレーディンであればもう少しアピールになったのかもしれないが、シエスティーナは同性の少女を気遣うのみであった。

しかし、いまいち男女の機微について詳しくないセレディアの中身であるティンダロスは、マニュアル的な攻略方法しか分からないのである。攻略の道は遠い。

それから少ししてようやくセレディアも気分が回復してきたのかシエスティーナから身体を起こすことができるようになった。

「ありがとうございます、シエスティーナ様。ようやく楽になりました」

「それはよかった。本当に巻き込んでしまって申し訳ない。これでは楽しめなかっただろう」

「いいえ、道中にしろ競争にしろシエスティーナ様とご一緒できて私も嬉しいです」

現状、セレディアはシエスティーナを攻略の本命と考えていた。これは単に消去法である。

王太子クリストファーはセレディアの見立てではかなりハードルが高いと判断された。身分のこともあるが何よりライバルがいる点が大きい。もちろんアンネマリーのことである。

舞踏会での二人の雰囲気は既に熟年夫婦を思わせる息の合いっぷりで、セレディアに付け入る隙が見つからなかったのだ。

次にマクスウェルだが、単純に二年生という学年の差が接点を少なくしていた。レアの記憶ではもう少し遭遇する機会があったはずだが、今のところ懇親会以降御目にかかっていない。

続いてレクト、ビュークに関してもやはりセレディアは遭遇する機会に恵まれなかった。レクトはレギンバース伯爵の騎士なのだからもう少し会う機会があってもよいものだが、今年から学園が全寮制となったことで伯爵家に帰る機会が少なくなり、ましてや彼は自身の護衛騎士でもないので意外なほどに接点をつくることができなかった。

ビュークに関しては論外である。レアの記憶ではビュークは魔王ヴァナルガンドの操り人形であり、所在を知る方法がない。どこにいるのか分からないのでは攻略のしようもなかった。

そして最後に辿り着いたのがシエスティーナである。本来はシュレーディンのはずであるが、立ち位置的に彼女を攻略することこそがヒロインへの最適解であろう。セレディアはそう考えた。

だから、その時が来たらチャンスを逃すわけにはいかないのだ。

「そう言ってもらえると助かるよ。……『どうだったかな、初めて馬に乗った感想は』」

（きたあああああああ！）

セレディアは内心で喝采した。レアの記憶通り、シエスティーナがシュレーディンが告げるはずの攻略ポイントのセリフを口にしたからである。多少の違いはあるものの、やはりレアから得た未来の記憶に間違いはないらしい。

セレディアはここぞとばかりに儚げな笑顔を浮かべて答えた。

「……はい。何だか不思議です。いつもより少し高いところから見ているだけなのに、別の世界を見ているみたいで……ずっと見ていたくなります」

セレディアはシエスティーナに笑顔を見せると、ゆっくりと周囲を見回した。実際、馬上から見る牧場の景色は広々としていてとても清々しい。状況にもマッチしたセリフであった。

これが男性のシュレーディンであれば、もしかするとゲームと同じく思わずドキリと胸を弾ませて『では、折角だからもう少し堪能させてやろう』などと言い返すのかもしれないが、生憎セレディアの前にいたのはイケメン美少女シエスティーナであった。

「そうか。楽しんでもらえて嬉しいよ。では、折角だからもう少し堪能させてあげよう」

「え？　きゃあああっ！」

シエスティーナはようやく落ち着いたはずの愛馬シェルタンテを操り、牧場の馬が自由に過ごす野原へ駆け出した。

「さあ、またしっかり掴まってくれ。少し速度を出すよ」

「はいいいいいいいっ！」

「それではセシリア嬢、ルシアナ嬢、しばし失礼するよ」

「はい。行ってらっしゃいませ」

「セレディア様、楽しんでいらして！」

手を振るメロディ達に見送られ、シエスティーナとセレディアの後ろ姿は小さくなっていった。

「ふふふ、さすがにシェルタンテは男の子ね。元気いっぱいだわ。レリクオールは女の子ですもの。私達はお淑やかに行きましょうね」

「ブルルルッ」

「あら、女の子だって少しくらいお転婆でも構わないと思うわよ。ねえ、レリクオール」

「ブルルルルッ！」

「まあ、レリクオール。どっちなの？　もう、ルシアナ様ったら」

メロディとルシアナはレリクールをゆっくり歩かせながら笑い合うのだった。

そんなメロディ達の一連のやりとりを見ていたカップルが一組。クリストファーとアンネマリーである。馬上の二人は困惑した様子で今の光景について話し合っていた。

「なあ、あれ、どう思う？」

「悩みどころだわ……乗馬デートに誘った相手はセシリアさん。だけど、今のセレディア様とのやりとり。あれは間違いなくヒロインちゃんとシュレーディンの乗馬デートでのセリフよ」

「やっぱりシエスティーナはシュレーディンの代役ってことになるのかな」

「だったらイベントの行動を一貫してほしいわ。ちゃんと誘った相手とイベントを起こしてよ。これじゃあ、どっちがヒロイン扱いなのか分からないじゃない」

「結局、二人とも要注意のままってことだな。めんどくせえ」

突然乗馬の競争などという乗馬デートイベントにはない展開が起こり、シエスティーナはてっきりこのままセシリアをヒロイン扱いするのかと思いきや、セリフのやりとりはセレディアと行うという「どっちやねん！」な状況に陥ってしまうとは……歯がゆくてしょうがない。

アンネマリー達は誰にも気付かれないようこっそりため息をつくのであった。

◆◆◆

「すまない、セレディア嬢。少々はしゃぎすぎたようだ」

「いいえ、私は大丈夫です、シエスティーナ様……うっぷ」

「ごめん、本当にごめん」

馬達を自由に走らせる放牧場の一角に敷物をしいて、メロディ達は昼食を取ることになった。自由にシェルタンテを乗り回していたシエスティーナが帰ってくると、同乗していたセレディアは完全に馬酔い（?）していた。しばらくシエスティーナに寄りかかっていたが、どうにか回復できたようだ。

「ありがとうございました、シエスティーナ様。もう大丈夫です」

「いや、本当にすまなかったね」

「とりあえず皆さんお茶でも飲んで気分を変えましょう」

アンネマリーがそう告げると、侍女と思われる数名の女性がメロディ達にお茶を配り始めた。本日の昼食は王城で用意される手はずになっており、どうやら護衛だけでなく世話をする使用人も今回の遠乗りに同行していたようだ。

（乗馬に夢中でいるだなんて全然気付かなかった。これが王城の侍女……！）

メロディがキラキラした瞳で侍女を見つめる。それはもう羨望のまなざし。慣れない野外であっても嫋《たお》やかに、それでいてそつなく給仕を熟す姿の何と美しいことか。

最近、メイドの仕事が減る一方だったのでメロディとしては大変眼福な光景であった。と同時に羨ましくもある。

（私も給仕の輪に加わりたかったな……）

正直、乗馬をするよりも余程そちらに交ざりたかった、なんてよくない考えねとメロディは一人で勝手に反省していた。

昼食はやはり野外を想定してかサンドイッチなどが中心であった。おかずもフォークで刺して食べられる物が中心で、葉野菜はなくにんじんのような一口サイズにカットされた野菜が並べられた。

あら美味しい、などとまずは食事の感想が交わされる。

「たまにはこうやって地面に座りながら手づかみでする食事も面白いですね」

シエスティーナが楽しそうにサンドイッチを頬張った。

「酸っぱっ！」

「どうしました、ルシアナ様？」

「むー！　チェリーかと思って食べたらもの凄く酸っぱかったの。何これ」

「チェリー……ああ、これはプラームルですね。チェリーによく似ているんですが別物です。もの凄く酸っぱいんですよね、これ」

プラームルと呼ばれる果実は野菜と一緒に並べられていた。見た目はチェリーによく似ている。

「時々口直し用に入っているんですのよね、プラームル。わたくしは苦手ですけれど」

「この酸っぱさなら苦手で当然です」

口をすぼめて文句を言うルシアナ。梅干しを食べた時のような顔をしている。メロディは思わず笑ってしまった。

「ああ、セシリアさん。笑わなくたっていいじゃない！」

「あ、いえ、ちょっと思い出してしまって。私の亡くなった母もプラームルは苦手だったんです」

「亡くなったお母様が？」

「はい。でも母は『酸っぱい物は健康にいいのよ』と言って今のルシアナ様みたいにつらそうに口をすぼめながらよく食べていたんです。思い出したら可笑しくって。ふふふ」

「……嫌いなら食べなければいいのに。変わった方ですね」

心底不思議そうにセレディアは首を傾げたが、メロディも同じ意見だったので笑顔で首肯した。

（こうやって友人にお母さんの話ができるのって何だか素敵ね）

ある程度当たり障りのない話題を終えると、やはり先程の競争の話に移った。

「突然競争をしようなどと言うので驚きましたよ、シエスティーナ殿下」

「審判をしていただきありがとうございます、クリストファー殿下。セシリア嬢にはずっと負けっぱなしだったのでつい得意分野で挑んでみたくなり……皆さんにはご迷惑をおかけした」

「負けっぱなし、ですか……？」

何のことだろう、とメロディは首を傾げるがシエスティーナは苦笑いでこちらを見つめた。

「舞踏会のダンスもそうだが、先日の抜き打ち試験でも君に完敗だった。あれでも私は一位を目指していたんだがね。まさか満点を取られるとは」

「確かに、セシリアさんがいなかったらクリストファー様と同点ではありますが一位でしたものね。私もまさか満点を取る方が現れるとは思いもしませんでした」

アンネマリーの言葉に皆がウンウンと頷く。メロディは困ったように周囲を見回した。

「あれは、たまたまというか」

「謙遜は必要ないよ。現実として私は君に二度も負けた。ダンスも試験も完敗さ。とはいえ私は負けず嫌いでね、ダンスも勉強もいずれはリベンジするつもりだが、それまでに一回くらいは何か別のことで君と勝負をしてみたいと思っていたのさ」

「それが今日の乗馬だったんですか？」

「ああ。だが私は愛馬、君は今日出会ったばかりの馬というハンデ付きでありながら結果は辛勝だ。先程も言ったが、君の優秀さには恐れ入るよ。世間は広いね、本当に」

シエスティーナは参ったと言いたげに首を左右に振っていたが、内心ではやはり悔しかった。

（本当は舞踏会でも学園でも優秀さを見せつけて存在感をアピールするつもりだったんだが、まさかそのどちらも目の前の、それも平民の少女に上回られてしまうとはね）

王国を内側から切り崩す帝国の侵攻作戦は、最も警戒すべきシエスティーナが囮となって注目を集め、その隙に情報戦を行うというものだった。だが、始まったばかりとはいえ今のところこの作戦は思ったほどの成果を上げていない。

中途半端な二学期からの留学生としてやってきてみれば、自分以外にも二名の編入生が現れ、クラスの成績では一位を取れず、せっかく帝国からやってきた男装の皇女というインパクトも、王都を魔物が襲撃したという刺激的な事件のせいで、当初予想していたよりもシエスティーナの王国内での存在感は薄いと言わざるを得なかった。

(まあ、まだ留学して一週間なのだからまだまだ挽回の機会はあるだろうけど……負けっぱなしはやっぱり悔しいからね)

辛勝とはいえセシリアに勝てたという事実は精神的に嬉しいものがあった。

(何をしても勝てない相手……どうしても嫌みたらしいシュレーディンを思い出してしまう。そうなったら私は彼女のことを嫌いになってしまうかもしれない。できればそうはなりたくない)

セシリアは心優しい少女だ。シュレーディンとは違う。そう思っても、何をやっても勝てない相手ともなれば、幼い頃からの嫌な記憶と結びついてしまう。別人だと分かっていても感情はそう簡単に制御できるものではない。

そうならなくてよかったと、笑顔のセシリアを見つめながらシエスティーナは思うのだった。

◆◆◆

「今日は楽しかったです。ありがとうございました」

「私もさ。また機会があれば皆で行こう」

「ええ、ぜひ」

本日の遠乗りは恙なく終わった。日が暮れ始め、メロディ達に見送られてシエスティーナ、クリストファー、アンネマリーの三人が王城の護衛とともに帰って行った。

「レクトすまない。私はお嬢様を部屋へお連れしてくるから」

「ああ、馬のことは任せてくれ」

セレブがセレディアを寮へ送っていった。この場に残ったのはメロディとルシアナ、リュークとレクトの四人だけである。

「レクトさん、レリクオールをありがとうございました。伯爵様にも機会があればその旨お伝えください。レリクオール、今日はありがとう。とても楽しかったわ」

一日限りの相棒に礼を告げ、メロディはレリクオールの額をそっと撫でる。気持ちよさそうな嘶きが聞こえ、メロディとレクトは微笑ましそうに口元を緩めた。

「では、レリクオールは連れて帰るよ」

「はい、よろしくお願いします。今日はずっと一緒だったのに全然お話できませんでしたね」

「護衛だからな。何事もなくてよかった。閣下にも問題ないと報告でき……セシリア、少し顔色が悪くないか」

「え、そうですか？」

少し訝しそうにレクトに見下ろされ、メロディは思わず頬に手を触れた。あまり自覚がないのか不思議そうな表情だ。

「遠乗りで思ったより疲労が溜まっているのかもしれない。今日は早めに休んだ方がいい」

「え？　セシリアさん、調子が悪いの？」

レクトの声が聞こえたのかルシアナまでやってきてメロディの顔色を窺った。

「うーん、確かにいつもより顔色が悪いかも？　……今日はもうそのまま帰ってしっかり休んだ方がいいと思うわ」

「え？」

それは言外に『今日のメイド業務はお休み』と言われるに等しかった。

「お嬢様、私は大丈夫ですから」

「ヘタレ騎士に先を越されたのは癪だけど、確かに少し顔色が悪いかもしれないわね。今朝も少し寝不足だって言ってたし、今日は早めに休んだ方がいいと思うわ」

「そ、そんなぁ……分かりました」

メロディの健康を気遣うルシアナは聞く耳持ちそうになかった。メロディは仕方なく受け入れる。

「さあ、私達も帰りましょう、セシリアさん」

「はい。レクトさん、今日はありがとうございました」

レクトに軽く会釈するとメロディ達はそれぞれの寮へ帰っていった。メロディの後ろ姿を見送りながらレクトは思う。

（大丈夫だろうか。何だかいつもより背中がさらに小さくなって見える……）

少し心配になるレクトだった。

リュークの護衛があるので途中で別れ、メロディは一人平民寮へ帰ってきた。いつもならこの後メロディに戻ってルシアナの部屋へ転移するところだが、今日は休むよう指示されたのでそれもできない。

実際、一日中乗馬をしていたので体力的に疲労を感じている。メロディは早めにお風呂に入り、さっさとベッドに入って就寝するのだった。

（………なかなか眠れないなぁ）

最終的にメロディの意識が落ちたのは、結局真夜中をしばらく過ぎてからであった。

エンジェル・エマージェンシー

シャッシャッシャッシャッとキャンバスの上を走る鉛筆の音が室内に響く。部屋の主である少女、キャロル・ミスイードは真剣な表情で被写体の下書きを描いていた。

九月二十一日。シエスティーナとの乗馬デートの翌日。

今日から王立学園二学期が二週目に入った。その夕刻、以前約束した絵のモデルになるというキャロルとの約束を守るため、メロディはキャロルの部屋でもうかれこれ一時間、椅子に座ってじっとしていた。

キャロルは集中しているのか特に会話はなく、静かな時間が過ぎていく。メロディはそんなキャロルの様子を眺めながら考える。

（キャロルさん、やっぱり絵を描くことが好きなのね。私が絵のモデルだなんてちょっと恥ずかしいけど、キャロルさんが美術の選択授業を受ける気になってくれるなら安いものだわ）

一時間、無言のまま続くあの集中力は、絵を描くことが好きだからこそだろう。好きこそものの上手なれとはまさにキャロルのような人物に相応しいとメロディは思った。

そして同時に思うのだ。

（……いいなぁ）

好きなことに情熱を注げる環境が羨ましい。この一週間、自分で志願したこととはいえメイドのお仕事が全然できていないこの環境は精神的にかなりきついのだ。

（まさかこのお仕事がこんなに大変だなんて思いもしなかった……完全に想定外）

メロディの口から思わずため息が零れた。

「……一旦休憩。セシリア、集中力が切れてる」

「え？　あ、はい。すみません」

キャロルに指摘され、そういえば雑念が生じていたとメロディは反省した。メロディが力を抜くと、キャロルも立ち上がり大きく背伸びをしてみせる。

「下書きは順調ですか？」

「絶不調」

「へぇ、そうなんで……え？　絶不調？」

あまりにサラッと言うものだからうっかり聞き流してしまうところだった。どうやら下書きは上手くいっていないらしい。

「何か問題が？」

「問題というか、見えてこないのよね……セシリアという人間が」

「どういう意味でしょう？」

メロディは立ち上がり、キャンバスを見せてもらった。そこには十分に美しく描かれた、椅子に腰掛ける少女の鉛筆画が描かれていた。しかし……。

「まるで私がこの前描いた風景画みたいな雰囲気ですね」

つまり、この下書きからは描き手の感情が全く見えてこないという意味だ。そしてそれはキャロルも同意見だったらしい。頷いてキャンバスを睨んでいた。

「そうなのよ。まるで透明人間でも描いてるみたい。もしくは精巧に作られた人形をモデルにしているような……さっきからずっと見えてこないのよね、あなたという人物像が」

「見えない？　私はここにいますけど……」

「そうなんだけど、あなたを描いていると酷い違和感に襲われるのよ……まるで、セシリアなんて人間は最初からいなかったって錯覚しそうになる。こんなこと初めてだわ」

メロディはドキリと胸が震えた。それはあながち間違ってはいないからだ。セシリア・マクマーデンなどという人間は本来存在しない。架空の人物なのだ。

（キャロルさんの勘が凄過ぎる。優れた絵描きさんはその目で見ただけで対象の内面までのぞき見ることができる、なんて話をどこかで聞いた気がするけどキャロルさんはまさにそれね）

この鋭い感性だけでも素晴らしい才能と言えるだろう。メロディとしてはぜひともキャロルには美術の選択授業を受けて能力を伸ばしてほしいと考えるのだが……。

「キャロルさん、私が絵のモデルをすれば美術の選択授業を受けるか考えてもらえるんですよね？」

「え？　ああ、うん、考えるよ」

「もしかして、考えるだけで選択授業を受講するつもりはなかったりします？」

うっ、とキャロルは口を噤んだ。どうやら図星を指されたらしい。頬をポリポリかきながらメロディからそっと視線を逸らした。

「どうして受講されないんですか。教室には何度も来られているのに。興味はあるのでしょう？」

メロディにはそれが不思議で仕方がなかった。もし選択授業に『メイド学』なんて物があればメロディなら即行で受講を申請しているところだ。キャロルはなぜ躊躇っているのだろうか。

メロディはキャロルを静かにじっと見つめた。そして彼女は根負けしたのか悩ましげに頭をかくと理由を話してくれたのだ。

「私の父は売れない画家だったの。まあ、ぶっちゃけ貧乏だったわね。幼い頃はそんなこと知らなくて、父から絵の描き方を教わったりして結構楽しい毎日を過ごしていたわ。でも、それは母の支えがあってこそ。我が家の生活費は母が働いて不足を補っていたのよ。でも無理が祟って病気になってしまったの。そして父は、家族のために画家ではいられなくなった」

キャロルの父親は売れない絵を描く仕事をやめて働き始めたそうだ。そのおかげもあって母親の病気も快癒し生活も楽になった。だがその結果、父親は画家の夢を諦めてしまう。

一歩間違えば家族を失っていたかもしれない。そう考えるともう筆を持つことができなくなってしまったのだとか。

今では普通に生活するには十分な貯蓄があるのだから、休みの日などは絵を描いたって何の問題もないはずなのだが、父親はすっかり絵を描かなくなってしまったそうだ。

「最初から画家を専業にしようなんて考えたのが失敗だったのよ。ちゃんと働いて、絵は趣味の範疇で留めておけば今でも描いていたかもしれない。母は時々父が描いた絵を見つめては懐かしそうにしているわ。本当はまた描いてほしいって思ってるんでしょうね」

キャロルは少し寂しそうに苦笑した。それはきっと彼女もまた母親と同じ気持ちだからだろう。

「まあ、そういうわけで、私は父から学んだってわけ。反面教師って奴？　絵を描くことは好きよ。だけど、趣味以上に深く学ぶつもりはないの。うっかり欲が出て『やっぱり専業の画家になる！』なんて思い立ったら大変だもの。だって私はあの人の娘だからね」

反面教師などと言っているが、キャロルが父親を慕っていることは間違いないようだ。

「だからこの前、王城に勤めるって話をしていたんですね」

「王城勤務に絞る必要はないんだけどお給金はいいって聞くからさ。今のところ一応の目標ではあるんだけど、如何せん私の成績ではちょっとねぇ」

悔しそうにため息を漏らすキャロル。本人としては真面目に勉強しているようだが、思ったような成績には至っていない。抜き打ち試験のクラス順位も三十三人中二十七位だった。

「だから選択授業では王城勤めに役立ちそうなものを選ぶつもり。今更だけどごめん、騙すような形になっちゃったわね」

「それは、いいんです。私もあくまで美術の先生に頼まれただけですから。少しもったいないとは思いますけど、どの選択授業を選ぶかはキャロルさんの自由です」

「……ありがとう、セシリア」

眉尻を下げて礼を告げるキャロルにメロディはニコリと微笑んだ。キャロルにはしっかりした理由があって美術の授業を受けないと決めたのだ。メロディがとやかく言う問題ではない。

（教室の前をうろついてしまうあたり、まだ未練がありそうだけど無理に指摘するのは違うよね）

メロディはキャロルの意思を尊重することに決めた。

「セシリアは選択授業どうするつもりなの？」

「私ですか？　一応『応用魔法学』は正式に受講するつもりです。他は今のところルシアナ様の仮受講に同行させていただいていますね」

「ホントにあなた達、仲が良いのね」

少し呆れたふうに呟くキャロルに、メロディは苦笑を返す。そもそもメロディはルシアナを護衛するために学園に編入してきたので、別々の選択授業を受けていては意味がないのである。

実は、ルシアナからは「メロディが受けたい授業を受ければいい」と言われているが、自身の目的を考えればルシアナと同じ選択授業を受けるべきだとメロディは考えている。

幸い、『応用魔法学』はルシアナも正式受講するつもりなので問題はないようだが。

「『応用魔法学』か。セシリアって魔法も使えるのね」

「はい。先生方が言うにはとても優秀だそうです」

「ホントに完璧超人過ぎるわ、セシリア」

「ただ、魔法に関しては独学だったので一般的な基準が分からなくて。『応用魔法学』でその辺りの線引きをしっかり学びたいと思っているんです」

「それで？　一回は受けたんでしょう。何か学べた？」

キャロルが尋ねると、メロディは少し遠い目をして答えた。

「……複数属性の同時発動が高難易度魔法であることを知ることができました」

「……できるんだ」

「……はい」

「そっか。できちゃうんだ」

「「……」」

室内にしばし沈黙が流れる。ちょっと気まずい雰囲気だったが、キャロルの笑い声が場の空気をカラッと変えてくれた。

「ぷぷ、くくく、ふははは、あはははははっ！　もう、セシリア、あんた何でも出来過ぎ！　そこまで行くと逆にウケるんですけど！　あはははははははは！」

「わ、笑わないでくださいよ、キャロルさん！」

「無理無理！　これが笑わずにいられますかって！」

我慢できなかったのかしばらくキャロルの笑い声が続く。メロディが顔を真っ赤にして止めようとするが全く効果はなかった。そして、ようやく落ち着いたのかキャロルは笑い終えて瞳の端の涙を拭った。相当ツボにハマってしまったらしい。

「あー、面白かった。こんなに笑ったのはいつぶりかしら」

「もう酷いです、キャロルさん。私だって色々苦労してるんですよ」

「ごめんごめん。でもセシリアが私とはほとんど逆のことで悩んでるのが可笑しくって。そんなに何でもできたら引く手数多じゃない。将来の就職先でうんと悩みそうだわ」

「そんなことありません。私の将来の夢はもうしっかりきっかり決まっているので」

「へぇ……それって何なの？」

「秘密です！」

メロディは少し拗ねるようにキャロルから顔を背けた。そんな子供っぽい姿に心が癒される。どんなに凄い成績を叩き出そうが、目の前の少女はやはりどこにでもいる普通の女の子なのだと実感できるから。

（……その割に、セシリアには色がないのよね。これだけ多才なのに。謎だわ）

不思議な子だと、キャロルは目を凝らした。この透明な少女の色を絶対に見つけてやるのだという気持ち——創作意欲が湧き上がってくる。

「さて、それじゃあモデルを再開してもらっていいかな、セシリア」

どうやら休憩時間は終わりらしい。キャロルの気持ちが切り替わったことを察したメロディは、拗ねていた態度を改めて彼女に向き直った。

「はい。今夜はキャロルさんのために時間を空けてあるのでいくらでもどうぞ」

（お嬢様にモデルの件を伝えたら今日は来なくていいって言われたのよね……）

それはメロディに対する優しさなのだろうが、メロディの本音としてはメイドのお仕事がしたいところなので、本当はモデルが終わったら働きたかった。

（……ああ、メイドをやりたいなぁ）

「セシリア、集中して」

「あ、はい、ごめんなさい」

（いけない。気持ちを切り替えなくちゃ）

メロディはこの後、二時間ほどモデルを務めた。

「うーん、やっぱり何か違う気がするなぁ。何がダメなんだろう？」

「お役に立てなくてすみません」

あれから何度も下書きをしてみたが、キャロルは納得のいく物が描けなかった。彼女曰く、透明人間のような絵にしかならないのだとか。

（これって、私のせいだよね多分。でも、セシリア状態の私って透明人間なの……？　どういう表現なんだろう。ちょっと不思議）

「今日はありがとね。おやすみ、セシリア」

「お休みなさい、キャロルさん」

メロディが去り、一人になったキャロルはキャンバスに描かれたメロディの絵を見つめた。

（納得はできないけど、おそらく何度描いても同じ絵になりそう。つまり、これが今のセシリアってこと……なんだけど、この違和感は何なのかしら）

セシリア・マクマーデン。天使のように神秘的な美しさを持つ少女。容姿が優れているだけでなく、勉強もできてダンスも上手いらしい。心優しい性格でキャロルが見た限り裏表はなさそう。絵心に多少難はあるものの持っている技術は素晴らしいの一言。さっき雑談をしたところ乗馬も普通にできるのだとか……キャロルは思う。これはどこの完璧超人だろうか。

（モデルとしては破格のスペック。だというのに、私は彼女に満足できない。その理由は……おそらく、今の彼女が色彩を失っているから）

透明人間を描いているよう。そう評した自分の感覚はきっと間違っていない。本当は、セシリアはもっと魅力的な少女だと思う。今の彼女は何かが欠落している。だから、いくら描いても納得できないのだろう。

（セシリアは一体、何が足りてないんだろう。透明と感じるってことは、彼女の全てが失われてしまったも同然ということ。もしかすると今のセシリアは空っぽなのかもしれない）

キャロルは思わず生唾を呑んだ。セシリアは魅力的な少女だ。しかし、キャロルの見立てでは魅力がごっそり抜け落ちているという。では一体、本来のセシリアはどれほどに光り輝く少女なのだろうか。

（見てみたいような怖いような……でもやっぱり、見てみたいし描いてみたい）

いつか色彩を取り戻したセシリアを描いてみたい。キャロルはそう思うのだった。

「……メイドのお仕事、したいなぁ」

隣の部屋でメロディがポツリと呟いた声は当然ながらキャロルの耳に届きはしなかった。そしてまた、真夜中を過ぎてしばらく経つまでメロディはなかなか寝付けないのであった。

メロディは、今日も夕食を食べていないことに全く気が付いていなかった……。

◆◆◆

「ふわぁ……あ、失礼しました」

「ふふふ、構わないさ。可愛らしい欠伸だね」

シエスティーナが可笑しそうに微笑むので、メロディは顔を赤くして恥ずかしがった。

九月二十二日。本日の一限目は一年生全体の合同授業であった。授業内容はダンスである。

十月末に開催予定の学園祭。正式名称『学園舞踏祭』は貴族も平民も全校生徒参加の学生のための舞踏会であり、身分にかかわらず全ての生徒がダンスを踊る可能性がある。

そのため、特に舞踏会に参加する機会の少ない平民のためにこうして大人数でダンスをする授業が定期的に開かれるのだ。学園舞踏祭までもう何回か行われる予定である。

だが、一年生全員でダンスの練習となると技能に個人差が出るため能力別に上級、中級、初級に分かれて練習をすることになった。

もちろん舞踏会で『天使様』などと呼称されるメロディは上級チームで練習をする。そして、同じチーム内でパートナーを組んで練習してみようという話になった時、シエスティーナにペアを組んでほしいと頼まれ今に至るというわけだ。

「昨日は夜更かしでもしてしまったのかな」

「あ、いえ、その、最近ちょっと寝付きが悪くて。でも大丈夫ですから」

「……そう言われると少し顔色が悪いような？」

「そうですか？　いつも通りだと思うんですが」

「まあ、つらいようだったら教えてくれるかな。無理はよくないよ」

「分かりました。ご配慮に感謝します」

シエスティーナとメロディはニコリと笑い合った。メロディ達は同じ上級チームの生徒達はこっそりと注目を集めていた。何せこの二人は夏の舞踏会で素晴らしいダンスを披露したペアなのである。練習とはいえそれがもう一度見れるとなると、興味がないなどとは口にできなかった。

「はい、では各ペアは構えてください。音楽を流しますよ」

ダンスの教師のかけ声で、メロディとシエスティーナは向かい合った。互いの手を取りワルツの構えをとる。

中級チームからも二人に視線を向ける者が何組もあった。一番少ないのは平民が多い初級チームだろう。舞踏会に参加しない平民の生徒の間ではセシリアが『天使様』であることを知らない者も意外と多いのだ。

しかし、初級チームからことさら熱い視線を向ける少女がいた。セレディアである。

（……なんであの子とシエスティーナ様が踊るのよ。私が攻略するはずなのに！）

最近貴族の仲間入りを果たしたセレディアはダンスの経験がないため初級チームに分けられた。そのためシエスティーナと踊ることなどできるはずもなく二人を見つめることしかできない。

セレディアは少し焦っていた。先日、シエスティーナとの乗馬に参加した折、セレディアはレアの記憶に従ってシエスティーナ（シュレーディン）を攻略するための言葉を彼女に伝えたはずだった。これで攻略に一歩近づいたと喜ぶセレディアだったが、現在に至るまでシエスティーナのセレディアへの対応にこれといった変化は見られない。

どうにも攻略が進んだとは思えない状況であった。その原因とは……？

（決まっている！　そんなの、私の目の前でシエスティーナ様といちゃついているあの女以外に誰がいるというの⁉）

乗馬デートの時もそうだがシエスティーナは最初、セレディアではなくセシリアを誘った。レアの記憶にはないが、唐突に始まった馬の競走の相手をしたのもセシリアだ。

彼女がセレディアの攻略の障害になっていることは間違えようのない事実といえよう。

（あいつがいる限り、私の攻略は上手くいかない。あいつを、セシリアをどうにかしなくては！）

セシリアを睨むセレディア。そして彼女はある決断に至る。

（……もういい。どう考えてもセシリアは私の邪魔になる。そう、排除しなければ）

セレディアの体内でどす黒い魔王の魔力が動き始めた。

もしもセレディアがセシリアを殺すような力を使えば、彼女の中で眠っているレアの精神がセレディアに止めどない涙というペナルティーを科すことだろう。それに、強い力を使えば肉体に大きな負担となりしばらく寝込むことになるかもしれない。

（それでも、セシリアを野放しにしておくことはできない！）

セレディアは決めてしまった。今、この場でセシリアを闇に葬ってやろうと。代償を恐れなければ強大な魔力を有するセレディアなら少女一人殺めるなどたやすいこと。

狙うはダンスの音楽が鳴り始めるその時。ダンスが始まり生まれる一瞬の隙を狙ってセシリアの命を奪ってみせる。

セレディアの右手に黒い魔力が収束していく。

ダンスの教師は音楽を奏でる魔法道具に手を翳した。

「では、ダンスレッスンを始めます。音楽スタ――」

（死ね、セシリア！）

セレディアがセシリアに向けて腕を伸ばそうとしたその時だった。

「セシリア嬢!?」

「――へ？」

セレディアが何かをする前に突然、セシリアが膝から崩れ落ちた。シエスティーナが慌てて抱き寄せる。

「セシリア嬢！　ダメだ、意識がない！」

「どうしたのセシリアさん⁉」

「ルシアナさん、下がって！　呼吸と脈拍を確認します！　クリストファー様、担架の用意を」

「分かった」

一気に慌ただしくなるダンスホール。いきなり昏倒したセシリアをシエスティーナが支え、慌てたルシアナが駆け寄り、アンネマリーとクリストファーが救護に動き出した。

そんな中、セレディアは呆然と状況を見つめるだけであった。

（……え？　なんで？　まだ私、何もしてないんだけど⁉）

セレディアはまだ何も仕掛けてはいなかった。だが、唐突にセシリアは倒れた。

慌てるとつい心の声が元に戻ってしまうセレディアこと中の狼ティンダロス。

（一体何が起こったというのだ！）

訳も分からぬまま、セシリアは医務室へ運ばれていくのであった。

一方その頃……。

「きゃあっ！　どうしたのセレーナ⁉」

ルトルバーグ伯爵邸でマリアンナに紅茶を給仕していたセレーナが突然、胸を押さえて膝から崩れ落ちた。突然のことにマリアンナが悲鳴を上げてセレーナに駆け寄る。

「……お姉様？」

セレーナは王立学園の方へ目をやった。彼女にメロディの危機を知らせるような魔法的機能は備わっていない。しかし、この時の彼女は確かに何かを感じ取っていた。

『ああ、行かなくては。私の可愛いセレスティ……』

メイドジャンキーと真夜中の訪問者

「……んっ」

重い瞼がゆっくりと持ち上がり、瞳に光が差し込む。それと同時に少しずつ意識が戻ってきた。

(えっと……何だっけ?)

メロディは目を覚ました。まだ瞼が半分開いただけで、体の自由が利く気がしない。

(ここって、医務室……?)

どうやら自分はベッドに寝かされているらしい。カーテンで仕切られたベッドは、地球の保健室を想起させる。まだはっきりと思考が働かない中ボーッとしているとカーテンがシャッと開いた。

「あ、セシリアさん起きた! 先生、セシリアさんが起きました!」

「ルトルバーグさん、病人の前で声が大きいわ。さて、気分はどうですか、マクマーデンさん」

「……えっと、何が」

「あなたはダンスの授業中に意識を失ったのですよ。覚えていますか?」

医務室の先生に尋ねられ、メロディはようやく何があったのか思い出すことができた。

「そういえば、ダンスが始まる直前に急に目の前がグルグル回り出して……」

「そのまま倒れちゃったのよ。本当にびっくりしたわ」

「彼女はずっとあなたに付き添ってくれていたのよ。ちなみにもうお昼を過ぎて放課後ね」

「それは、お手数を……」

「マクマーデンさん、体は動かせるかしら、立てる？」

先生に問われたメロディはベッドから起き上がろうとした。しかし、全く体が動かなかった。

「すみません、全然力が入らなくて」

「そう……倦怠感に貧血のような目眩。まさかマクマーデンさんもそうなの？」

「先生、セシリアさんの症状に何か心当たりが？　貧血じゃないんですか？」

「二人は『魔力酔い』という病気を知っているかしら」

「えっと確か……」

「……特定魔力波長過敏反応症」

「正式名称をよく知っていたわね、マクマーデンさん」

「それって、土地の魔力が体に合わなくて体調不良を起こす病気ですよね。まさかセシリアさんがその病気だっていうんですか⁉」

「あくまで可能性の話よ。最近同じ症状で休学した生徒がいるから念のためマクマーデンさんも検査をした方がいいと思うわ。検査魔法具は王城管理だから使用申請をしましょう」

ルシアナは不安を隠しきれない表情でコクリと頷いた。

医務室で休ませてもらったメロディだが、さすがにここで夜を明かすことはできないため、一旦平民寮の自室に戻ることとなった。

「今、リュークが馬車で来てくれるからちょっと待ってね」

「馬車、乗り付けていいんですか」

「大丈夫。許可はもらったから」

それからまもなく、馬車を乗り付けたリュークが医務室に入ってきた。リュークはグッタリした様子のメロディを目にすると眉根を寄せ、そっと彼女を抱き上げた。

「行こう」

「うん。先生、ありがとうございました」

「検査魔法具の準備ができたら連絡するわ」

そしてメロディはリュークの手で馬車に乗せられると平民寮へ向かうのであった。

◆◆◆

一方その頃、メロディが倒れたという知らせを聞いたマイカは、メロディの寝床を整えるために平民寮に来ていた。寮監のマリーサにお願いして部屋の鍵を開けてもらい中へ入る。

「えっと、ベッドを確認して、すぐに着替えられるように寝間着を準備して……メロディ先輩、何か食べられるかな。うーん、プリンやヨーグルトがあれば簡単なのに」

突然のことに慌てつつも的確に準備を進めていくマイカ。さすがはセレーナの短期集中講座を受けただけはある。そしてマイカは作業をしながら違和感を覚えた。

「……何だろう？　何か変な感じがする。何かおかしいな、この部屋。でも何が……あ、何かお粥的な物を作っておくといいかも。確かこっちに簡易キッチンがあるはず――あれれ？」

しばらく簡易キッチンの中をガサゴソと何かを物色するような音が響く。それからほどなくしてマイカが部屋に戻ってきた。仏頂面を浮かべて。

「……メロディ先輩、もしかして」

「マイカ、いるー？」

何かに思い至ったマイカだが、ルシアナの声が扉の向こうから聞こえたのでそちらへ向かった。

リュークに抱き上げられたメロディがベッドに寝かされる。メロディはまだ力が入らないようで仰向けになったまま天井を見上げていた。

一旦リュークに部屋を出てもらいメロディを寝間着に着替えさせる。

「メロディ、調子はどう？　少しは楽になった？」

「……すみません、お嬢様。体が全然動いてくれなくて」

心配そうにメロディを見つめるルシアナの後ろからマイカが顔を出した。そしてルシアナの前に空っぽのコップを差し出す。

「お嬢様、このコップに水を入れてもらえますか」

「構わないけど。『水気生成《ファーレディアッカ》』。水なんて水瓶から汲めばいいのに」

「だって水瓶に水が入ってないんですもん……一滴も」

「一滴も？」

そんなことがあるだろうか。普通に生活していたら水瓶に全く水がないなんてこと起きるはずがないのだが。だというのに、水瓶に水が一滴もないとはどういうことだろう？

そんな疑問に首を傾げるルシアナを余所に、マイカはコップの水に二種類の調味料を入れて混ぜ始めた。

「リューク、メロディ先輩を起き上がらせて。メロディ先輩、これをゆっくり飲んでください」

リュークに背中を支えられたメロディは、言われるがままマイカ特製の謎ドリンクを口に入れた。ほんのり甘く、うっすらしょっぱい。砂糖と塩を混ぜただけの水――経口補水液である。

ゆっくりではあるが、マイカはしっかりと経口補水液をメロディに全部飲ませた。再びベッドに寝かされたメロディだったが、それからすぐに意識がはっきりしてきた。指が動き、腕も上がるようになってきた。まだ起き上がるのはつらいが、大分楽になったように感じる。

「よかった、メロディ！　マイカ、凄いじゃない」

「ありがとう、マイカちゃん。随分頭がはっきりしてきたわ」

「でしょうね。ずっと足りなかった糖分がようやく頭に届いたおかげだと思います」

マイカはジト目でメロディを見つめていた。

「マイカ、どういうこと？」

「お嬢様に説明する前にちょっと質問です、メロディ先輩。最近、朝ご飯は食べてます？」

「朝ご飯？　それはもちろん……あれ？」

「メロディ先輩、夕ご飯は？」

「夕ご飯……」

「メロディ？　どうしたの？　マイカ、どういうこと？」

「……この部屋のキッチン、なーんにも置いてないんです。水も食料も調味料も本当に何も」

「何も置いてない？　水も⁉」

「この部屋、生活感がないんです。メロディ先輩、朝ご飯と夕ご飯はどうしてたんですか？」

マイカの質問に対し、ついさっき摂取した糖分によってメロディの記憶力が冴え渡った。今日までの一週間の食事の記憶が思い出される。しかしてその結果は！

「……あれ？　私、寮に入ってから朝食も夕食も……食べてない？」

「はあああああっ⁉」

「やっぱり」

驚きに声を張り上げるルシアナと無言で目を見開くリューク。彼らの隣でマイカはこめかみを押さえていた。

「じゃあメロディ、あなたお昼ご飯しか食べていなかったの⁉」

「えっと、そうみたいです……」

「そうみたいって……」

「朝は眠くてあまりお腹が減らなくて、夜はつい食べ忘れちゃったみたいで」

「ええ、何それ……」

「メロディ先輩、ここ最近の睡眠時間はどれくらいです？　何時に寝て何時起きですか」

「二時くらいに寝て……いつも通りに起床かな」

「つまり二時寝、五時起きの三時間睡眠ですね」

「この一週間、一日三時間しか寝てないの⁉」

「食事を取っていないことが気にならない程度には、毎日思考力が減衰していってたんですね」

「なんでそんなことに」

さすがにドン引きのルシアナ。メロディの寮生活がかなりヤバいことになっていた。

「要するに、メロディは極度の睡眠不足と栄養不足が重なってぶっ倒れたというわけか？」

「その通り」

リュークが出した結論をマイカは肯定した。あまりにも情けない理由にリュークは眉根を寄せる。

「でもなんでこんなことになっちゃったの？　メロディは自己管理がちゃんとできていたのに」

「これは、半分は私達のせいでもあります」

「私達の？　どういうこと？」

「……メロディ先輩の慣れない学園生活を助けようと私達は結構努力しました。セレーナ先輩から短期集中講座を受け、クラスメートとの関係を円滑に進められるよう取り計らって」

「そうね。メロディがいつでも休めるように頑張ったつもりよ」

「ええ、でもそれがいけなかったんです」

「え？」

「……私達はメロディ先輩を気遣うあまりとても大切なことを忘れてしまっていたんです」

「大切な事って、一体何だっていうの？」

マイカはルシアナの質問に答えることなく前に出た。そして、ありえないことを告げた。

「メロディ先輩、今日の私のお仕事全部お任せしてもいいですか？」

「マイカ、こんな状態のメロディに何を⁉」

自分で起き上がることすらままならない今のメロディに仕事をやらせようだなんて、マイカはいつの間に鬼畜少女になってしまったのか。驚くルシアナだったがさらに驚かされる事態が起きた。

なんと、メロディが普通に起き上がったのである。

「え？　メロディ、大丈夫？　きゃあっ！」

起き上がったメロディが突然白銀に発光し始めた。

「……『舞台女優』解除」

白銀に輝く中、メロディの肉体を白いシルエットが包み込む。そして彼女はベッドの上に立ち上がった。シルエットの形が変わり、白銀の光も収まっていく。やがて全てが消え去った時、ベッドの上には、ルシアナがよく知るオールワークスメイド、メロディ・ウェーブの姿があった。

ついさっきまで貧血を起こしたように青白かった肌は血色を取り戻したように若々しくなり、腕一本を動かすのも億劫そうだった肉体は活力を取り戻し、まるで人形のように表情の乏しかった相《そう》貌《ぼう》に笑顔が戻った。

「任せてマイカちゃん！　この私、メロディがあなたの仕事をきっちり引き継ぎます！」

ベッドから下りると、メロディはメイドに相応しく淑やかで美しい一礼をしてみせた。

「メロディ、さっきまでの死んじゃいそうなくらい弱々しかったのは何だったの⁉」

「ご安心ください、お嬢様。よく分かりませんが治りました」

「よく分からないのに治っちゃったの⁉」

（確かゲームでは終盤でヒロインちゃんが回復系の魔法を覚えたはず。多分無意識に自分に癒やしの魔法を掛けちゃったんだろうな）

マイカは前世知識からそう予想を立てたが、他の面々はメロディ本人を含めて原因不明の現象であった。精神が昂ぶっているのかメロディは全然気にしていない。

「さあ、お嬢様。何のお仕事から始めましょうか！」

「ハイテンション過ぎる！　どうしちゃったの、メロディ⁉」

「これが今までまともにお仕事できなかった反動ですよ、お嬢様」

「反動？」

「この一週間、おそらくメロディ先輩はずっとメイド成分が不足していたんです。メイドをこよなく愛するメロディ先輩。その愛は既にメイドオタクの領域を限界突破し、もはや依存症もしくは中毒者……そう、メロディ先輩はメイドジャンキーとも呼べる存在になっていたんです！」

「めいどじゃんきー？」

「要するにメイドが好きすぎて、メイドなしでは生きていけない体になっちゃったんですよ」

「何てこと⁉　……って、それは前からじゃない？」

「まあ、そうなんですけど。私達、メロディ先輩の体を気遣ってこの一週間、結構メイド業務をお休みさせちゃったじゃないですか。そのせいで逆に体調を崩しちゃったんですよ」

「なーるほど。多少忙しくてもメロディにメイドのお仕事が不可欠だったのね」

「はい。喫煙者が禁煙に成功できないようにメイドジャンキーに禁メイドは無理だったんです」

「納得の説明ね」

「……何だこの会話」

ウンウン頷く二人の少女の後ろで、リュークは宇宙人でも見るような目をしていた。

「それでマイカちゃん、今日はどんな仕事が残っているのかしら。お掃除、調理、裁縫、洗濯、何でもいいわよ。じゃんじゃん持ってきて！　久しぶりに羽目を外して全力ご奉仕よ！」

メロディは重ねた両手を頬に添えてうっとりとした表情を浮かべた。潤んだ瞳、上気する頬、感嘆の息を漏らす唇はぷるんと艶めき、どこか遠くを見つめる仕草は恋に恋する乙女のような初々しさと清らかさを醸し出していた。

それは男性に見せてはいけない表情だった。リュークはメロディからそっと目を逸らす。

「はわぁ、可愛すぎますね、メロディ先輩。メイド欲求が高まりすぎて吸引力が倍増してます」

「それよりこれどうするの？　メロディ、止まらなさそうなんだけど」

「いえ、意外と何とかなりますよ。要するに欲求不満を解消してあげればいいだけなんで」

マイカは持参していた鞄からティーセットと茶葉を取り出して机の上に置いた。

「メロディ先輩、ルシアナお嬢様が紅茶を飲みたいそうですよー」

瞬間、メロディから発生していた魅力度マシマシオーラは霧散した。しばしポカンとするメロディだったが、机の上のティーセットが視界に入るとパッと華やぐいつもの笑顔を浮かべて――。

「お任せください、お嬢様」

メロディはお茶を淹れ始めるのであった。

「どうぞ、お嬢様」

「ありがとう、メロディ」

メロディの部屋には勉強机しかなかったので小ぶりな丸テーブルを出してルシアナ達はお茶を飲み始めた。ちなみに、ルシアナは勉強机の椅子に、マイカはベッドに腰掛けている。平民寮の部屋は狭いので、リュークとメロディは立ったままだ。病み上がりでよくやるものである。

一口喉を通ると、ルシアナの口から安らぐような息が零れ落ちた。

「ほぅ、やっぱりメロディの紅茶は最高ね」

「恐れ入ります」

「ようやく元に戻ってくれてよかったです」

「マイカ、ティーセットなんてよく持ち歩いていたわね」

「セレーナ先輩の短期集中講座の賜物ですね」

「いや、あの三日間でホントに何を教えたのよ、セレーナ」

「おい、いつになったら本題に入るんだ」

メロディが復活したあたりからもうグッダグダである。さすがに軌道修正すべくリュークから横槍が入った。

「あ、ごめんね、リューク。それで、もうお分かりいただけたかと思いますが、メロディ先輩とメイドのお仕事は最早切っても切れない関係です。つまり何が言いたいかというとですね」

「……メロディに学園生活、無理じゃないかしら」

「まあ、そういうことになるんですよね」

「えええええっ⁉　どういうことですか⁉」

マイカの説明の途中でルシアナは理解したようだが、当の本人のメロディは理解できず驚いた。

「実際、学園生活を優先するとメイド業務に支障が出るので、回復したところで同じ事の繰り返しになると思うんですよね。正直、護衛のために生徒として潜り込んでもこれじゃあむしろ足手まといにしかならないと思うんです」

「ううっ！」

「マイカ、辛辣だな」

「私だって今回は凄く心配したんだもん。人には向き不向きがあると思うんだよね」

「マイカの言う通りね。私もメロディが倒れた時は凄く怖かった。今度こそ死んじゃったらどうしようって、本当に怖かったんだから」

「……お嬢様」

やはり、ルトルバーグ領で一度死んだと思ったあの瞬間をルシアナは忘れることができないのだろう。ちょっとトラウマ級に引きずっているのかもしれない。

だが、メロディだってルシアナを危険から守りたい気持ちは本物だ。反論くらいはある。

「皆にはご迷惑をおかけしたことをお詫びします。でも、お嬢様の安全のためにも私はセシリアとして頑張りたいと思っています。ですので、以前私が提案した生徒とメイドを両立させる二足の草鞋作戦について検討していただきたく思います！」

「却下よ」

「却下です」

「却下だな」

「えええええっ！　なんでですか⁉」

三人からの一斉ダメ出し。メロディは悲痛な叫びを上げた。

「それ、結局体力的に限界を迎えて倒れちゃうパターンですよ」

「あと忙しすぎてどこかでボロが出そうね。セシリアの正体がメロディってバレるかも」

「そうなったら、メロディのメイドライフは――」

「そ、それはダメ！」

一人二役というのはそう簡単な話ではない。今まではセシリアとしての時間が短かったおかげで大した問題にならなかったが、こまめに切り替える必要が出てくるといずれどこかでミスをするだろう。そしてその小さな綻びがメロディの正体に行き着き、魔法バレからのメイドライフ終了のお知らせとなる可能性は……そこまで低い確率ではないものと思われる。

三人から指摘されたメロディもその可能性に行き着き、顔色を真っ青にしてしまった。

「――ぁっ」

「メロディ！」

ふらり、とメロディは目眩を起こしたように体が揺れた。倒れそうになったところを透かさず駆け寄ったリュークによって支えられる。

「……ありがとう、リューク」

「治ったのは表面的な部分だけみたいだな」

「メロディ先輩も座ってください」

マイカに促され、メロディはベッドに腰を下ろした。気分が落ち着いたのかメロディは冷静さを取り戻す。

「確かに、このままだとお嬢様を守るどころかご迷惑をお掛けするばかりですね」

「メロディ先輩、『分身』の先輩にセシリアを演じてもらうんじゃダメですか？　これならメロディ先輩はメイドをしつつ、学園にもセシリアがいることにもなるからいい案だと思うんですけど」

「……正直『分身』は心許ないのよね。一人あたりに分け与えられる魔力量は大したことないし、一定のダメージを受けたら弾けて消えてしまうから……」

「うーん、何かの拍子に変装が解けたうえに弾けて消えたりでもしたら魔法バレのリスクが爆上がりしそうですね」

「でも、いざという時はお嬢様の盾になることはできそうね。多少リスクはあるけどいないよりはいた方が役に立つかな。何か魔法バレ対策を別で考えて……」

「あのさあ、私、思ったんだけど……」

メロディとマイカが真剣に検討を重ねる中、ルシアナは思い至ったことがあった。それは二人の検討を無に帰す、本当に根本的な話だった。

「お嬢様？」

「……いらなくない？　護衛」

「お嬢様っ⁉」

別ルートでの護衛方法を模索していたメロディとマイカの一方で、護衛対象であるルシアナはそもそもの護衛不要論を提唱した。これにはメロディも驚きを隠せない。

「メロディが私に張り付いて護衛するっていうのは、例の黒い魔力の魔物のせいよね？　でも、あれ以来出てこないじゃない。騎士団が王都中を隈なく捜しても他にはいなかったわけでしょ？　いるかどうかもはっきりしない存在のためにメロディが神経をすり減らす必要はないと思うのよ」

「で、でも……」

「そりゃあ、私だってメロディと一緒に学園に通えるって思った時は凄く嬉しかったけど、想像以上にメロディの負担は大きかったし、メロディに無理させてまで学生をやってもらうのは何か違う気がするのよね」

「お嬢様……」

「それにこの一週間、セシリアさんとは毎日会えたけど、メロディとは全然会えなかったのよね。マイカが十分部屋の管理をしてくれてはいるけど、メロディに会えないのはやっぱり寂しいわ」

「お嬢様！」

今にも泣き出しそうな顔でメロディは両手で口元を押さえた。メイドとして主から求められることの何と嬉しいことか。メロディは感動していた。だが同時に、どうしても不安を拭えない。

「ありがとうございます、お嬢様。でも私、お嬢様に何かあったらと思うとどうしても心配で」

「……ということは、その心配とやらがなくなれば問題ない訳よね」

「え？」

（そうか。気にしなくちゃいけないのはそこだったんだわ。メロディの不安の原因は黒い魔力の魔物じゃない……私だったんだ）

思い出されるのは春の舞踏会。王太子クリストファーを襲撃者から守る際、ルシアナはその凶刃に晒され、あろう事かメロディがドレスに掛けた守りの魔法が弾け飛んでしまった。幸い、ルシアナは衝撃で意識を失ったものの傷一つなく終わったが、守りの魔法を失ったあの後に追撃でもされていたら今頃ルシアナはどうなっていたのだろうか。

（私はもうこの世にはいなかったかもしれないわね。何せ、あの時メロディが私のドレスに掛けていたのは『舞踏会会場が木っ端微塵になっても無傷でいられる』守りの魔法だもの。メロディの守りなしで受けたらどうなっていたかなんて考えるまでもないわ）

きっとこの事件はメロディの中でずっと尾を引いていたのだ。自分の与り知らぬところで主が危険に晒されたという事実。守りの魔法も使い物にならなくなり、まかり間違えば主を失っていたかもしれないという恐怖。普段のメロディからは感じられないが、きっと心の中で重しとなっていたに違いない。

(私と一緒。ルトルバーグ領でメロディを失ったと思ったあの時の絶望感は多分一生忘れない。心優しいメロディが、春の舞踏会の件を本当の意味で忘れているはずがなかったんだわ)

だったら——やるべき事はたったひとつ!

「ねえ、メロディ。ちょっと明日、メロディがいつも通っている森に連れて行ってくれない?」

「いつもの森にですか?」

「お、お嬢様、それって……」

突然どうしたのだろうと首を傾げるメロディの隣で、いつもの森がどこのことかを理解しているマイカはルシアナの言葉に動揺してしまった。そして、ルシアナは不敵な笑みを浮かべる。

「……私に護衛が必要ないってこと、その森で証明してあげるわ」

(そう、メロディに教えてあげる。その不安はもう必要ないんだってことを。メロディのホームグラウンド、ヴァナルガンド大森林でね!)

鈍感なメロディと違ってルシアナはとっくに気が付いていた。メロディが毎日のように通っている『近くの森』とやらが世界最大の魔障の地『ヴァナルガンド大森林』であることに。

よく分からないが、メロディはルシアナのお願いを了承し、二人は明日ヴァナルガンド大森林へ向かうこととなった。

◆◆◆

一応話がまとまったので、ルシアナ達は女子上位貴族寮へ帰って行った。一人になったメロディはセシリアの姿に変装し直し、ベッドに入った。

「……今日はちゃんと眠れるかな」

ここ最近、入眠するのにかなりの時間を必要としていた。マイカの言によれば、メイドの仕事が出来ないストレスが原因らしい。不思議なことに自分の魔法によってある程度体調は回復したものの、ストレスが原因というのなら今日は結局ルシアナに一杯のお茶を出したくらいでもっとメイドの仕事をしたかったという欲求は確かにある。

（でも、明日はお嬢様と出掛けるんだし、ちゃんと眠っておきたい）

そう思うのだが、それが逆に焦りに繋がっているのか、全く眠れる気がしなかった。

（また眠そうにしていたらお嬢様に心配掛けちゃう。どうしよう……）

メロディがそんなふうに悩み始めた時だった。どこからともなくかすかな歌声がメロディの耳に届いた。その美しい声音は微睡みを誘うように優しくメロディを包み込んでいく。

（これは……子守歌？　どこから聞こえるんだろう。外かな？　こんな時間に歌を？）

声の主はそれほど遠いようには感じられなかった。カーテンを開ければ案外すぐそばで歌っている姿を目にすることが出来るかもしれない。

しかし、メロディはベッドから起き上がる気になれなかった。子守歌が心地よくて、もう動きたくなかったのである。それにこの子守歌は——。

（知ってる歌だ。小さい頃はよく、歌って……もらって……）

歌声に溶けるように不安も焦燥も消えていく。メロディの瞼がゆっくりと閉じていく。やがて室内には可愛らしい少女の寝息が聞こえるようになった。

まだ真夜中に入る前の時間。きっと少女はゆっくり眠ることができるだろう。

メロディが眠りにつくと、しばらくして子守歌の歌声が止まった。そして、メロディの部屋の窓がゆっくりと開き、外から何者かが部屋の中に入ってくる。

明かり一つない真っ暗な部屋の中では、現れた人物が何者なのか全く分からない。侵入者はメロディの方へ静かに歩み寄ると、彼女の枕元の近くにそっと腰掛けた。

細い指が金色の髪をサラリと撫でる。メロディはそれに気付かず静かに寝息を立て――。

「んっ……」

メロディの瞳がうっすらと開いた。目が覚めたのか、それとも眠っているのか、瞼を震わせながらボーッとしているメロディの目元に誰かの手のひらが重なった。

「本当に、心配ばかり掛けるんだから……迷ってもいい、間違えてもいい、立ち止まって振り返っても、引き返したって構わない。それがあなたの選択なら。ただ、自分の気持ちにだけは嘘をつかないで。あなたが自分自身と交わした約束をどうか覚えていて。そしたらきっと、大丈夫だから」

きっとメロディは侵入者の言葉を思い出すことはないだろう。意識のほとんどが眠りの世界に浸っていたメロディには、それが誰の声なのか判別することはできなかった。ただ、その声は何一つとして不安になる必要がないものだと理解していた。

目元がうっすら温かい。手のひらの温もりがメロディを安心させる。そしてまた、優しい声音の子守歌が紡がれた。

ああ、これはきっと優しい夢……私の大好きな……。

「おやすみなさい……あさん」

「ええ、おやすみなさい。私の可愛いセレスティ」

眠るメロディの口元がほんのり弧を描いた。夢の世界へ旅立った彼女は気付かない。額にそっと重ねられた唇の感触に。暗闇の中で愛しそうに微笑む侵入者の表情に。

開け放たれた窓がパタリと閉まる音が鳴った。小さな部屋の中は再び愛らしい寝息が聞こえるだけの空間に戻るのであった。

最高で素敵な笑顔を求めて

「うーん！」

目覚めるとメロディはサッと起き上がり気持ちよく背伸びをした。久しぶりの爽やかな朝だ。

九月二十三日。太陽は既に昇り始めた。時刻は七時くらいだろうか。

「随分長く寝てたみたい。昨夜は結構早く眠れたから今朝は目覚めすっきりね……あれ？」

（そういえば眠くなる前、何かあったような気がするけど……思い出せないや）

だったらきっと大したことではなかったのだろう。メロディは身支度を整え始めた。

「おはよう、メロディ」

「おはようございます、お嬢様」

午前八時を迎えた頃、制服姿のルシアナがやってきた。マイカ達とも挨拶を交わし本題に入る。

「昨日相談した通り、私達が看護をするという名目でセシリアの部屋を移動することになったわ。すぐに準備をして部屋を移りましょう。荷物の整理は終わってる？」

「はい。全てトランクに。他には何かありますか？」

「フード付きのマントって用意できる？」

「はい。『再縫製』でどうにかなります」

「じゃあ、それを被って部屋を出ましょう。今のメロディ、顔色がいいから病人っぽくないもの」

「確かにそうですね。分かりました」

フード付きマントを作り出すとそれで全身を覆い、リュークに抱き上げられた。トランクはマイカが持ってくれるようだ。ルシアナが先頭を歩き、寮監のマリーサへ挨拶をした。

「マリーサ様、準備ができましたのでセシリアさんを私の部屋へお連れしますね」

「身動きすらままならないんじゃ、あの部屋で看護は難しいですものね。よろしくお願いします」

二人が挨拶を交わすと、メロディはリュークに抱き抱えられたまま馬車へ運ばれていった。

馬車が動き出し、小窓をカーテンで塞ぐとメロディはようやく動くことが許された。

「マリーサさんに挨拶できなかったのはちょっと心苦しいですね」

もう何ともないのに。そう口にするとルシアナもマイカも苦笑いだった。女子上位貴族寮に到着すると再びリュークに抱えられて二階のルシアナの部屋へ。中に入ってようやくメロディは自由になる。

「『舞台女優』解除」

白いシルエットに包まれて、その姿はセシリアからメロディへと戻った。

「やっぱりこっちの方が落ち着きますね」

「うん、私も。この部屋にはメロディがいてくれなくちゃ何だか落ち着かないわ」

「ありがとうございます。それで、私が通ってるいつもの森に行くんですよね。何をするんですか？」

本日のルシアナはセシリアの看病をするという名目で学園に休む旨を伝えてあった。実際にはメロディが通っている『近くの森』へ赴くわけだが。ルシアナは楽しそうに笑って告げた。

「えへへ、もちろんあの森にいる獲物達を片っ端からぼこぼこにしてやるのよ」

「えええっ⁉」

「メロディが私に護衛は不要だと理解するまでやりまくるわよ。さあ、森への扉を開いて！」

「うう、危なかったらすぐに帰りますからね。お嬢様も通るから……『迎賓門《ベンヴェヌーティポータ》』！」

リビングルームに豪奢な両開きの扉が床から迫り上がってきた。扉が開き、その向こうには濃い緑が広がっている。

「それじゃあ、メロディがさっさと納得してくれたらすぐに帰ってくるわ」

「お嬢様、あんまり無茶しないでくださいね」

「メロディの寝床は作っておくから、まあ、頑張れ」

「……行ってきます」

二人に激励(?)されて、メロディとルシアナはメロディ曰く『近くの森』こと『ヴァナルガンド大森林』へと足を踏み入れた。

「ここがいつもメロディがお肉を狩ってくる森なのね」

「お嬢様、本当にここで狩りをなさるおつもりなんですか?」

「狩りっていうか襲ってきたところをぶっ飛ばすだけよ?」

ルシアナは扇子を取り出すと魔力乗せてスナップを利かせた。扇子が開く瞬間、その姿は変貌し非殺傷型拷問具『聖なるハリセン』が姿を現す。

「私のメイン武器はこれだもの。対象を傷つけることはできないけどぶっ飛び効果は抜群よ」

「ここの動物は皆かなり大きいですし、魔法を使う個体もいるので危ないですよ」

(メロディって動物と魔物の区別がついていないっぽいのよね。魔法を使うんだから魔物なんだけど……多分、無敵ゆえに気付いてないんだわ。魔物に関しては授業の範囲外だし)

「だからこそよ。この森の動物を相手に戦えるなら、たとえ魔物が学園に現れても私は十分に対応できると思わない?」

「それはそうかもしれませんけど、でも、あの黒い魔力を持つ魔物に遭遇したら大変ですよ。やっぱり私がそばでお守りした方が」

「黒い魔力の魔物だって銀製武器を使えば攻撃できるんだから大丈夫よ。それにメロディの守りの魔法もあるしね」

「……守りの魔法をあまり過信しないでください。一回くらいなら耐えられるかもしれませんが、何度も守ることはできないかもしれません」

（うーん、やっぱり春の舞踏会の件で自分の魔法をちょっと信用できないところがあるみたいね）

ルシアナはクスリと微笑む。

（今日は森の獲物だけでなく、全く必要ない不安やらをこのハリセンでドバンと吹き飛ばしてやるわ。待ってなさい、ヴァナルガンド大森林の魔物達！）

「さあ、行くわよメロディ。私に護衛が不要だってこと、このハリセンで証明してみせるわ！」

ルシアナは意気揚々と歩き出した。

◆◆◆

「はあああああああああああ！」

「ブギビエエエエエエエエ!?」

ルシアナは巨大な熊の魔物『タイラントマーダーベア』に遭遇した。

ハリセンツッコミで撃退した。

「とりゃああああああああ！」

「ボホアアアアアアアアア!?」

ルシアナは巨大な角を持つ猪『ビッグホーンボア』に遭遇した。

ハリセンツッコミで撃退した。

「……全部一撃ですね」

森を歩き始めて二時間ほど。これまでに五体の魔物に遭遇したが、すべからくルシアナはハリセンの一撃で相手を吹き飛ばして撃退に成功していた。

メロディが作りし非殺傷型拷問具『聖なるハリセン』は、その攻撃で対象を傷つけることはできないが、衝撃と痛みを与えることはできる。殺傷不可能という代償を得ることでハリセンが持つ『ツッコミ』の特性がかなり色濃く反映されているようだ。

つまり、ハリセンツッコミを受けるとお笑い芸人ばりに派手に吹っ飛ぶのである。巨大な熊や猪でさえ当たり前のように吹き飛ばすその衝撃は凄まじく、怪我こそしないが衝撃波に相応しい痛みを与えてくるため、大抵の魔物は一撃で意識を奪われてしまうのである。

また、吹き飛ばされた先で壁や樹木に激突しても不思議なことに怪我はしないのだが、相応の痛みは普通に伝わってくるので、この『聖なるハリセン』はまさに拷問具といって差し支えのない逸品なのであった。

「この『聖なるハリセン』がある限り、私はどんなに全力を出しても相手を殺す心配がない。何度はっ倒そうが何度吹き飛ばそうが、私の両手はずっと真っ白なまま。ふふふふ」

「お嬢様、そのセリフはさすがに怖いです」

時刻は既に夕刻に近い。空が橙色に染まり始めていた。

「お嬢様、そろそろ日も暮れますし、夜の森は危ないですから帰りませんか」

「メロディ、今日の私はどうだった。この森の大型動物を相手に遅れは取らなかったでしょう」

「……はい。正直、驚きました。お嬢様がここまで見事に戦えるなんて」

「ふふふ、ありがとう。でも私、この前の魔物との戦いでしっかり見せたつもりだったんだけどな」

「そう、ですね。言われてみれば確かにその通りです。私、なんで忘れてたんだろう」

ルシアナには分かっていた。春の舞踏会でルシアナを完全に守り切れなかったことが、メロディから客観的視点を奪っているのだと。

(だから今日はここでその印象を全てひっくり返すのよ！)

「お嬢様、本当に日が暮れてしまいます。夜の森は危険です。そろそろ帰った方が……」

「ダメ。もう少し待って」

「……分かりました。優しく照らせ『灯火』」

太陽は沈み、大森林を暗闇が支配した。メロディが灯す魔法の明かりだけが唯一の希望のように辺りを優しく照らしている。

ルシアナはジッとメロディの光が届かぬ暗闇の向こうを見つめていた。

「お嬢様、こんな夜の森で何を待っていらっしゃるんですか？」

「……来た」

「え？　……囲まれている？」

メロディは本職の狩人にはほど遠いが、これでも毎日のように森を闊歩していたわけで、森の中の気配の探り方にはそれなりに覚えがあった。それによると今、メロディ達は何らかの動物に囲まれているようだ。

（種類は多分四足歩行動物、おそらく蹄じゃなくて肉球があるタイプだと思うけど……）

それを察せられるだけでも十分凄いのだが、今のメロディの技量ではそれが精一杯だった。

「お嬢様、すぐに十個の『灯火』で全体を明るくするので――」

「不要よ。それより、前から来るわ」

ルシアナに指摘され前方を見ると、暗闇に紛れてしまいそうな真っ黒な体毛の狼が一頭、姿を現した。それはほんの数週間前に目にした覚えのある魔物だった。

「あれは、ハイダーウルフ？　確かレクトさんが、ヴァナルガンド大森林の魔物だって言ってたはずだけど、どうしてここに⁉」

（それでどうして気が付かないのかが本当に謎なのよね。ホント、鈍可愛いんだからメロディは）

「お嬢様、ここは私も――」

「いいえ、メロディ。全て私に任せてちょうだい」

「でもお嬢様、ハイダーウルフはあれ一頭じゃ」

「もちろん分かっているわ。それでメロディ、あいつの魔力はどう？」

ルシアナに問われ、ハッとしたメロディは瞳に魔力を集めてハイダーウルフを視た。

「……黒い魔力はありません。あれは普通のハイダーウルフです。他も皆同じです」

「それはよかったわ。だったら安心ね」

「お嬢様、でも……」

なおも不安そうな様子のメロディ。ルシアナは彼女の前に立ち、背を向けたまま口を開いた。

「メロディ、私にはメロディがくれた三つの力がある。だから安心して。絶対に負けないから」

「三つの力……？」

「一つ目はこれ。私のメイン武器『聖なるハリセン』。これがあればどんな敵だって倒してみせる。そして二つ目は、メロディが教えてくれた『ダンスの身のこなし』よ！」

ルシアナは前方のハイダーウルフに向かって全速力で駆けた。魔王ガルムとの戦闘以来、まるで覚醒したバトル漫画の主人公のように軽やかな足取りでハイダーウルフに迫るルシアナ。その速度は想定外だったのか、ハイダーウルフは一瞬動きが固まってしまう。

「狩りをする魔物とは思えない凡ミスね！　地面とキスでもしていなさい！　はあああああ！」

あっという間にハイダーウルフの眼前に辿り着いたルシアナは戸惑う狼に対し無慈悲な振り下ろしをお見舞いした。

強烈な衝撃波と地面に挟まれる形となったハイダーウルフはそのたった一撃の痛みに耐えられず、無傷であるにもかかわらず全身を痙攣させ、口から泡を吹いて気を失うのであった。

「お嬢様！」

残心の間もなくメロディの声に振り返ると、四頭のハイダーウルフがメロディに向かって飛びかかっている瞬間であった。

これはセレディアが大森林に訪れた時にも取られた手法で、一頭が囮となり、残り四頭が四方から獲物に飛びかかるというハイダーウルフの典型的な狩りのやり方であった。

（反撃を！　でも、お嬢様が――）

戦闘前に全て任せてほしいと頼まれたことが思い出され、メロディは一瞬躊躇してしまった。だが、それはハイダーウルフに狙われる獲物にとっては致命的な隙。ハイダーウルフは内心でほくそ笑む。柔らかい肉の獲物が手に入ると既に勝った気になった。

それがぬか喜びであることも知らずに――。

（魔物に襲われた当事者の私が、あんた達のことを調べないとでも思ってるの！）

囮のハイダーウルフのところまで跳んだためルシアナのハリセンは間に合わない。しかし、ルシアナはバックスイングをするように右手のハリセンを左に構えた。

（『聖なるハリセン』は攻撃対象を殺さず怪我さえ負わせない非殺傷型拷問具。だけど――）

「対象が生き物だけだなんて、メロディは決めていないのよ！　空気を押しだし吹き飛ばせ！　食らいなさい！　エア・ツッコミ！」

まるで居合のように、ルシアナは高速でハリセンを振り抜いた。メロディに飛びかかる四頭のハイダーウルフ目掛けて。

ハリセンとハイダーウルフの間に溜まっていた空気の塊が、ルシアナのツッコミによって生じた強烈な衝撃波によって一瞬で押し出された。

本来であればありえない現象だ。しかし、『聖なるハリセン』は突っ込んだ対象を確実に吹き飛ばす。ハリセンが触れた空気の塊は、筒形の水鉄砲から押し出される水のように、空気のハンマーが宙を舞う四頭のハイダーウルフの側面から振るわれた。

「「「ギャヒイイイイイイイイイイイン⁉」」」

踏ん張ることのできない無防備な体勢で強烈なハンマー攻撃をくらったハイダーウルフ達は、ある者は地面に転がり、ある者は樹木に打ち付けられ、ただ一匹も立ち上がることなく森の大地に伏したのであった。

「……えぇ？」

メロディは何が起きたのかよく分からず疑問の声を上げることしかできなかった。

「怪我はなかった、メロディ？」

「あ、お嬢様。はい、私は大丈夫です。それにしてもお嬢様、『聖なるハリセン』を使いこなしていましたね。今、何をしたのか私にも分かりませんでした」

「えっとね……」

ルシアナは先程の戦闘について説明した。

「じゃあ、『聖なるハリセン』は遠距離攻撃もできるってことですか？」

「それだけじゃないわ。さっき吹き飛ばされた奴らをよく見て」

言われてメロディは地面に転がるハイダーウルフの方に『灯火』を送った。そしてメロディは驚く。四頭のハイダーウルフ達は怪我を負っていたのだ。足があらぬ方向に折れている個体もいる。

「どういうことですか？　『聖なるハリセン』は非殺傷型拷問具のはず」

「だって私がツッコんだのはあくまで空気だもの。あいつらは私が吹き飛ばした空気にたまたまぶつかって勝手に吹き飛んでいっただけ。『聖なるハリセン』の攻撃対象じゃないわ」

「そんな方法が！」

全く想像もしていなかったメロディはルシアナの発想に驚かされた。非殺傷型拷問具であるハリセンも間接的に使えば敵にダメージを与えられるのだ。

「あれ？　ということは、もしかして近接戦の時も敵との間の空気を狙ってツッコんだら」

「ゼロ距離衝撃波ね！　ふふふ、痛そう。ありがとう、メロディ。『聖なるハリセン』は殺傷・非殺傷を自由に選択できる私の最強武器ね！」

「お嬢様、淑女の礼節と博愛の精神を忘れないでくださいね!?」

「もちろんよ。淑女ルシアナ・ルトルバーグは敵以外にはとっても優しいんだから。安心して」

パッと華やぐ笑顔のルシアナに、どうか危ない事件が起きませんようにと願うメロディだった。

「それはそうとどうかしら、メロディ。私、結構戦えると思わない？」

「結構というか、想像以上の強さですよ、お嬢様。悔しいですけど、護衛がいらないと仰る意味が理解できてしまう戦闘力です……淑女の評価基準に戦闘力ってどうかとは思いますけど。あ、そういえばお嬢様、確か戦闘を始める前に私からもらった力は三つあるって仰っていましたよね」

「ええ、言ったわ」

「一つ目は『聖なるハリセン』、二つ目は『身のこなし』でしたよね。あと一つは？」

「ああ、それはね――」

ルシアナが説明をしようとした瞬間だった。ルシアナの背後、メロディの死角からハイダーウルフが迫り、鋭い牙を生やした口がルシアナへ襲い掛かる光景をメロディは目にした。

「おじょ――」

（間に合わない！）

ルシアナも背後の気配に気が付いたのか咄嗟に振り返って左腕を眼前に翳る。ハイダーウルフの強靱な顎がルシアナの左腕を勢いよく挟み込んだ。

メロディは間に合わなかった。あまりにも一瞬の出来事。死角から突如として現れたハイダーウルフの策にまんまと引っかかり、ルシアナの腕に噛み付かれたのだ。

今回のハイダーウルフは五頭ではなかった。六頭態勢による、最後の罠担当がいたのである。ルシアナに噛み付いたハイダーウルフはご満悦だ。後は自身の強靱な顎の力で腕を噛みちぎってその柔らかい肉の味を堪能すればいい。仲間を失ってしまったが同族はまだ他にもいるのだから気にする必要もない。

勝利を確信するハイダーウルフ。人間の攻撃力には驚かされたが所詮は人間。ハイダーウルフの牙の前にはただの餌よ。そう内心で無防備を晒したルシアナを馬鹿にしていた。

だが、ハイダーウルフはすぐに異変に気が付く。先程から全力で噛み付いているにもかかわらず人間の腕を噛みちぎれないのだ。血の味もしなければ牙が肉に食い込む感触すらない。

「……見て、メロディ。これが、メロディが私にくれた三つ目の力。私を守ってくれる最後の砦。『守りの魔法』よ」

ルシアナはハリセンを振り上げた。ハイダーウルフは気付く。自分の牙が人間の服の外側からこれっぽっちも食い込んでいないことに。異常なほどの鉄壁の防御力に。

「私のメロディが掛けてくれた『守りの魔法』があんた程度に超えられるわけないでしょうが！　いい加減に、しなさあああああああああああああい！」

ルシアナのハリセンツッコミが最後のハイダーウルフに振り下ろされた。あまりの衝撃にハイダーウルフは悲鳴を上げる暇さえなかった。

地面に転がるハイダーウルフ。空気を介さず直接打ち据えたので、ハイダーウルフは全身を痙攣させて泡を吹いているだけで命に別状はなかった。だが、しばらく目が覚めることはないだろう。

ハイダーウルフに噛まれた腕を手で払うと、ルシアナは自慢するように左腕をメロディの目の前に差し出した。

「ほら見てメロディ！　あなたが私の制服に掛けた守りの魔法は鉄壁ね！　大丈夫、あなたの魔法はしっかり私を守ってくれる。だから安心してちょうだい」

メロディはポカンとした表情でルシアナの左腕を見つめた。

「ふふふ、メロディのおかげで私はもう無敵ね。教えてもらった『身のこなし』で敵に近づくも離れるも自由自在。最高の盾『守りの魔法』があればどんな攻撃だって大丈夫。そして最強の武器『聖なるハリセン』があればどんな敵だってちょちょいのちょいよ！」

ルシアナはちょっと冗談のように言っているが、割と本気で無敵令嬢が完成しそうである。

まだ放心気味のメロディにルシアナは笑顔を向けていたが「えっと、だからね……」と、少し恥ずかしそうにモジモジしながらメロディを上目遣いで見つめ始めたのだ。

「……だからね、私は無理に守ってもらわなくても大丈夫だから……クラスメートとしてじゃなく

て私のメイドとして帰ってきてくれないかな、メロディ……えっ⁉」

メロディの瞳からポロポロと涙がこぼれ落ちた。突然のことにルシアナは慌てふためく。

大粒の涙を流しながら、メロディは思った。

（うん、そう、私はメイド。ご主人様を守るためにいるんじゃない。守ることが悪いわけじゃないけど、私はメイドだから……おそばにいてご主人様を支えなくちゃいけなかったんだ）

「メ、メロディ、どこか痛いの？　私、何か悪いこと言っちゃった？」

「いいえ、違うんです。お嬢様、私はまたお嬢様のおそばにいてもいいですか」

「もちろんよ。クラスメートのセシリアもよかったけど、やっぱり私はあなたに、我が家のオールワークスメイド、メロディにそばにいてほしいわ。また私に最高で素敵な笑顔を見せてね！」

「はい、ルシアナお嬢様！」

メロディは笑った。ポロポロ泣いて瞳は赤く充血してしまったけど、今夜の彼女の笑顔はきっと最高で素敵だったに違いない。

その答えはルシアナだけが知っているが、独占欲の強い彼女がその秘密を教えてくれる日は永遠に来ないのであった。

◆◆◆

マイカはメロディの決断を聞いてホッと安堵の息を漏らす。

「話がまとまってよかったです。でも、どうやってメロディ先輩は学園を辞めるんですか？」

「医務室の先生がセシリアの症状を『魔力酔い』かもって疑っていたでしょ。今度検査をするって話だったから、その時に『魔力酔い』と診断されるようにすれば」

「王都にいられなくなるから自然と学園を去れるってわけですね！」

「問題はどうやって検査魔法具の診断を誤魔化すかよね」

「どこかで情報を得られないですかね？」

うんうんと悩むマイカとルシアナ。しかし、リュークは別のことが気になっていた。

「……メロディはもう病人じゃないんだが、大丈夫なのか？」

「「え？」」

血色の良い瑞々しい肌のメイドがここにいた……病人？　ナニソレオイシイノ？

「開け、奉仕の扉『通用口』！　ポーラ、私に病人メイクを教えてちょうだい！」

「メロディ!?　倒れたって聞いたけど大丈夫なの!?」

「どうして知ってるの!?」

無事『魔力酔い』の診断結果を得るため、メロディの奔走が始まった。

セシリア嬢は演技派女優

「申し訳ございません。いくらレギンバース伯爵様といえど、女子上位貴族寮へ殿方をお招きすることはできません。お引き取りください」

「むぅ……やはりダメか」

九月二十四日。セシリアが倒れて二日目の午後、学園から知らせを受けたレギンバース伯爵クラウドはセシリアを見舞うため学生寮に赴いていた。

予想していなかったわけではないが、残念ながら女子寮へ入ることは許されず、見舞いをすることは叶わなかった。応対したルシアナにきっぱりと断られたのである。

ちなみに、男性の客人は寮に入れないが、男性使用人は入ることが可能という、微妙な矛盾をはらんだ決まりだったりする。使用人の場合、使用人専用通路を利用することで主以外の生徒と遭遇しない配慮がなされている。

生徒や他の女性使用人の随伴という形であれば寮の主通路を通ることが許されるが、男性使用人単独で主通路を利用することは固く禁じられていた。違反した場合、重い罰則規定があるので注意が必要である。女子貴族寮でリュークが働けるのはこういった決まりのおかげであった。

そして残念ながら、王国貴族たるレギンバース伯爵には適用されないのである。

「セシリア嬢の容態はどのような？」

「重度の倦怠感と目眩が酷いそうです。医務室の先生は『魔力酔い』を疑っておりました」

「『魔力酔い』……そんなまさか」

クラウドは驚きを隠せない。もしその予想通りであれば、セシリアは療養のため王都を離れなければならないだろう。

（せっかく編入試験も頑張って合格したというのに、何たることか……！）

クラウドは眉間を指で解した。この世に神はいないのか、と割と本気で憤っていた。

「伯爵様。明日、医務室で『魔力酔い』の検査をするそうです。寮へお招きすることはできませんが、どうしても気になるようでしたら明日の検査に同席されてはいかがでしょうか」

「――っ！　ああ、そうさせてもらおう」

「検査には専用の検査魔法具を使うそうなのですが、そのような物のことは初めて伺ったので少し不安で。一体どのような仕組みの魔法具かご存じでしょうか」

「ああ、それは――」

クラウドは検査魔法具について詳しく説明してくれた。後でセシリアに伝わると思ったからかもしれない。

魔力というものは常に体内を一定方向に循環している。しかし、魔力酔いになるとそれが不規則になり、体調不良を引き起こすのだとか。魔力酔いの反応は基本的に体全体で起きることが多いので、全身の倦怠感や目眩を引き起こす症例が多いそうだ。

「検査魔法具はその乱れた魔力の流れを読み取って、魔力酔いかどうかを診断するそうよ」

ルシアナは見舞いに来たレギンバース伯爵から聞いた情報をこの場の者達に共有した。

女子上位貴族寮にあるルシアナのリビングルームに集まっているのは、ルシアナとメロディ、マイカとリューク、そしてレクトとポーラの合計六人である。

昨夜、病人に見えるメイクを教えてもらうため、メロディはポーラが務めているレクトの屋敷に転移の扉を接続した。既に夜になっていたのでポーラがもう帰ってやしないかと心配したが、幸いなことに彼女はまだ屋敷に留まっていた。もちろんレクトもいた。

そして二人は、セシリアが授業中に倒れたことをなぜか知っていたのである。

「学園側からセシリアの後見をしている伯爵閣下へ連絡が来たんだ」

レクトはそう説明してくれた。たまたま彼もその場に居合わせていたので情報を得ていたらしい。

そのため容態を心配していたのだが、昨夜の元気な突撃に遭遇してしまったわけだ。

「メロディが元気だったのは良かったけど、まさかせっかく入った学園を今度は去るための計画に協力することになるとはね。イヤかって？　んふふ、面白そうだから手伝うに決まってるでしょ」

メロディから説明を聞いたポーラの答えである。どうやら病人メイクという新ジャンルに興味がある様子。検査の日に健康的なセシリアの姿では困るので、ポーラは病人メイク担当である。

「でも、伯爵様のおかげで最低限の準備はできそうね。本当はヘタレ騎士様がご存じであればこんな手間は必要なかったんだけどね」

「すまない。医療系の魔法具については完全に専門外なんだ……ヘタレ騎士はやめてくれないか」

「とりあえず基本的な仕組みは分かりましたから、後は実際に検査をする際に私がどこまで診断を誤魔化せるかですね」

「大丈夫なんですか、メロディ先輩」

心配そうにするマイカにメロディはニコリと微笑んだ。

「任せて、マイカちゃん。私、他人の魔力を感知するのは苦手だけど自分の体内の魔力を制御するのは結構得意なの。何とか魔法具に合わせてみせるわ」

「最悪上手くいかなかったとしても別の方法を考えればいいだけだ。何も問題はない」

「ふふふ、励ましてくれるの、リューク？　ありがとう」

「……そんなんじゃないさ」

リュークはそっと目を逸らした。顔が無表情なので照れているのかどうかは分からない。

ある程度話は詰め終わったので、ルシアナが代表してまとめに入った。

「というわけで、当日の役割としては……私ルシアナはセシリアの付き添い。リュークはセシリアを運ぶ係で、マイカは留守番ね。ポーラはメロディの病人メイク担当で、ヘタレ騎士レクト様は特に役目なし。以上です！」

「異議あり！　留守番は寂しいです」

「俺は寂しいわけではないが、集まっておいて役目なしなのはつらいな」

「しょうがないでしょ。元々そんなに人手が必要な作戦じゃないんだから。マイカとヘタレ騎士の仕事は、メロディがきっちり『魔力酔い』認定を受けてからね」

「その後で仕事ってあるんですか？」

「あるわよ。よく考えてもみなさいよ。セシリアが『魔力酔い』と診断されたら王都にはいられないのよ。となると、王都を出てどこかで静養する必要がある。さて問題です。そんな重病のセシリアちゃんを誰がどこへ運ぶでしょうか？」

「そうか。放っておいたら閣下が全て差配するに決まっている」

ルシアナが懸念を語ると、レクトは状況を理解した。

「つまり、セシリアを運ぶ人員は我々で用意する必要があるわけか」

「そういうこと。セシリアは本来存在しない人間よ。事情を知らない人間が相手じゃどこかでボロが出かねない。だから、こっちで先んじる必要があるの」

「具体的にはどうするんだ?」

リュークが尋ねるとルシアナは全員を見回して口を開いた。

「まず、セシリアを静養先へ送る馬車と人員の手配は我がルトルバーグ家で行う……という旨をお父様からレギンバース伯爵様へ伝えてもらうわ」

「閣下が受け入れるだろうか」

「父に相談するけど、多分いけると思う。そろそろ噂が立っても可笑しくないと思うのよね」

「噂? お嬢様、どういうことですか?」

メロディが尋ねるとルシアナは少しばかり嫌そうな顔になった。

「……こう言っちゃなんだけどレギンバース伯爵様はセシリアを気に掛け過ぎてると思うの。今日だって女子寮だと分かっているのにお見舞いにまで来てるし。だからそろそろ『いい年した大人の男が十五歳の少女に懸想している』なんて噂が出始めてもおかしくないかなって」

「あの、お嬢様? 伯爵様はそういう方ではありませんよ?」

「あくまでそういう噂が出るかもって話よ。多分ご本人もちょっとやり過ぎている自覚はありそうだし、まだ噂が生まれていなくてもその懸念について説明すれば控えてくれると思うの……で、そこからがあんたの仕事よ、ヘタレ騎士様」

「……俺の？」

「伯爵様がお父様の提案を了承したとしても、おそらく何もしないなんて無理だと思うわ。それは編入試験への助力や今回のお見舞いを見れば明らか。そして私達に用意するのが難しいポジションに目を付けるはず。つまりは護衛ね。あなたにはその護衛に立候補してほしいってわけ」

「確かにありそうな話だ。分かった。その際はきっちり仕事をさせてもらう」

「それで、セシリアの静養先はうちのルトルバーグ領にするつもりよ。我が領は小さいながらも魔障の地を持たない魔力的には静養向けの土地といえる。アバレントン辺境伯領にセシリアの故郷は存在しない以上、もっと近場でコントロールしやすい土地にセシリアは向かった。ということにできれば最高ね。でないと、偽装のためとはいえセシリアと一緒に送り出すマイカとリュークが大変だもの」

「えー⁉　もしかして検査後の私の仕事ってそれですか？」

「そうよ。レギンバース伯爵様が見送りに来る可能性もあるからちゃんと人員は用意しないとね」

「うう、消去法的に私しかいないですもんね。分かりましたよ」

「つまり、俺とマイカ、セシリア役のメロディとレクティアスでルトルバーグ領へ向かうのか？」

「ある程度進んで人気がなくなったらメロディの魔法で帰ってきて。だって、メロディには私のメイドとして学園に来てほしいんだから。まあ、その辺は当日臨機応変にってことでよろしく」

「ああ、分かった」

「皆さん、私の我が儘のせいでご面倒をお掛けしてしまい申し訳ありません。ご協力に感謝します」

大方の相談が終わり、最後にメロディが皆に礼を告げた。

「よーし、それじゃあ皆、明日から頑張りましょう！」

◆◆◆

九月二十五日。王立学園の医務室に、男性使用人に抱えられたセシリアがルシアナとともに入室した。顔色は悪く、三日前に倒れて以降、あまり改善はしていないことが窺える。

養護教諭に促されセシリアをベッドに寝かせた。

「おはよう、マクマーデンさん。ご気分はいかが？」

「……おはようございます、先生。ここのところ、ずっとボーッとして……」

セシリアはうっすらと目を開けて養護教諭を見た。しかし、それもつらいのか視点が定まらないようだ。

「そう。今から検査の準備を始めるからそこで少し休んでいてね」

「……ありがとう、ございます」

セシリアは養護教諭に礼を告げると、ゆっくりと瞼を閉じるのだった。

（メロディ、演技派ね。素晴らしいわ！）

神妙な顔つきでセシリアを見つめるルシアナは、心の中でメロディを褒め称えていた。

検査の準備を待っていると、来客が現れた。レギンバース伯爵クラウドだ。彼はセシリアが眠るベッドまで来ると、目を見開き愕然とした表情になった。

「……セシリア嬢」

「……んっ……あ、伯爵様？」

演技派メロディは、クラウドの声に反応して意識を取り戻したように見せかけた。

演技の方針は『薄幸の美少女』。クラウドに対しても健気な少女を演出します。

「……申し訳、ありません。私、せっかく……伯爵様が……」

「大丈夫だ。何も気にする必要はない。まずは検査をして様子をみよう」

まるで風邪をひいた可愛い我が子に話しかけるようだ。クラウドは幼子をあやすように柔らかな笑みを浮かべ、セシリアが安心できるよう細心の注意を払った。

（ご、ごめんなさい、伯爵様。本当に、騙してごめんなさい！）

演技は続けるものの、内心では冷や汗もののメロディである……ちなみに、メロディがクラウドに伝えていない最大の秘密は、もちろん彼女自身がクラウドの実の娘であることだが、残念ながらメロディ自身がその事実に気が付いていないのでどうしようもないのだった。

「準備ができました。検査を開始します」

検査魔法具は水晶玉のような形をしていた。水晶玉の中には煌めく光の粒が漂っており、対象の魔力の流れを観測すると光の粒が動き出して状態を示す仕組みになっている。

正しい魔力の流れなら光の粒は真円を描いて動き、そうでない場合は無軌道な軌跡を描くことになる。

水晶玉から伸びる四本の管をセシリアの手足に固定し、とうとう検査が開始された。

他者の魔力に鈍感なメロディだが、自身の体内を巡る魔力の制御には自信があった。何せ聖女の力に目覚めた直後から完全に制御してきているのだから。

精密な感知技術で体内の魔力を完全に把握しているメロディ。検査魔法具から検査用の魔力がメロディの体表に流れ出て、それを異物として捉えたメロディはより一層、検査魔法具の魔力の動きを正確に把握することができた。

そこから分かったことは、この検査魔法具は対象の最も表層の魔力の乱れを計測することで深部魔力の動きを予測し、それを診断結果として表示しているらしい。

（つまり、体表の魔力を『魔力酔い』と診断できるように操作してやれば――）

「こ、これは……」

養護教諭は目を見開き、検査魔法具とセシリアを何度も見返した。水晶玉の中の光の粒は一切の法則性を感じさせない酷い軌道を描いていた。

つまり、これは……。

「残念ながら、セシリア・マクマーデンさんは『魔力酔い』と診断されました」

俯き、沈黙するルシアナ達。そして、クラウドは苦しみに耐えるように歯を食いしばると、しばらくしてセシリアへ向けてこう告げた。

「……セシリア嬢、王立学園を一時休学したまえ。体調の回復を優先するように」

（申し訳ありません、伯爵様……）

瞼を閉じて眠っていると思われるセシリアの頭を、クラウドはそっと撫でた。

まるで愛しい我が子にするように。

クラウドは「セシリア嬢のことを学園長に伝えてくる」とだけ言って、医務室を後にした。

こうして、セシリア・マクマーデンの短い学園生活はあっけなく終わりを迎えたのであった。

さよならセシリア・こんにちはメロディ

九月二十七日。本日は王立学園が休みの日。
ルトルバーグ伯爵家の門前に一台の馬車が用意されていた。御者台に乗るのは紫髪の美青年リュ
ーク。馬車のそばで馬に跨がっている美青年は護衛騎士のレクト。馬車の中にはお世話係のメイド
としてマイカ、そして静養のために王都を出立する病人、セシリアがいた。
今日、セシリアは『魔力酔い』の症状を抑えるためにルトルバーグ領へ静養の旅に出る。人員や
馬車の手配、そして行き先まででルシアナ達が事前に相談した通りに事を運ぶことができた。
当初の予定通り、ルシアナは父ヒューズにクラウドの説得をお願いした。最初は渋っていたが、
『レギンバース伯爵がセシリアに入れ込んでいる、懸想しているのでは』という噂が出始めている
という進言にはかなりショックを受けていたそうだ。
相当不本意だったようで、ヒューズの提案は大体受け入れられた形だ。そして、護衛に関しても

ルシアナの予想通りであった。ルトルバーグ家で用意できる護衛がいないことは把握されていたのでレギンバース伯爵家から立候補したレクトが参加している。

全ての準備が整った頃、メロディは力を振り絞って別れの挨拶をするセシリアを演じた。馬車から顔を出し、無理をしているけれど精一杯の笑顔を作り、クラウドへ礼を告げる。

「伯爵様、お見送りに来てくださって、ありがとうございます」

「セシリア嬢、無理をしなくていい。さあ、馬車の中で寛ぎたまえ」

「……伯爵様、私、また体調が回復したら、ご挨拶に戻って……」

「それは嬉しいが、まずは静養に専念したまえ。その日が来ることをずっと待っているとも」

「はい。いずれまた……」

「ああ、また……」

セシリアはぎこちないながらもニコリと笑った。クラウドは泣きそうな笑顔を浮かべ、そして馬車は走り出す。

「ご安心くださいませ閣下。領地には代官の弟がおります。しっかり面倒を見るよう手紙に認めておりますので」

「……ああ、よろしく頼む、ルトルバーグ殿」

セシリアを乗せた馬車はすぐに見えなくなった。クラウドはじっとその光景を見つめていた。

◆◆◆

「メロディ先輩、再会の約束なんてしてよかったんですか？」

セシリアを乗せた馬車の中で、マイカが首を傾げながら尋ねた。馬車の小窓はカーテンで覆われ、さっきまで息も絶え絶えだったセシリアは普通に席に腰掛けている。

「うん、さすがにこれだけご迷惑を掛けた伯爵様にこのままお別れとはいかないもの。時折、調子が戻りましたと言ってご挨拶するくらいは設定的にも問題ないいんじゃないかな」

「まあ、舞踏会には普通に参加していますしね、数日滞在とかなら問題なさそうです」

（仕方がない事とはいえ伯爵様には本当に申し訳ないことをしてしまったもの。何か償いができればいいんだけど……）

ある程度馬車が進むと人気のない街道に到着した。馬車を路肩に止めてレクトとリュークが本当に誰にも見られていないかを確認し、お墨付きをもらったマイカと、メイド姿のメロディが馬車から降り立った。

「レクトさん、付き合ってくれてありがとうございます」

「俺は君がセシリアとして学生になると決めた時から最後まで付き合うと決めていたんだ。もちろんそれは学生を辞めることも含まれている。だから、気にしないでくれ」

レクトは苦笑して答えた。

「すみません、ありがとうございます」

「ここから俺達とメロディは別行動でいいんだな」

リュークが尋ねた。メロディは首肯する。

「ええ、私は屋敷に戻ってこれからお嬢様と一緒に王立学園へ行く予定よ。皆はこれから、本当にルトルバーグ領へ向かうのよね」

「ああ、俺は閣下からセシリアを守るよう仰せつかっているから、途中で帰ったら大変なことになってしまう」

「旦那様からヒューバート様宛ての手紙を預かっているし、そろそろヒューバート様が倒壊した屋敷の件で王都に来る予定らしいから、この馬車で迎えに行ってほしいそうだ」

「ということは、往復十日と予定の調整に三日か五日かかるとして、最大十五日の旅かしら」

「まあ、そんなところだろう」

「長いです！」

旅の長さに文句を言ったのはマイカだった。

「でも、前の旅とそんなに変わらないわよ、マイカちゃん」

「一番の問題はメロディ先輩が同行しないことですよ！　生活水準が激下がりです！　せめて前に使った魔法のログハウスくらいないと厳しいですって」

王立学園が夏季休暇になり、故郷へ帰省する旅の間の宿泊施設として造った魔法のログハウス。確かにそれがないとテントか野宿がメインとなり時々宿屋になるかもしれない。

「でもあれは私じゃないと扱えないし……」

「はい、それは分かっています。だから提案があります！　メロディ先輩の魔法で五日後に私達をルトルバーグ領の手前に送ってください。その間私達はお屋敷でお仕事してますんで」

マイカの提案にメロディは目をパチクリさせて驚いたものの、割と合理的な意見な気がして他の二人の希望も確かめた。

二人ははっきりと口にしなかったものの、王都でくつろいでからの移動ができるならそっちの方がいいだろうなぁ、なんて考えていることはバレバレで。

結局、メロディ達は全員、ルトルバーグ伯爵邸へ馬車ごと帰ってきたのである。

「それじゃあ、悪いんだけどセレーナ、レクトさん達のことをよろしくね」

「お任せください、お姉様。ただ、私はルトルバーグ領に行ったことがないので、皆さんを送り届けるのはお願いします」

「ええ、分かったわ」

「メロディ、そろそろ行くわよー！」

「あ、はーい。畏まりました！　それじゃあ、行ってくるね」

「はい、お姉様……」

セレーナにニコリと微笑むとメロディはルシアナが乗る馬車へと駆けて行く。セレーナは楽しげに走るメロディの背中を見つめながら――ふと、意識が途切れた。

立ったまま一度瞳を閉じて、ゆっくりと瞼が上がる。瑠璃色の瞳が煌めき、メロディの背中を愛おしげに見つめる。

やがて馬車に辿り着くと、メロディは一度こちらへ振り返り軽く手を振ってくれた。

「行ってきます、セレーナ！」

「行ってらっしゃい！」

メロディの挨拶に、セレーナも同じく返す。メロディが馬車に乗り込むと、セレーナは走り出した馬車に向かって優しく手を振った。

「……行ってらっしゃい。私の可愛いセレスティ」

馬車が見えなくなった頃、セレーナは振っていた手を下ろした。そしてそっと瞳を閉じる。瞼がピクリと揺れたかと思うと、セレーナは目を開けて――。

「あら？　お姉様は？」

なぜかメロディの姿が見えないことを不思議に思うのだった。

◆◆◆

「さて、しばらくマイカとリュークがいない日が続くから、当分は私とメロディの二人で頑張っていきましょうね」

「はい、お嬢様」

メロディは学生セシリアではなく、メイドのメロディとして再び王立学園の敷地に足を踏み入れた。これからは脇目も振らずメイドの業務に邁進する所存である。

久しぶりに管理する部屋の状況を確認している時だった。来客を告げるベルが鳴った。

「お休みの日に誰かしら。サーシャかな。ルーナ様がお嬢様に御用とか？　はい、どちら様でございましょうか……あっ」

「えっと、ルシアナ様はいらっしゃいますか。私、同級生のキャロル・ミスイードって言うんですけど、今会ってもらうことってできますか？」

（どうしてキャロルさんがここに？）

来客は、同級生のキャロル・ミスイードだった。彼女はセシリアとは寮で隣室、教室では席も隣の関係であったが、ルシアナとの接点はあまりなかった気がするのだが……お客が来た以上は詮索する必要もなし。おもてなしの時間だ。

メロディはニコリと微笑むと恭しく一礼した。

「いらっしゃいませ。只今ルシアナ様にご都合を伺って参りますので少々お待ちください」

「あ、はい」

メロディはルシアナのいる寝室へ向かうのだった。

◆◆◆

ルシアナの下へ向かうメイドの少女の背中を見つめながら、キャロルは現在進行形で混乱していた。ちょっと予想外の事態に陥ってしまったからだ。

キャロルの目が、絵描きとして本質を捉える彼女の才能が、ひとつの答えを導き出していた。

「どういうこと……？」

だが、彼女の直感が導き出した答えをキャロル自身はすぐに消化することができなかった。

しばらく待っていると、メイドの少女が戻ってくる。

「お待たせしました。お嬢様がお会いになるそうです。ご案内致します、どうぞ」

応接室へ案内されるキャロル。その間、彼女はジッとメイドの背中を凝視していた。

「いらっしゃい、ミスイードさん」

「あの、今日は突然押しかけてすみませんでした」

応接室には既にルシアナがいて出迎えてくれた。クラスメートとはいえ貴族令嬢に出迎えられるのは少し緊張してしまう。

「いいえ、訪ねてくれて嬉しいわ」

ニコリと微笑むルシアナからは気品が感じられ、キャロルは一層萎縮してしまう。

(ああもう、何しに来たのよ私！　ちゃんとしろ！)

どうにか今日の訪問の目的を果たそうとした時だった。

「どうぞ、紅茶でございます」

先程のメイドの少女が紅茶の入ったティーカップをキャロルの前に置いた。

「え？　あ……」

「どうぞお飲みになって。彼女の淹れてくれるお茶はとても美味しいのよ」

「はぁ、じゃあ……うわ、美味しい」

「でしょう？　メロディが淹れてくれるお茶は世界一美味しいのよ」

「……あなた、メロディっていうんだ」

「はい。ルシアナお嬢様のメイド、メロディ・ウェーブと申します。どうぞお見知りおきくださいませ、キャロル様」

メロディと名乗ったメイドは、それはもう美しい所作でキャロルへ一礼した。

「……綺麗」

見蕩れるようにキャロルが呟くと、ルシアナは嬉しそうにニッコリ笑った。

「えへへ、うちのメロディは可愛いでしょ。世界で一番可愛いメイドなんだから」

ルシアナはなぜか自慢げに胸を張った。キャロルは目の前の光景に思わず目を点にしてしまう。

「お嬢様、お言葉が崩れていますよ」

「もういいの。メロディのことを褒められる人とはもっと砕けて話したいわ。いいでしょう、ミスイードさん……と呼ぶのも面倒ね。キャロルって呼んでいい？」

「……ルシアナ様ってそんなふうにしゃべるんですね」

「あら、仲がいい人とはいつもこんな感じよ。今日からキャロルも一緒ね！」

「は、はぁ」

「お嬢様、いきなり過ぎます。キャロル様が付いてこれていませんよ」

「こういうのは慣れよ、慣れ。これから改めてよろしくね、キャロル」

「えっと……分かり、ました？」

「そういえば、何か用事があって来たのよね？　あ、メロディ。紅茶おかわり」

「あ、はい……えっと……」

今日のキャロルはとある目的があってルシアナを訪ねた。彼女ならキャロルの知りたい情報を持っているのではと思い至ったからだ。

だが、彼女の目的は今、どうしてよいのかよく分からない状態となっていて、キャロル自身、気持ちの整理がついていなかった。

そのせいで言葉に詰まってしまう。どうしようと視線をさまよわせた時――。

キャロルにとって福音とも言うべき光景が広がっていた。

彼女の目に飛び込んできたのは、ワゴンに載せたティーカップに艶めかしい黒髪のメイドがティーポットから紅茶を注いでいる情景。

言ってしまえばだたそれだけ。だが、キャロルはその風景に魅入られた。いつの間にか立ち上がり、思わず口元を両手で押さえていた。

背筋をゾワゾワと冷たいものが駆け巡り、ゆっくりと目が見開かれていく。

ティーポットから最後の一滴が注がれ終わった時、紅茶の水面がポチャリと揺れて、波紋を生み出したその瞬間、この情景は完成したのだとキャロルは戦慄する。

何もかもが色彩に溢れていた。空気も音も、食器も紅茶の一滴でさえも、全てに感情が込められていた。その中核が何であるかなどキャロルが考える必要はなかった。

「そうか……だからずっと……色が、なかったのね」

「え？　キャロル？　どうしたの⁉」

気が付けば足の力が抜けてソファーに体を預けていた。興奮したせいか呼吸が荒い。口元にあった両手は、今は胸を押さえている。普段よりも早鐘を打つ心臓のリズムが心地よい。

そしてキャロルは立ち上がった。

「えっと、キャロル？　大丈夫？」

「ああ、ダメ……描かなくちゃ、刻まなくちゃ。忘れないうちに、この溢れる色彩を！」

突然大きな声を上げたキャロルにルシアナ達は目を点にして驚いた。

「帰ります！」

「え⁉　用事があったんじゃなかったの？」

「必要なくなったので。すみません、私、早く帰って描かないと！」

「全然分かんないんだけど⁉」

ルシアナの混乱など無視するように、キャロルは部屋を出るべく歩き出した。メロディも状況についていけず、呆然とキャロルを見送っている。

だが、応接室を出る直前、キャロルは振り返ってメロディに告げた。

「メロディ、もう透明になんてなっちゃダメよ。その色、溢れんばかりの色彩を忘れないで」

「し、色彩？」

メロディは自身の姿を確認した。白と黒をベースにしたメイド服姿である。髪も目も黒いので色彩というよりはモノクロである……が、キャロルには何かが見えているのかもしれない。

それだけ言うとキャロルはルシアナの部屋を出て自室に帰るべく走り出した。

「もう、あの子ってば『魔力酔い』になって休学したんじゃなかったの⁉　ルシアナ様に状況を聞こうと思ったらあんな色鮮やかになって戻ってくるなんて！　素晴らしい！　アメイジング！」

（ああ、でもでも！　今の私に伝えられる？　私の技術であの美しさを表現できる？　あんなに生き生きして、人生の尊さを全身で表現していたあの子を、私に描けるの⁉）

私には無理かもしれない。私の技量じゃ足りないかもしれない。

だけど、だけど――！

あの光景を――黒髪のメイドが金髪の少女に紅茶を淹れるあの一瞬を。

（私は、描きたい！）

自室に戻ったキャロルは机の上に置きっぱなしにしていた選択授業の申込用紙を手に取った。

彼女はそこに何かしら記すと慌ただしく部屋を出て行った。

エピローグ　君は誰だ？

九月二十七日。セシリア・マクマーデンが静養のために王都を出立した頃、王城のクリストファーの私室にていつもの三人が集まっていた。

「まさかの爆速退場だったなぁ」

「いやホントに彼女は何だったのかしら……？」

クリストファーは遠い目をし、アンネマリーは頬に手を添えてため息をついた。

「俺なんてほとんど会話をする機会もなかったからね」

特に関わりが薄かったマクスウェルは苦笑を浮かべて紅茶を飲むだけである。

彼らが話題に上げている人物はもちろん、編入期間たった二週間足らずという、本当に何しに来たんだと言いたくなるような短い間のクラスメート。セシリア・マクマーデンについてである。

「名前、能力、性格、容姿。どれをとっても一級品の美少女。彼女が聖女であれば話が早かったんだが、まさか『魔力酔い』で学園を去ることになるとは」

「完全に想定外でしたわね。天は二物を与えずとはいいますが、あれほど出来た人にこのような弱点をお与えになるなんて神様も残酷なことをなさるわ」

「確か、ルトルバーグ伯爵領で静養するそうだね」

「あそこは魔障の地がないから魔力の影響を受けにくいらしい」

「故郷はアバレントン辺境伯領なのだろう？　故郷に帰らなくていいのかな」

「母子家庭で既に母親も他界していて、親戚もいないそうですわ。友人はいるかもしれませんが静養となると伯爵家で面倒を見てもらえるならそちらの方が良いでしょう」

「確かルトルバーグ伯爵家は過去の借金はもうないんだろ。伯爵は宰相府でバリバリ働いているみたいだし、これからは生活水準も上げられるんじゃないかな。セシリア嬢一人増えたくらい問題ないだろう」

「いや、そうとも言い切れないらしいよ」

「まあ、マクスウェル様。何かございまして？」

「先日父から聞いたんだけど、どうもルトルバーグ伯爵領の屋敷が地震、というのかい？　地面が揺れる自然現象に遭遇して屋敷が全壊してしまったらしい」

「そんなことが⁉　被害はどうだったのでしょう」

「幸い人的被害はなかったそうですが、屋敷を建て直さなければならないので費用をどうしようか悩んでいるそうです」

「死者がいなかったのは幸いですけど、よくよくお金回りに苦労するお家ですのね」

「それじゃあ、セシリア嬢はどこで静養するんだ」

「何でもいざという時に使える代わりの小屋敷が元々あったらしくて今はそこを拠点にしているそうだよ。とはいえ伯爵家の屋敷としては小さいから体裁を考えると建て直しは必須らしい」

「まあ、ルトルバーグ家も上位貴族の一角だし仕方ないか。あれで伯爵家でなければ『貧乏貴族』だなんて悪口とも言えないような安直すぎる通り名を付けられることもなかっただろうに」

「実際、ルトルバーグ家より資金繰りに苦労している家なんていくらでもありますしね。あくまで伯爵家として考えると困窮しているというだけで」

「貴族の妬み嫉みとは斯くも恐ろしいということですわね……って、話が逸れていましてよ」

アンネマリーはパンパンと両手を鳴らして話を切り替えた。

「セシリア嬢は聖女候補から外れたと考えていいのかな」

「可能性をゼロと断言できなくて申し訳ないのですけど、王都に長く滞在できないという点を考慮すると可能性は低いと考えられます。王都はヴァナルガンド大森林の魔力波長の影響を強く受けている土地です。魔王を倒すはずの聖女が、その魔王の魔力の影響で健康を損なうようでは聖女として覚醒できるとは考えにくいですから」

「となると……やはり現状の聖女候補筆頭はセレディア嬢かな」

「今のところ兆候は見られませんが、彼女しかいないとも言えます」

「ルシアナ嬢はどうなんだ？　彼女は何度か聖女の立ち位置にいたことがあるだろう？」

「聖女の絶対条件が分からない以上、可能性のうえでゼロと言えないのですが、私個人はないと考えています」

「……その理由は？」

思案しながら答えるアンネマリーにマクスウェルが尋ねた。

「彼女は聖女ではなく、今でも『嫉妬の魔女』なのではないかと考えています」

「そうか？　夢の彼女とは性格が全然違う気がするけど……根暗じゃないし」

アンネマリーは首を振った。

「いいえ、今のルシアナさんはきっと、幸せな嫉妬の魔女なのだと思います。不幸が訪れなかった嫉妬の魔女……困窮を蔑まれることもなく、やむを得ず舞踏会を欠席することもなく、父親が不正を働く事件も起きず、魔王に魅入られる悪夢とも関わらない。訪れるはずの不幸を全て回避した結果、私達の前に現れたのは優しくて正義感があり、ちょっと独占欲が強くて可愛い女の子」

「それが『幸せな嫉妬の魔女』というわけですね」

舞踏会で自分に向けてはにかむように微笑んだ姿が思い出され、マクスウェルの口元が綻んだ。

「確かに、セシリア嬢についてはちょっと独占欲見せてるところあったよな」

「登下校や昼食は大体一緒でしたしね」

「この前の牧場の遠乗りも、セシリア嬢が誘われたから慌てて参加表明した感じだったものな」

「セシリアさんの後ろに乗せてもらってとても楽しそうでしたわ」

アンネマリーは先日の光景を思い出して微笑むが、マクスウェルがハッと気が付く。

「またいつの間にか話が逸れてしまったね」

「あらいけない。でも、それもこれも話し合うべき中核となる情報が不足しているからですわ」

「聖女さえ見つかればグッと話が進むんだがなぁ」

「何か明確な見つけ方があればいいんだけどね」

「次に聖女が大々的に活躍するとしたら十月の終わりですわ」

「……学園舞踏祭か」

「ええ、夢ではこの時、魔王に操られた少年、ビューク・キッシェルが再び現れ戦闘となるはずですが……」

「魔王を封印していた剣は半分に折れてしまい、剣身の上半分は王城で保管している。夢ではなかったこの状態が今の魔王にどんな影響を与えているのか分からないが、次の目標はここだな」

「学園舞踏祭なら学年に関係なく参加可能だ。俺ももう少し力になれるかもしれない」

「ああ、頼むぞマックス。この前の懇親会みたいに浮いた存在にならないでくれよ」

「……だから、あれは君が空気を読まずに参加させたからだろう？」

会議は踊る、されど会議は進まず。駆け引きが行われているわけではないが、彼らの会議が進むにはやはり、ジグソーパズルのピースがもっと必要なのであった。

◆◆◆

女子上位貴族寮の最上階。帝国第二皇女シエスティーナは最上階のバルコニーから王都の町並みを眺めていた。美しい景色が広がっているが、どうにも気分が晴れない。

あの王都の路地を走る馬車の中に彼女も乗っているのだろうか。シエスティーナの脳裏に、優しい笑顔を浮かべるセシリアの姿が映し出されていた。

バルコニーに体を預けながら、思わずため息が零れてしまう。

「……勝ち逃げはずるいんじゃないかな」

初めて会った時に行われたダンス勝負。結局最後までリードを奪えなかった。

二学期早々行われた抜き打ち試験。一位を取るつもりで挑んだそれは、満点という厚く高い壁に阻まれてしまった。

（いつか君に勝って自慢してやろうと思っていたのに、まさかの魔力酔いで王都からいなくなってしまうなんて）

学園どころか王都にいられなくなるのでは、本当にもう再会は難しいかもしれない。

（……いや、彼女は春と夏の舞踏会には問題なく参加しているわけだし、滞在期間を短くすれば冬の舞踏会くらいなら大丈夫なんじゃ？）

などと、つい願望交じりの希望に縋りたくなるが、シエスティーナは考えを改めた。

（彼女が王都を去ったのはむしろよかったのかもしれない。私はこれから王都で人脈をつくり、情報戦を行って王国内に不和を齎すつもりなのだから）

そしてその中心地は間違いなくここ王都パルテシアだ。そんなところに留まっていては何かの事件に巻き込まれる可能性もある。

シエスティーナは、できればセシリアにはそんなものと関わってほしくなかった。

（そうだ、これでよかったんだ。それに、彼女が退場した以上、次の試験で一位を取る障害は大きく減じたことになる。きっとライバルはクリストファーだろう。彼が相手なら手加減はいらない）

王立学園二学期はまだ始まったばかり。情報戦の囮となるために気を付けるべき学園の行事は、まずは中間試験、そして――。

「学園舞踏祭か。さて、どうやって目立ってやろうかな」

喧噪の広がる王都を眺めながら、シエスティーナは不敵な笑みを浮かべた。

◆◆◆

王立学園が休みの今日、レギンバース伯爵家に帰ってきたセレディアは上機嫌だった。

「ふふ、ふふふふ」

機嫌よさそうに微笑みながら庭園を歩くセレディアの様子に、護衛騎士のセブレも満足げだ。

（よかった。学園に編入した最初の一週間はかなり機嫌が悪そうだったから心配していたんだ。どうやら学園でも上手くやれているらしい）

などとセブレは考えていたが、セレディアは全く別のことを喜んでいた。

（ようやくあのセシリアとかいう小娘が私の目の前から消えていなくなるのね。一時は自らの手で葬り去ろうと考えていたけど、まさか自分から出て行ってくれるなんて。ああ、私ってなんて幸運なのかしら！）

代償を払ってでも対処しようと考えていたところにあの昏倒劇である。まさかまたシエスティーナとダンスをして仲を深めようとしているのかと憤り、レアの涙が止まらなかろうが高出力に耐えられなくて熱に浮かされようが知ったことか！　と、思って実行する前に奇跡が起こった。

（きっと神は私に世界のヒロインとなれと仰っているのよ。神なんて信じてないけど）

今後の展望に期待が持てると鼻歌交じりに庭園を散歩していると、セレディアの下に父クラウドからの使者がやってきた。

「まあ、お父様が夕食をご一緒にと？」

「はい。問題ございませんでしょうか」

「ええ、もちろんです。楽しみにしているとお伝えください」

「畏まりました」

クラウドの下へ戻る使者の背中を見つめながらセレディアはほくそ笑む。

（ヒロインとなるためには少しずつ父親とも和解することは必要不可欠。今までずっと疎遠だったのに急に一緒に夕食をだなんて……素敵なチャンスに恵まれたわ。これもあなたが王都を去った恩恵なのかしら。ありがとう、セシリア・マクマーデン）

さらに上機嫌になったセレディアをセブレは微笑ましく見守るのだった。

◆◆◆

ルトルバーグ伯爵領へ静養に向かったセシリアを見送った後、レギンバース伯爵クラウドは物憂げに馬車の椅子に腰掛けていた。

（ああ、なぜこんな気持ちになるのだろうか。どうしてこうも離れがたいのだ……）

クラウドの脳裏にセシリアの笑顔がちらついて離れない。

春の舞踏会に一度、そして夏の舞踏会と王立学園編入の面談など、ほんの少ししか会う機会のなかった少女が、クラウドの心を掴んで離さなかった。

異性として見ているわけではない。それだけは断言できる。しかし、自身が彼女に執着していることは職場の一部で話題になり始めていたらしい。ルトルバーグ伯爵ヒューズに指摘されて、少し客観的に今の自分を確認できたことは幸いだったといえる。

（……いい年した男が娘と同じ年齢の少女に執着しているなど……我がことながら悍ましい）

自分としては彼女に不埒な感情を抱いていないと断言できるが、それを他人に求めたところで理解してもらえるとは到底思えない。他人がそんなことを言ったとしてクラウド自身がそれを信じるかと言えば……まあ、ないだろう。

（それに客観的に見直すことができたからこそ、改めてもう一つの問題が浮き彫りになってくる）

愛するセレナと自分の間に生まれた少女、セレディア。セレナは彼女にセレスティという名前を付けたが、クラウドが引き取り貴族令嬢として養育する以上、平民の時の名前は使わない方がよいだろうと、セレディアという名前を与えた。

（本当はセシリアと名付けるつもりだったが、あの娘と同名というわけにはいかないからな。出会った順番が悪かったとしか言えん）

騎士セブレが発見し、伯爵家へ連れ帰ってからというもの客観的に見てかなり理不尽な扱いをしてきたのではないだろうか。

突然父親と名乗る人物に呼ばれてきてみれば素っ気ない態度で扱われ、その後は貴族の慣習に従って教育が続く日々。父親は頻繁に会いに来ず、同じ屋敷にいても食事も一緒に取らない。

繊細な娘であれば初日から泣き暮らしていてもおかしくない冷遇ぶりだ。食事といい暮らしをさせていれば幸せというわけではないのだ。肉親がすぐそばにいるのに愛がなさ過ぎる！

（そうしてしまった最たる理由が、娘を娘として愛する自信が持てなかったからなどと聞かされても、そう簡単に納得することもできないだろうな）

愛する女性との間に生まれた娘。一目見ればきっと愛が溢れてくると思っていた。今でもセレナへの愛は湧き水のごとく生まれ続けている。だから、きっと娘にも同様の愛を、家族の情を交わすことができるだろうと考えていたというのに……。

（まさか何の感情も湧いてこないとは……改めて最低な父親だな、私は）

その現実を受け入れられず娘セレディアを遠ざけていたわけだが、セシリアが王都から離れた今が心を入れ替える良い機会なのかもしれない。

「今夜はセレディアと夕食を取りたい。話を通しておいてくれ」

「畏まりました」

執事に命じ、セレディアを夕食に誘う。ほどなくして相手からも了承を得た。

（まずはここからだ。家族の情を少しずつ育んでいこう）

仕事をこなしているうちに夕刻となり、クラウドは食堂でセレディアと相対した。

「お誘いくださりありがとうございます、お父様」

「ああ……掛けなさい」

「はい」

テーブルに対面で腰掛け、料理を待つ。

（……沈黙がつらい）

セレディアはニコニコとこちらへ微笑みかけるだけで静かなものだ。

（やはりここは、父親として私から話題を提供せねばならんのだろうな）

「……時にセレディア。学園はどうだ。何か楽しめるものはあったか」

クラウドが無難な質問を投げ掛けると、セレディアは少し切なそうな笑顔を浮かべて言った。

「先日、シエスティーナ様の馬の遠乗りにお誘いいただいて参加してきました。シエスティーナ様の後ろに乗せていただいたんですよ」

嬉しそうに語るセレディアに、クラウドは少し後ろめたい気持ちになった。なぜなら、それについては既に知らされているからだ。

セレディア、そしてセシリアが参加するということで護衛や馬の手配をするよう命じたのはクラウド自身なのだから。また、レクトにはセシリアの護衛をするよう命じ、帰ってきてから遠乗りがどんなものであったのか報告させたりもした。

(今となっては穴があれば入りたいほど酷い執着だな。娘ではなくセシリア嬢の近況を報告させたことが、今振り返ってみれば恐ろしい)

レクトもよく付き合ってくれたものだと、口には出さないがクラウドはとても感謝していた。

「それで私、あまりに殿下が馬を揺らすものですから酔ってしまって」

「そうか」

食事をしながら、楽しそうに話す娘に不器用ながらも相槌を打っていくクラウド。

(今はまだこれでいい。まだまだぎこちないが、これからも少しずつ慣らしていって愛情を育んでいけばいい。大丈夫だ、セレナ。俺はきっと上手くやってみせるよ)

話の合間にワインを口に付けながら、クラウドはどうにか娘との会話をこなしていった。

だが、そんな和気藹々とした家族の風景は——脆くも崩れ去ってしまう。

それは、メインに肉料理が運ばれたタイミングだった。ワインを口に付ける。

(ふぅ、少し普段より飲み過ぎたか。会話に隙間が生まれると酒を飲んで気持ちを誤魔化してしまうな。次から気を付けなければ……おや?)

肉料理にはさっぱりとした付け合わせが添えられていた。それは、プラームルであった。チェリーによく似た果実で、その酸味は思わず口をすぼめてしまうほど。

クラウドの若かりし頃の思い出が蘇る。

『酸っぱい物は健康にいいんです』

使用人食堂に遊びに行った時だった。休憩中だったセレナは食事の最後に決まってプラームルを口に含んでいた。健康にいいからと食べていたが、同時にこれが苦手だったことも覚えている。

『苦手でも健康にいいから食べるんです！　あー、酸っぱい！』

在りし日の思い出。まだ二人が恋仲になる前の何気ない雑談。クラウドはそれを思い出し、クスリと笑ってしまった。

「どうされたのですか、お父様？」

セレディアが不思議そうにこちらを見つめる。

「いや、これがな」

クラウドは視線でプラームルを指し示した。セレディアはまだ不思議そうにそれを覗き込む。

「そなたの母がまだこの屋敷に勤めていた頃、彼女は毎日のようにこのプラームルを食べていたことを思い出してな」

「……」

「彼女のことだからお前と暮らしていた頃も食べていたことだろうよ」

「え？　えっと……ああ、はい！　お母様はよくこれを食べていました」

「やはりそうか」

クラウドは肉料理を一口頬張り、そして口直しにプラームルを口に入れた。強い酸味が口内に広がり、クラウドもまたセレナのように口をすぼめたくなるが食事の作法としてどうにか堪えた。

（ふぅ、やはり酸っぱい。こんなに酸っぱい物を毎日食べていたならちゃんと健康なまま私の下へ戻ってきてくれればよかったものを）

「ええ、ええ。お母様はよくこれを食べておりました――好物だからと仰って」

「ふふ、そう…………か……？」

料理を口に運ぶ手が止まった。今、セレディアは何と言っただろうか？

（今、好物と言ったか？　セレナが？　聞き間違いか？　いや、セレディアは確かに好物と）

「お父様、お食事を止めてどうされました？」

「あ、いや……この肉を食べた後はプラームルを食べるのかと思うと少し憂鬱でな……私も酸っぱい物は苦手だから」

「まあ、お父様は酸っぱい物が苦手なのですね」

「ああ、お前の母はよくプラームルを食べていたのにな」

「ええ、それはもう。この酸っぱさは、好きでもなければ好んで食べられませんわ。んーっ！」

セレディアからは明らかに『セレナは酸っぱい物好きでプラームルが好物だった』という話を聞くことができた。

（だが、私の知るセレナは『酸っぱい物は苦手だが健康にいいからよく食べている』という話だ。食べているうちに好きになった？　それとも娘の教育の過程でそう語っただけ？　それとも単にセレディアの覚え違い……ああ、そうだ。そうに違いない。きっと彼女はプラームルを好きとも嫌い

とも伝えていなかったのだろう。セレディアはよくプラームルを食べるセレナの姿を見て勝手に好きだと勘違いしたに違いない）

そう結論づけたはずなのに、クラウドの心は動揺を抑えることができなかった。気分を切り替えようとワイングラスに手を伸ばす。酒の力に頼ろうとしたのだろう。

しかし、彼はそのワインを口に入れることはできなかった。

「プラームルといえば、お父様もご存じのセシリアさんという方なんですけど」

クラウドはワイングラスを手に持ったまま止めた。

「セシリア嬢か。彼女がどうかしたのか」

「ええ。それが面白いのですけど……」

セレディアは口元を隠して可笑しそうに笑いながらこう言った。

「セシリアさんの亡くなったお母様もプラームルをよく食されていたそうなんです。何でも、酸っぱい物が苦手なのに『酸っぱい物は健康にいいのよ』と仰ってよく食されていたんですって。苦手なのにわざわざ食べ続けるだなんて、面白いでしょう？」

――カシャンッ。

気が付けば、クラウドはワイングラスを取りこぼしていた。ズボンにワインが掛かり、床に落ちるとグラスが割れてしまった。

「あら大変。お父様、大丈夫ですか？　……お父様？」

セレディアがこちらを心配そうに見つめるが、クラウドの心はそれどころではなかった。頭痛でもするのか眉間を揉みほぐし、彼はゆっくりと立ち上がった。

「……すまない、セレディア。お前との久々の夕食に緊張して、どうやら少々飲み過ぎてしまったようだ。服も着替えたいし、すまないが今日はこれまでにしよう。残りの品は好きに食べてくれ」

「え、ええ、分かりました。お大事になさってください、お父様」

「……」

クラウドはもうセレディアの挨拶に返事をする余裕もなくなっていた。食堂を出た彼は着替えるために寝室へ――行かず、執務室へ向かった。

歩く、歩く、少しずつ歩く速度が増していく。最早それは歩いているのか走っているのか分からないほどに速く、クラウドの呼吸は乱れていった。しかしそれは、足早に歩いたせいだろうか。クライドは大粒の涙を流しながら執務室の扉を開いた。

執務室に入るとまず彼は扉に鍵を掛けた。執務机の引き出しを開けて、小さな額縁に入った女性の肖像画を机の上に立てた。その間もクラウドの瞳からは涙が流れ続けている。

「なぜ、なぜなんだ……セレナ」

消え入るような男の声が肖像画へ呼び掛ける。クラウドは両手で顔を覆った。指に力が入り、顔面を握りつぶそうとするかのように、何かに耐えるように。

「なぜだ、なぜ……セレディアではなく……セシリア嬢の母君が、君と同じことを言うのだ。私と君の娘は、セレディアだろう？　なのに、なぜ……なぜ！」

誰にも気取られぬよう、誰にも聞かれぬよう、声を押し殺すようにクラウドは泣いた。

クラウドの脳裏にセシリアの顔が浮かぶ。髪の色も目の色も、自分ともセレナとも全く違うその姿……だというのに、なぜ？　なぜ⁉

（どうして彼女の中に……君が、いるんだ……セレナ）

セシリア・マクマーデン。君は一体――誰なんだ？

書き下ろし番外編

敵を欺くにはまず味方から？

これは、メロディとルシアナがヴァナルガンド大森林から帰ってきた直後のお話。

「もう、遅いですよー！　心配したんですからね！」

「ごめーん、遅くなっちゃった」

「ごめんね、マイカちゃん。ただいま、リューク」

「おかえり……それで、どうするか決めたのか」

リュークが尋ねるとマイカも気になったようでメロディへ視線を向けた。そしてメロディは笑顔でコクリと頷く。

「お嬢様に護衛が全く必要ないことが判明したので、私はまたメイド業に専念することに決めました。皆、心配をかけてごめんなさい！」

メロディが頭を下げると、マイカは安心したのか大きく息を吐いた。

「ああ、よかった。メロディ先輩が一緒にいてくれないとお仕事に張り合いがありませんしね」

（やっぱりヒロインちゃんがそばにいて観察しないと面白くないもん！　メロディ先輩の学園編はそばにいられなくてつまんない！）

何という利己的な理由。メロディがメイドジャンキーなら、やはりマイカは乙女ゲージャンキーと言って間違いないのだろう。もちろんアンネマリーも乙女ゲージャンキーである。

「話がまとまってよかったです。でも、どうやってメロディ先輩は学園を辞めるんですか？」

マイカは首を傾げた。

「……強行突破か？」

「強行突破ってそんな。監獄じゃないんだから」

腕を組むリュークが割と本気な様子で尋ねるのでメロディは困ってしまう。実際、どうやったら円満な形で学園を去ることができるだろうか。

「えーと、普通に自主退学はどうかな？」

正攻法での退場を提案するメロディに、マイカは難しそうな顔で腕を組んだ。

「編入してたった二週間足らずで自主退学ですか？　……入社二日目で退職する新入社員くらいウザ迷惑な気がしますけど」

「そ、そうね。編入のために尽力してくださった学園やレギンバース伯爵様に申し訳ないわ」

「ということは、自己都合じゃなくてもう退学するしかないっていう状況になった方が皆納得しやすいってわけですね」

「……暴力沙汰になれば、退学させるしかないという機運が高まりそうだが」

「もう、さっきからリュークは物騒！」

なかなかいい案が出てこないのかリュークの案は全てマイカに却下された。悩む三人を余所に、あっけらかんとした表情のルシアナが解決策を口にする。

「そんなに難しく考える必要ないと思うわよ」

「お嬢様、何かいい案が？」

「案っていうか、昨日、医務室の先生がいい感じの理由を予想してくれたじゃない」

「すみません。私、医務室のことはあまり覚えていなくて」

「『魔力酔い』よ、『魔力酔い』。隣のクラスの子が休学したって、この前の懇親会でベアトリスが言ってたじゃない」

「ああ、確か『特定魔力波長過敏反応症』でしたっけ」

「何ですかそれ？」

懇親会にも、メロディを迎えに医務室にも居合わせなかったマイカが首を傾げた。

「体質的に土地の魔力が合わない人に出る病気らしいわ。貧血に似た症状で、全身の倦怠感と慢性的な目眩や立ちくらみが起きるそうよ」

「……昼間のメロディの症状に似ているな」

ルシアナが説明すると、医務室で見たセシリアの姿を思い出したリュークが呟く。それを聞いたマイカが何かに気付いたようにハッと目を見張った。

「もしかしてお嬢様！」

ルシアナは得意げにコクリと頷く。

「医務室の先生がセシリアの症状を『魔力酔い』かもって疑っていたでしょ。今度検査をするって話だったから、その時に『魔力酔い』と診断されるようにすれば」

「王都にいられなくなるから自然と学園を去れるってわけですね！」

まさかの仮病による退学。ナイスアイデアとばかりな様子のルシアナとマイカを、メロディは瞳をパチクリさせて何度も見返した。

「そう診断されたらもう休学か退学するしかないわ。学園側はもちろん、レギンバース伯爵様だって病人相手に文句も言わないでしょうし。どう、メロディ？」

「えっと、それは……」

顎に手を添えてメロディは考え込んだ。他に方法がないだろうかと。

（うーん、尽力していただいた学園やレギンバース伯爵様を騙すのは正直気が引けるけど……メイドに戻るには学園を去る以外に方法はないし、他に選択肢は……）

メロディは悩んだ。しかし、残念ながら他に穏便な退場手段は結局思い浮かばなかった。観念したかのようにメロディは大きくため息を吐く。

「……多くの方を騙すことになるので心苦しくはありますが、この手しかなさそうですね」

「そもそもセシリア・マクマーデンという人物自体が嘘っぱちですからね。今更ですよ」

「うう、それを言われると反論できないわ」

ルシアナの護衛という大義名分を翳《かざ》して存在しない人間を生み出し、学園に編入したこと自体がやはり良くなかったのだろう。

歪みを生んで結局こうして学園を去ることになっているのだから。

（でも、反省も後悔も後よね。今はやれることをやらないと）

「問題はどうやって検査魔法具の診断を誤魔化すかよね」

マイカが次なる難題を提示した。顎に手を添えてルシアナが悩む。

「先生が言うには『魔力酔い』かどうかを調べる検査魔法具なる物があるらしいのよ。それの検査結果を誤魔化せれば一番簡単なんだけど」

「お嬢様、検査魔法具の詳細って分かりますか？」

「さすがにそれは知らないなぁ。どこかで調べれば分かるかな？」

「最悪、当日ぶっつけ本番でメロディ先輩の魔法でどうにかしてもらうしかないかもですね」

「マ、マイカちゃん、それはちょっと……」

メロディの診断結果を偽装する方法について相談する三人。姦《かしま》しい（？）少女達をリュークは少し離れたところから見つめていた。

そして、メロディを見ながらずっと疑問に思っていたことをポツリと呟いた。

「……メロディはもう病人じゃないんだが、大丈夫なのか？」

「「「え？」」」

何気ないリュークの発言に三人の声が思わず重なる。そしてルシアナとマイカの視線がメロディへ向けられた。

血色の良い瑞々しい肌のメイドがここにいた……病人？　ナニソレオイシイノ？

「先輩、病人に見えない！」

「そういえばそうだった。今のメロディ、普通に健康体よね」

「寮を移る時はフードで顔を隠せば済んだが、検査の時は誤魔化しきれないんじゃないか」

「え、う、ど、どうしよう。えっと……あっ、そうだ！　お嬢様、私ちょっと行ってきます」

「どこへ？」

「開け、奉仕の扉『通用口』！　ポーラ、私に病人メイクを教えてちょうだい！」

メロディの目の前に簡素な扉が出現し、慌てて扉の向こうへと姿を消してしまった。

扉の繋がる場所は——。

「ポーラ、まだいるかな？」

——フロード騎士爵邸であった。要するにレクトの屋敷である。応接室に扉を繋いだメロディはそのまま通路に出た。そしたらポーラがいた。

「あ、ポーラ。よかった、まだいてくれた」

すでに夕刻だったが、幸いなことにポーラはまだ屋敷に残っていた。彼女は突如現れたメロディに目を点にしてこちらを見つめている。

「ごめんね、ポーラ。急に来ちゃって。レクトさんにもまだ挨拶していないんだけど、ちょっとお願いしたいことがあって……ポーラ？　きゃあっ⁉　ポ、ポーラ⁉」

ポカンとしていたはずのポーラが突然メロディに抱き着いてきた。何事⁉

「メロディ⁉　倒れたって聞いたけど大丈夫なの⁉」

「どうして知ってるの⁉」

メロディの肩やら背中やらをポンポン叩くポーラ。メロディは困惑したが、新たな混乱のもとが姿を現す。というかレクトである。

「ポーラ、何をしている？　帰るんじゃなかったのか」

「旦那様、メロディを捕まえました！」

「何だって⁉」

「えええええっ⁉　レクトさんまで何ですか⁉」

なぜか突進するようにメロディの下へ駆けつけるレクト。先程から二人の反応がおかしい。

「あ、あの、どうして二人とも私が倒れたって知ってるんですか」

メロディ、というかセシリアが倒れたのは昨日の話だ。学園からレクトに連絡が行くとは考えにくいにもかかわらず、どうしてこの二人はセシリアの件を知っているのだろうか。

「昨日、学園から君が倒れたという話が届いたんだ。閣下は君の後見をしているから。俺もたまたまその場に居合わせて話を聞いたんだ。閣下は明日にでもスケジュールを調整して君の見舞いに行くと言って大変だったぞ」

「伯爵様がお見舞いですか⁉　あの、私は今ルシアナお嬢様のお部屋でお世話になっている設定なので女子上位貴族寮に伯爵様が入るのは無理だと思うんですけど」

「設定って……メロディ、一体全体何がどうなってるの？　私もすっごく心配したんだからね」

「ごめんね、ポーラ。えっと、実はね――」

メロディはこれまでの経緯を説明した。

「ええ？　じゃあ、せっかく頑張って入った王立学園をたった二週間足らずで辞めちゃうってこと？」

「うん。皆に凄く助けてもらったのに申し訳ないんだけど、メイドのない人生を私は生きていけないみたいで」

「メロディ。あなた、筋金入りのメイド狂いね」

「えへへ、そんな」

「もう、なんで褒めてると思うのよ⁉」

「レクトさんもすみません。ライザック様や伯爵様の繋ぎとか色々手伝っていただいたのに」

「……いや、いいんだ。俺は、メロディが決めたことならそれで。それに、今は回復したようだが実際に体を壊したんだろう？　だったらやっぱり学園を退学した方がいい」

元々メロディの学園行きにレクトは反対寄りの意見だった。大事になっているのは事実だが、メロディの健康には代えられない。

「旦那様の言う通りだわ。自分の命は自分で守らなきゃ。ちゃちゃっと退学してきなさいよ」

「そのためにポーラに手伝ってほしいことがあって」

「私に？　いいわよ、何をしてほしいの」

「私の顔を病人に見えるようにメイクって、できる？」

意外なお願いにポーラは目をパチクリさせた。だが、言われてみれば確かに必要な処置だ。今のメロディは血色も良く、お肌は瑞々しくてとても病人には見えない。

美しく魅せるメイクではなく、やつれて血の気が引いた病人に見えるメイクをご所望とは。

「へぇ、面白いじゃない。ふふふ、腕が鳴るわ！」

ポーラはニヤリと笑った。

「よーし、向こうで待ってるルシアナ様達が顔を真っ青にして戦《おのの》く病人メイクにしてあげる！」

「ほ、ほどほどでお願いね？」

「ポーラ、遊ぶんじゃないぞ」

「うふふ、お任せあれ！」

こうしてポーラによる病人メイク講座が始まったのである。

◆◆◆

それからしばらく経って、女子上位貴族寮でメロディの帰りを待つ面々は少し苛立っていた。

「メロディったら、出掛けたっきりどこに行ったのかしら」

「もう一時間くらいですか。行き先も告げず慌てて行っちゃいましたもんね」

「何か叫んでたけど、すぐに扉を閉めるから聞こえなかったものね」

『通用口』の扉があったところを見つめながら、ルシアナとマイカはハァと嘆息した。少女二人はそのままメロディの帰りを待っているようだが、冷静なリュークがマイカに声を掛ける。

「マイカ、メロディを待つよりお嬢様の夕食を作った方がいいんじゃないか」

「え？　あ、すっかり忘れてた！」

「あー、私も忘れてたわ。確かにちょっとお腹空いてるかも」

メロディが倒れたり、ヴァナルガンド大森林で大立ち回りをしたりとイベント目白押しなせいですっかり夕食のことを忘れていたルシアナである。

だが、リュークに指摘されて空腹感が戻ってきた。

「すみません、お嬢様。すぐに何か作りますね！」

「うん、お願い」

マイカが調理場へ行こうとした時だった。リビングルームの真ん中に簡素な扉が姿を現す。

「あっ、メロディ先輩、戻ってきたんですね」

「もう、急にいなくなっちゃうんだから。どこに行ってたのかしら」

夕食のことを再び忘れて扉の前を陣取るルシアナとマイカ。

そしてゆっくり扉が開き、姿を見せたメロディは――。

「……メロディ!?　どうしたの、大丈夫!?」

「お、お嬢様……」

――部屋に入るなり力なく倒れ込んでしまった。

どうにか膝を突いて起き上がろうとするメロディ。しかし、顔色は真っ青で息遣いも荒い。まるで先日の症状が再発したような有様だ。

「メロディ先輩、どうしちゃったんですか!?　なんでこんなことに!?」

「あっ」

「メロディ！」

腕の力が抜けたのか頭から倒れ込みそうになったメロディをルシアナが慌てて支えてやった。

もう体幹を維持することもできないようで、ルシアナに完全に身を預けている。

「ああ、お嬢様……最期にお嬢様のお顔が見れてよかったです」

「さ、最期だなんて言わないで！　ダメよ、メロディ！」

「メロディ先輩！　魔法、魔法ですよ！　この前自分を癒した魔法をもう一回やってください！」

「マイカちゃん……お嬢様のこと、よろしくね……」

ガクリ。ルシアナの腕の中でメロディの体から一切の力が抜け落ちた。

「メロディイイイイイイイイ！」

「メロディせんぱあああああああああい！」

何が起きたのかさっぱり理解できない中でのメロディとの突然の別れ。

何がなんだか全く理解できない。二人は訳も分からずメロディの前で泣き出してしまった。

「そんな、そんなあああああ！　どうしてええええええ！」

「うえええええええん！　メロディせんぱあああああああい！」

リビンルグームに木霊《こだま》する二人の少女の泣き声に、この光景をずっと眺めていたリュークは面倒くさそうにため息をつくと彼女達の下へ歩み寄った。

そして、言った。

「……手の甲や腕にも偽装を施した方がいいと思うぞ、メロディ」

「え？　そう？」

「……は？」

「へ？」

パチクリと、ルシアナの腕の中でメロディは目を開けた。そして両腕をジッと見つめ「確かに」

と頷く。

「ポーラ！　手にも病人メイクが必要みたい」

「あー、それは盲点だったわ。確かにそうかも」

「あっ、ポーラ！」

「レクティアス様も⁉　なんで⁉」

『通用口』から面白そうな顔のポーラと申し訳なさそうな顔のレクトが姿を現した。

「というかいい加減気付け。メロディが死んだなら、その扉は消えてるから」

「「あっ」」

メロディはサッとルシアナの下から離れて立ち上がると、俳優のように華麗に一礼してみせた。

「申し訳ございません、お嬢様、マイカちゃん。ポーラの病人メイクが実用たり得るかどうしても一度実践する必要があったものですから。ご協力、感謝致します」

「それにしても手の甲からバレちゃうとは。顔は結構いい感じだと思ったんだけどな」

「人の手は年齢が出やすいという。おそらく病気になった時も分かりやすいはずだ」

「確かにそうかも。すぐに練習に取り掛からなくちゃ！」

意外と話が合うポーラとリューク。どちらも真剣に検討しているのでレクトは注意しづらかった。

「酷いわメロディ！　私、本気で泣いてたんだからね！」

「そうですよ、メロディ先輩！　こんなかたちで騙すなんてあんまりです！」

「ご、ごめんね。でも、本番では失敗できないから仕方がなかったんです、ごめんなさい」

「「むきーー！」」

確かに本番で見破られでもしたら大問題なので言い返しづらく、地団駄《じだんだ》を踏む二人だった。

こうして、ポーラのメイクとリュークの的確な指摘、ルシアナとマイカの見事な騙されっぷりのおかげで、セシリア・マクマーデンを演じたメロディは怪しまれることなく『魔力酔い』の診断を勝ち取ることになるのだった。

（……俺、特にすることないな。どうしよう）

流されるままついてきてしまったが、特に仕事のないレクトは手持ち無沙汰なのであった。

あとがき

このたびは『ヒロイン？　聖女？　いいえ、オールワークスメイドです（誇）！』を手に取っていただき、誠にありがとうございます。

気が付けばもう五巻まで来たんだと、感慨深い気持ちに耽っているあてきちです。

第五巻では、とうとう主人公であるメロディがセシリアとして王立学園へ編入することになりました。乙女ゲームの舞台に降り立った彼女にこれからどんな展開が待ち受けているのか！

……と思ったら、まさかのあっさり退場劇です。期待していた方、ごめんなさい。

これには私もかなり悩みました。最初は卒業まで在籍させる流れも考えたくらいです。しかし、ある時ハッと気が付きます。

――メロディにメイドを我慢できるわけないじゃん、と。

メイドをこよなく愛する『メイドジャンキー』メロディに、いくらルシアナを護衛するためとはいえ、メイド業務をほとんどできない生活を続けられるはずがなかったんですね。

その気付きの結果、たった二週間足らずの『何のために学園に編入したの？』という展開が生まれることとなりました。

疑問を感じる方もいらっしゃるでしょうが、私はこの気付きにとても満足しています。だってこの作品はメイドを愛するメロディの物語なのですから。

もしメロディがあっさり退場せず学園に残っていたなら、きっと彼女を中心にゲームのシナリオが展開していたのだと思います。しかしそれは、セシリアであってメロディではありません。メイドとして復帰した彼女が今後どのような活躍を見せてくれるのか、続きを書くのが楽しみです。そして、作中で最も不憫なクラウドパパが救われる日をいつか書いてあげたいものです。

ここで一点、あとがきに関して訂正があります。

第一巻のあとがきにて、メロディの職業『オールワークスメイド』の正しい英語表現は『メイドオブオールワークス（Maid of All works）』と説明したのですが、正しくは『メイドオブオールワーク（Maid of All work）』です。不可算名詞のワーク（work）は複数形にならないみたいです。

よかったら第一巻のあとがきを読み直してみてください。間違った説明を自慢げに語るあてきちの恥ずかしい字面を目にすることができるでしょう……アナガアッタラハイリタイ。

改めまして、この本を手に取っていただき誠にありがとうございます。次は第六巻でお会いしましょう……会えますよね？　またね♪

二〇二四年三月二十四日　　あてきち

キャラクター原案：雪子

コミカライズ第十五話

漫画：螢子
原作：あてきち

え？
王立学園が全寮制になるんですか？
通いだったのでは…
うん
襲撃事件をきっかけに安全性を考慮してってことみたい
では準備が必要ですね
うん それでね！
メロディも私と一緒に学園に行くことになったから！

……えっ??

急遽全寮制になると決まった学園は
寮の建設のため2カ月間の長期休暇に入った
奥様 新しいメイドは決まりそうですか？
募集はかけているんだけどね
学園の再開に間に合うといいんですが…
そうなのよ
学園の寮には使用人を数名同行させることになっていて
お嬢様の入寮の際は私が同行することが決まったのだけど
新しい使用人を雇えるくらいの余裕はできたけど
そこまで高額のお給金が出せるわけではないし…
それに貧乏貴族のウワサは根深いのよね

やっぱり私の分身を置きましょうか?
メイドといえば……
新しい子が見つかるまではお願いするかもしれないわ
じーーっ
?
お嬢様? どうかなさいました?
メロディ私……
メイド服を着てみたいな
わく
ダメです

スーッ
どうして!?
お嬢様はなぜ着たいと?
それはだって…
可愛いじゃない?
シンプルだけど清楚だし
一見目立たないように見えるんだけど メロディが着てると つい目で追っちゃうし
お褒めいただくのは嬉しいのですが…
私もメイド服は好きですし…
メイド服はメイドのための勝負服です
騎士にとっての鎧 令嬢にとってのドレス
そう言われると…
たとえお嬢様の願いであろうと メイドでない方がメイド服を着ることは許されません
そもそも令嬢に使用人の服を着ていただくわけには
おや それなら話は簡単じゃないか

お父様？
ルシアナはメイド服を着てみたいのだろう？
そうだけど…
だったらなればいいじゃないかメイドに
えっ？！
なに言ってるのこの人……
？
ルシアナは明日1日我が家のメイドをやりなさい
そうすればメイド服を着られるぞ
あら素敵 私もルシアナのメイド姿を見てみたいわ
当然じゃないか 何を着たって可愛いに決まってる
わいわい
はっはっ
はっ
ちょ ちょっと!?

というわけで ルシアナに 明日1日 メイドをさせて やってくれ
かしこまりました
ちょっと着て みたかっただけ なんだけど…
かくしてルシアナの 1日メイド体験が 始まったのである
おはようございます お嬢様
おはよ……
あふ
ずいぶん 早いんだね……
旦那様方のご起床前に 終わらせる仕事が たくさんありますから
そうなんだ…

アーリー・モーニング・ティー
起き抜けのベッドで
優雅に1杯の紅茶をいただく
早朝のティータイム
カチャ
さ お嬢様
まずは
紅茶をどうぞ
ありがとう
ほか
メロディが
うちに来てからの
習慣だけど
目が覚めるからスキ
あらっ
いつもと
ちがう？
本日の紅茶は
ロイヤルミルクティーに
してみました
正式名称は
Stewed tea
ロイヤルミルクティーは
和製英語
なんだか
贅沢な響きや
紅茶は淹れ方で
味が違うって
メロディのおかげで
知ったけど
ミルクティーにも
違いがあるのね
へえ
普通のミルクティー
MILK
tea
ロイヤルミルクティー
MILK
tea

メロディって いろんなことを 知ってるのね…
ではそろそろ お召し替えを
あれ？ そのメイド服 いつもと違う…？
はい
本日のお嬢様には「ハウスメイド」をしていただきます
この服は ハウスメイドの 午前用のものです
メイドの仕事は 大きく分けて「家政」と「調理」の２種がありますが
その中でも家政の代表 掃除を担当するのが「ハウスメイド」です
調理
・料理
・皿洗い
・火おこし
など…
家政
・掃除
・洗濯
・給仕
など…
全部やるのがオールワークス（雑用）
午前と午後で 服装が違うの？
あり
がとう

掃除をしますので
これは汚れてもいい
ドレスなんですよ
エプロンも専用の厚手のもの
なるほど
あれ？でも
メロディは
いつものドレスね
お嬢様の前に立つのに
作業着というわけには
いきませんからね
これは「給仕」用…
ご主人様の前に出る時の
制服なんです
私もこのあと
着替えますよ
あんまり
可愛くないわね
うーん
お召し替えを
手伝いますね
お嬢様が着れば
かわいーですよ♡
ううん
いいわ
今日の私は
メイドだもの！
ひとりで
着るわ
!
はい！
では私も
着替えて
きますね
うん

まあ！
きゃーっ
とてもよくお似合いです！
あ ありがとう…
さて、
それでは1日かぎりですが只今よりお嬢様は当家のメイドとなります
その間 同僚を「お嬢様」とはお呼びできませんので「ルシアナさん」と呼ばせていただきます
はいっ
ルシアナさんもこれよりメイドとして振る舞ってくださいね
はい！メロディ先輩 私がんばります！
よろしい では さっそく仕事に取り掛かりましょう

午前6時
旦那様方を起こす午前8時頃までにまずは早朝の業務を完了させます
具体的には何をするの？
「主人の生活空間」の掃除です！
基本的に掃除姿は主人に見られてはいけません
なので掃除は早朝に終わらせるんですよ
あら？
なるほどね
たしかに初日以外見てないわ
ですので
食堂に応接間図書室など寝室以外のお部屋
それに屋敷前の通路のお掃除
同時に朝食の用意と旦那様方の目覚めの紅茶の用意を
うんうんなるほ…
……ど？

…それを全部 今からするの？ 2時間で？
はい
…それを 毎日？
はい！
メロディ先輩 マジパねえっす!!
食堂
メロディ先輩 それは何？
これはハウスメイド ボックスといって
要するに 掃除用具入れですね
ルシアナさんも これを使って くださいね
うん 使い方を 教えてくれる？
なんだか 嬉しそう…？
掃除開始

食堂以外の場所は終わりました
よ……
ゼー
はー
大丈夫ですか!?
私も…食堂の掃除終わったよ……
すこし休憩にしましょう!
もう7時…
私 ぜんぜん役に立ってないよね…
はぁ…
あら あなたは見習いなんですよ
こう言ってはなんですが即戦力としては期待していません
うう…!
こちらに座ってくださいね
はっきり言われるとグサッとくる…

見習いメイドに必要なのは真摯な心です
作業速度は慣れればあがりますけど丁寧な仕事は本人の気質によります
とても丁寧に掃除できていますよ
ほんとう？
とはいえ このままでは作業に支障をきたしそうですね
わ！煤《すす》だらけ…
着替えってあるの？
そうですね
本来は汚れがひどい場合は着替えるんですが…

どんな時も
慌てず騒がず清潔に
『緊急洗濯《ラヴァンエマジェンザ》』
少し時間も押してますので応急処置ですが…
応急処置とは…？
ではさっそく次に参りましょう！
玄関前
お屋敷の前は外からも見える邸宅の顔！
汚れていてはなりませんから非常に重要な清掃場所です

それと「メイドを雇っている」ことを見せる意味もあるんですよ
め めろでぃ先輩…
ヤタ
ヤタ
何か羽織るものを…!
ダメです耐えてください
メイド服姿を見せることに意味があるので
ひ〜ん
掃き掃除が終わったら井戸から水を汲んで階段を磨………
が冷たい朝の風が寒
膝と腰が痛い何これ大変
水が冷たい朝の風が寒い
と腰が痛い何これ大
ルシアナさん気をしっかり!
残りは朝食と旦那様方への紅茶の準備ですね

ルシアナさんはこちらの白湯を
ああああああ
ありがとう
せんぱい……
ほっ
白湯
それじゃあ
朝食準備
お願いね私
うん！
時間 ギリギリだよね
ごめんね……
いえ
体調は
大丈夫ですか？
うん
ルシアナさんは
初めてなのに
いきなり飛ばしすぎて
しまいましたね
申しわけ
ありません
ううん
気にしないで！

…まあ大変ではあったけど
おかげでメロディが毎日どれだけがんばってくれてるのかわかったよ
今日のことはお互い様ってことで
そう言ってもらえると助かります
さてそれではルシアナさん
待ちに待った時間ですよ
!
それって…

わあ!
とってもよくお似合いです!
すごくかわいいです!!
ルシアナさんの素敵な姿も見れて今日の私は朝からいいことばかりです
いいこと?
いろいろと迷惑かけて大変だったでしょ?

ふふ
いいえ
実は私昨夜から楽しみでしかたがなかったんです
何が？
ちょっと はずかしい
だって
1日限定とはいえ私に同僚ができたんです
本来の貴族の邸宅は 女性使用人の長《ハウスキーパー》を筆頭に
メイドたちの仕事は ハウスメイド パーラーメイド キッチンメイド スカラリーメイドなど細分化され それぞれの協力で成り立つ
すべての仕事をしたくてオールワークスメイドを選びましたけど

同僚メイドと一緒に仕事をするのも仕事を誰かに指導するのも初めてで

とても嬉しかったですし とても楽しかったです
…まだ今日は始まったばかりですが

今日は本当にありがとうございます
お嬢様……いえ ルシアナさん

何この子
かわいすぎる!!!!!!!!!!
はわわ
どうされました?
なんでもないっ
なんでもないの
気にしないで!
あつい!!
カオ
旦那様方の
お茶の準備が
できましたよ
あ
それじゃあ…
ガタ
わかったわ!
さっそく
行ってくる
わね!
もおお
絶対変だと
思われた!
だってあんなに
喜ばれると
思わなかったん
だもの!
待ってください
説明が
まだ…

お父様
お母様
失礼します！
ガチャ
待ってください
お嬢様
ホントのホントに
ダメなんです…!!
……えっ？

ルシアナ!? 返事があるまで部屋に入っちゃ……!
ルシアナさん!
きゃあああああああっっっ
間に合わなかった…っ
くっ……

そうして
残念ながら
ルシアナの1日メイド体験は
午前8時をもって終了となった
続けられるわけないでしょ!?

数日後
ルシアナ!?
メロディィ
私とお父様の服は一緒に洗わないでちょうだいね

おはようございます
お嬢様
お目覚めの時間でございますよ
……お嬢様？
あちゃー…
久しぶりにやられましたね
……あんのじゃじゃ馬娘がああああああ!!!
♪

TOブックス
コミカライズ
連載最新話が
読める!!!!!
2nd Anniversary
漫画配信サイト
CORONA EX
コロナEX
TObooks
詳しくはこちら!!
https://to-corona-ex.com/
2周年!!

ヒロイン？聖女？
いいえ、オールワークスメイドです（誇）！５

2024年6月1日　第1刷発行

著　者　　あてきち

発行者　　本田武市

発行所　　TOブックス
〒150-0002
東京都渋谷区渋谷三丁目1番1号　PMO渋谷Ⅱ　11階
TEL 0120-933-772（営業フリーダイヤル）
FAX 050-3156-0508

印刷・製本　中央精版印刷株式会社

ISBN978-4-86794-181-2